Diogenes Taschenbuch 24210

de
te
be

AF197190

Henry Slesar

Das tödliche Telefon

Die besten Krimistorys

*Ausgewählt von Cornelia Künne
und Daniel Kampa*

Diogenes

Die Geschichten sind folgenden Bänden von
Henry Slesar entnommen:
Babyboom
Coole Geschichten für clevere Leser
Das Morden ist des Mörders Lust
Das Phantom der Seifenoper
Eine Mordschance
Ein Bündel Geschichten für lüsterne Leser
Frisch gewagt ist halb gemordet
Fiese Geschichten für fixe Leser
Listige Geschichten für arglose Leser
Meistererzählungen
Schlimme Geschichten für schlaue Leser
Copyright © by Henry Slesar
Covermotiv: © Maude Arsenault Photo / age Fotostock

Die Nutzung dieses Werks für Text und Data Mining
im Sinne von § 44b UrhG behalten wir uns explizit vor

Originalausgabe

Alle Rechte an dieser Ausgabe vorbehalten
Copyright © 2012
Diogenes Verlag AG Zürich
info@diogenes.ch · www.diogenes.ch
In Fragen zur Produktsicherheit (GPSR):
truepages UG (haftungsbeschränkt)
Westermühlstraße 29, 80469 München
info@truepages.de
ASR / 21 / 852 / 2
ISBN 978 3 257 24210 2

Inhalt

Tödliche Eifersucht

Meine Frau war mit Leona Blackburn seit ihrer Kindheit befreundet, und durch sie lernte ich Charlie Blackburn kennen, einen Mann, den ich nacheinander beneidete, bedauerte und betrauerte. Mit einer Ausnahme war Charlie in jeder Hinsicht erfolgreich und sympathisch; man war gern mit ihm zusammen. Als amtlich zugelassener Wirtschaftsprüfer war er eine Quelle für gerissene Steuertipps und realistische Markteinschätzungen, und nachdem die Freundschaft zwischen uns vieren fester geworden war, leistete er mir bei meinen eigenen verworrenen Geldangelegenheiten unschätzbare Dienste. Seine verhängnisvolle, othellohafte Schwachstelle zeigte sich erst eine ganze Zeit später.

Audrey, die Amateurpsychologin, war es, die die Symptome zuerst erkannte und sie mir eines Abends beschrieb, nachdem wir mit den Blackburns zusammen im Theater gewesen waren.

»Du musst das doch bemerkt haben«, sagte sie, während sie versuchte, einen Lockenwickler mit den Zähnen zu öffnen. »Ich meine, wie er sie die ganze Zeit ansieht. Ich habe noch nie in meinem Leben einen Mann so eifersüchtig dreinblicken sehen.«

»Eifersüchtig?«, sagte ich. »Nun ja, das kannst du dem Mann vielleicht nicht verübeln. Leona ist wirklich sehr sexy.«

Ich dachte, Audrey würde bei dieser Bemerkung hochgehen, aber sie sah nur nachdenklich vor sich hin.

»Ja, das stimmt wohl. Sie sah schon immer sexy aus, selbst als sie noch zur Schule ging. Wahrscheinlich können Männer gar nicht anders, als ein Mädchen wie Leona anzusehen, aber es bringt Charlie mit Sicherheit um den Verstand.«

»Jetzt übertreibst du«, sagte ich. Doch als wir das nächste Mal mit den Blackburns zusammen waren, riss ich meinen Blick von Leonas bemerkenswerten Proportionen los und beobachtete Charlies Gesicht. Es bestand kein Zweifel – er bedachte jeden Mann, der zufällig in Leonas Richtung sah, mit einer leise kochenden Wut, die unter der Oberfläche vermutlich vulkanische Ausmaße hatte.

Dann, eines Abends, nach einem reizenden Abendessen zu Hause bei den Blackburns in Connecticut, ließ Charlie ein wenig heiße Lava heraustreten. Wir waren gerade mit unserem Kaffee fertig, und die Frauen hatten sich in Leonas Schlafzimmer zurückgezogen, um ein Weilchen kichernd die Köpfe zusammenzustecken. Charlie und ich gingen in sein Arbeitszimmer, um ein paar Steuerfragen zu besprechen, und er kam mir ungewöhnlich still vor. Er spielte mit den Gegenständen auf dem Kaminsims herum und sagte auf einmal:

»Du, Paul, tu mir einen Gefallen und hör auf, in dieser Art und Weise an meine Frau zu denken, ja?«

Es war, wie wenn man ruhig in einem geparkten Auto sitzt und einem plötzlich jemand hinten reinfährt. Einen Augenblick lang konnte ich nicht antworten, und dann brachte ich bloß ein schuldbewusstes Stottern hervor.

»Reden wir nicht mehr darüber«, sagte Charlie gnädig.

»Sie sollte auch wirklich nicht solche Kleider tragen. Mich hat bloß geärgert, was du gedacht hast. Deshalb lass es in Zukunft bitte.«

»Hör zu, Charlie«, sagte ich mit erstickter Stimme, »ich bin eines jener seltenen Exemplare, ein glücklich verheirateter Mann nämlich. Leona ist eine sehr schöne Frau, aber …«

»Ich sagte, reden wir nicht darüber.« Er lächelte wie der Filmheld, dem gerade die Kugel mit dem Taschenmesser herausgeholt wird.

Ich erzählte Audrey nichts von dem Vorfall – aus Angst, missverstanden zu werden. Um die Wahrheit zu sagen, es war mir wirklich während des Abendessens flüchtig ein lüsterner Gedanke durch den Kopf gegangen. Wenn ich mich richtig erinnere, war es der Moment, als Leona sich vorbeugte, um die Kerzen auf dem Tisch anzuzünden. Es bekümmerte mich, dass mich mein Gesichtsausdruck so ohne weiteres verraten hatte, und ich beschloss, mir an den ausdruckslosen Indianern ein Beispiel zu nehmen.

In der darauffolgenden Woche erfuhr ich dann, dass Charlies Intuition sehr viel komplexer und auch erstaunlicher war. Wir vier waren in ein französisches Restaurant gegangen, und während des Essens goss Charlie dem Kellner plötzlich ein Glas Wein ins Gesicht. Das magere, flache Gesicht war unbewegt wie das eines Buddhas gewesen, doch Charlie hatte seinen Bordeaux hineingeschüttet. Um einer Szene aus dem Weg zu gehen, blieb uns nur der sofortige Aufbruch. Auf der Fahrt zu unserer Wohnung war Leona starr vor Entrüstung, und Charlie presste in unerklärlichem Groll die Lippen zusammen. Ich versuchte, ihn zur Vernunft zu bringen, indem ich ihm sagte, dass er sich das beleidigende Verhalten des Kellners nur eingebildet habe, aber er war davon überzeugt, dass er es besser wisse. Aber woher konnte er das?

»Es ist ein Fluch, ein verdammter Fluch«, stöhnte er. Wir waren allein in dem vollgestopften Alkoven, den ich mein Refugium nenne. »Ich nehme an, dass ich schon so lange in Leona vernarrt bin, dass es meinen Kopf in Mitleidenschaft gezogen hat. Es ist ja nicht so, dass ich dieses verdammte Kunststückchen bei etwas anderem fertigbrächte. Lieber Gott, ich wäre ein reicher Mann, wenn ich das könnte! Nein, nur durch Leona, einzig und allein durch Leona funktioniert es.«

»Funktioniert was?«, fragte ich.

»Meine verfluchte Telepathie. Lach mich nicht aus, Paul, es ist wahr! Ich kann Gedanken lesen. Ich meine das im wahrsten Sinne des Wortes, ich kann jedes gemeine Wort, jeden miesen, schmutzigen Gedanken in ihren Köpfen hören, wenn sie sie ansehen. Selbst du«, sagte er vorwurfsvoll, »ich konnte genau hören, was du an jenem Abend dachtest, als Leona die Kerzen ansteckte.«

Ich hustete ein bisschen.

»Schau mal, Charlie«, sagte ich begütigend, »niemand kann Gedanken lesen, die sind Privateigentum. Du bist einfach auf ganz altmodische Weise eifersüchtig, Junge, und das macht dich überempfindlich, wenn jemand deine Frau ansieht.«

»Ich sag dir doch, ich kann! Heute Abend habe ich die Gedanken des Kellners gelesen, Paul – und zwar auf Französisch! Ich weiß nicht mal, was er wirklich gedacht hat, ich spreche kein Wort Französisch. Es war einfach sein innerliches Feixen, das die Gedanken begleitete ...«

»Ich kann ein bisschen *parler*«, sagte ich. »Was hat er – gedacht?«

Charlie sagte es mir, und ich wurde rot.

»Du weißt gar nicht, wie mir das zusetzt«, jammerte er und massierte mit beiden Händen seine Stirn, »es wird schlimmer und schlimmer. Ich kann nicht die Straße entlanggehen ohne diesen Schwall schmutziger Gedanken, der sich über uns ergießt. Ich möchte jeden Mann, der sie ansieht, umbringen. Ich bin die ganze Zeit so voller Wut, dass ich weder richtig essen kann noch schlafen noch …«

»Nun mach mal 'nen Punkt«, sagte ich. »Selbst wenn es stimmt, selbst wenn du Gedanken lesen kannst, darfst du dich davon nicht zugrunde richten lassen. Du weißt schließlich, wie die Männer sind. Es ist bloß natürlich, sich über eine attraktive Frau Gedanken zu machen, das liegt in der menschlichen Natur. Das ist doch nicht persönlich gemeint …«

Er lachte bitter. »Das sagst du. Weil du nämlich nicht weißt, wie persönlich es wird, wenn es sich um deine Frau handelt, die der Gegenstand ihrer Gedanken ist. Es macht mich einfach krank, Paul!«

»Charlie«, fragte ich, »hast du jemals daran gedacht, zu einem Psychiater zu gehen?«

»Ich war mal bei einem«, sagte er müde. »Nach meiner dritten Sitzung kam Leona, um mich abzuholen. Ich habe den alten Lustmolch fast erwürgt, als ich hörte, was er dachte.«

Als ich Audrey von unserer Unterhaltung berichtete, schnappte sie nach Luft und sagte dann:

»Also, das war es, was Leona meinte! Ich nehme an, er hat mit Mr. Luppman dasselbe gemacht. Arme Leona!«

»Wer ist Mr. Luppman?«

»Charlies Chef. Charlie ist gestern gefeuert worden, wusstest du das nicht?«

Nach jenem Abend sahen wir die Blackburns über einen Monat lang nicht mehr. Tatsächlich bildeten wir nie wieder ein Quartett, aber ich traf Charlie zufällig in einem Selbstbedienungsrestaurant in der 58. Straße. Er saß allein an einem Tisch und nagte an einem Hamburger, und einen Augenblick lang erkannte ich ihn nicht wieder. Er war dünner geworden, er war blass, und um seine Augen lagen so tiefe Schatten, dass ich zuerst dachte, er trüge eine Sonnenbrille. Als ich auf ihn zuging, sah er mich verwirrt an, fast so, als kenne er mich nicht.

»Charlie«, sagte ich, »um Himmels willen, warst du krank?«

Er zog die Lippen zurück, aber ein Lächeln war das nicht. »Mir geht's gut«, sagte er. »Es war ein schlimmer Monat, aber jetzt geht es wieder. Ich bekomme wahrscheinlich einen Job bei Merrill Lynch. Jetzt wird alles gut.«

»Und wie geht es Leona?«

»Leona ist okay«, sagte er verbissen. »Solange sie bleibt, wo sie ist, ist sie okay.«

»Bleibt, wo sie ist? Wo ist sie denn?«

»Im Haus! Wo sie hingehört!« Er schrie es fast und lenkte die Aufmerksamkeit der anderen Gäste auf sich. Er entschuldigte sich und beugte sich über seinen Kaffee. »Du weißt noch, was ich dir erzählt habe«, sagte er leise, »über das Gedankenlesen?«

»Ja?«

»Es ist so schlimm geworden, Paul«, flüsterte er. »Neuerdings kriege ich davon Kopfschmerzen, entsetzliche Kopfschmerzen. Aber es geht, wenn Leona sich nicht aus dem Haus rührt …« Er sah auf seine Uhr und stand auf. »Ich muss los«, sagte er. »Muss sehen, dass ich diesen Job kriege. Bis bald, Paul.«

Er ging, und wie sich später herausstellte, hatte er sich in doppelter Hinsicht geirrt. Er bekam weder die Stelle, noch sahen wir uns je wieder.

Fast ein Jahr verging, ehe ich wieder von den Blackburns hörte – und zwar unerwarteterweise durch Audrey. Sie hatte eines Morgens einen Anruf von Leona bekommen und mit ihr in der Stadt zu Mittag gegessen. Als ich an jenem Donnerstagabend nach Hause kam, wartete Audrey schon ungeduldig auf mich, um mir die tragischen Einzelheiten zu berichten.

»Die arme Leona!«, sagte sie. »Du hast ja keine Ahnung, was diese Frau durchgemacht hat. Ehrlich, wenn sie nicht so verflixt gut aussähe, hätte ich heulen können. Sie trug einen Nerz, der ging ihr bis hierher.«

»Na, wie schön, dass Charlie wieder obenauf ist.«

»Ich fürchte, die Sache ist anders«, sagte Audrey unglücklich. »Der arme Charlie ist tot, Paul. Den Nerz verdankt sie seiner Lebensversicherung.«

»Charlie tot?«

»Ist das nicht schrecklich? Natürlich wussten wir beide, wie krank er war, aber ich hätte nie gedacht, dass es tödlich sein könnte. Leona ebenso wenig. Er fing an, diese grässlichen Kopfschmerzen zu kriegen, und er nahm sehr ab. Dann fingen diese Anfälle an, richtige Schlaganfälle. Er rollte sich dann auf der Erde und schrie vor Schmerzen, manchmal mitten auf der Straße. Sie klapperten alle möglichen Ärzte ab, aber keiner konnte helfen. Einen von ihnen griff Charlie sogar an, so wie damals den Psychiater. Natürlich verlor er immer wieder seine Arbeit. Sie mussten das Haus verkaufen und sich etwas ganz Billiges suchen. Sie wären glatt verhungert, wenn Leona nicht die Initiative ergriffen und eine Stellung angenommen hätte.«

»Leona ist arbeiten gegangen?«

»Sie musste ja. Und da kam es schließlich auch zur Katastrophe. Sie hatte erst seit einer Woche dort gearbeitet, als Charlie kam, um sie um fünf Uhr abzuholen. Und genau da passierte es. Er hielt sich den Kopf und fing an zu schreien, und dann stürzte er zu Boden. Er starb, im Angesicht des ganzen Büros.«

»Wie furchtbar«, sagte ich. »Armer Charlie!«

»Und arme Leona«, sagte Audrey. »Aber wenigstens war Charlie weitblickend genug, eine Versicherung abzuschließen, so dass sie nicht mehr zu arbeiten braucht.«

»Was hat sie denn gemacht?«

»Sie war Stenotypistin«, sagte Audrey. »Beim US-Flottenstützpunkt in New London.«

Aus dem Amerikanischen von Barbara Rojahn-Deyk und Jobst-Christian Rojahn

Falsche Perlen

Nun war auch Beggs an der Reihe. Während er seine Strafe verbüßte, war eine ganze Generation erwachsen geworden, und jetzt endlich öffneten sich die Gittertore für ihn. Während er im Büro des Direktors stand, unbehaglich in der fremden Zivilkluft, dachte er: Den ersten Einundzwanzigjährigen, der mir über den Weg läuft, haue ich an und sage: Junge, ich bin jemand, den du nie gesehen haben kannst, dem du an nichts die Schuld geben kannst, denn ich habe gesessen, seit du auf die Welt gekommen bist. Zwanzig Jahre.

»Fünfzig ist doch kein Alter«, sagte der Direktor gerade. »Es gibt viele Männer, die mit fünfzig noch eine neue Karriere beginnen, Beggs. Lassen Sie sich nicht entmutigen; Sie wissen ja, wohin das führt.«

»Was?«, fragte Beggs verträumt. Er kannte die Antwort zwar, wollte aber, dass das Gerede noch nicht zu Ende war, dass der entscheidende Augenblick noch etwas hinausgezögert wurde.

»Na, Sie wissen schon – so etwas gibt Ärger. Sie wären nicht der Erste, der sich an einem Tag verabschiedet und am nächsten schon wieder eingeliefert wird.« Er räusperte sich und raschelte mit seinen Papieren. »Wie ich sehe, haben Sie Familie.«

»Das war einmal«, sagte Beggs nicht ohne Bitterkeit.

»Ihre Frau hielt wohl nicht viel von Besuchen, wie?«

»Nein.«

»Das Geld, das Sie gestohlen haben …«

»Welches Geld?«

»Ach ja«, sagte der Gefängnisdirektor seufzend. »Sie gehören ja zu den Unschuldigen! Na schön. Die Sorte lasse ich besonders gern wieder ziehen.« Die Hand wurde ausgestreckt. »Viel Glück, Beggs. Ich hoffe, Sie finden da draußen, was Sie suchen. Ich wünschte nur, ich könnte Ihnen einen guten Rat mit auf den Weg geben.«

»Schon gut, Herr Direktor. Trotzdem vielen Dank.«

»Einen Tipp gebe ich Ihnen.« Er lächelte wohlwollend. »Färben Sie sich das Haar.«

»Vielen Dank«, sagte Beggs.

Er war draußen. Er wusste, dass Edith nicht vor dem Tor auf ihn warten würde; trotzdem blieb er stehen und blickte nach links und rechts und setzte sich schließlich zehn Meter von der Gefängnismauer entfernt auf einen Hydranten, um eine Zigarette zu rauchen. Auf dem Laufgang über sich hörte er einen Wächter lachen. Endlich stand er auf und ging zur Bushaltestelle. Er setzte sich auf die letzte Bank und ließ während der Fahrt in die Stadt sein weißhaariges Spiegelbild nicht aus den Augen. Ich bin ja ein alter Mann, dachte er. Aber das ist schon recht so.

In den nächsten Tagen lebte er von seinem Rehabilitationsgeld. Er gab es aus für Unterkunft, neue Kleidung, Essen und eine Bahnfahrt. Auf dem Bahnsteig von Purdys Landing sprach ihn ein Taxifahrer an. Er sagte ja und setzte sich auf den Beifahrersitz. »Kennen Sie die Cobbin-Farm?«, fragte er.

»Nein«, antwortete der Fahrer. »Nie davon gehört.«

»War mal an der Edge Road.«

»Die ist bekannt.«

»Dorthin will ich. Ich sage Ihnen, wo ich aussteigen möchte.«

Als die kleine Siedlung auftauchte, bat er den Fahrer anzuhalten. Er bezahlte und wartete, bis der Wagen anfuhr, ehe er sich einem der Häuser näherte. Als er das Taxi nicht mehr sehen konnte, verließ er die Auffahrt wieder und begann die Straße entlangzugehen. Obgleich ihm die Umgebung sehr fremd vorkam, zeigte er keine Unruhe. Alles verändert sich. Gewisse Merkmale aber bleiben bestehen.

Er erblickte die zerklüftete Kante des Felshangs und wusste, dass er am richtigen Ort war. Er glitt die kleine Schräge hinab und stützte sich ab, damit er nicht stürzte. Vor zwanzig Jahren war er noch viel wendiger gewesen. Am Ende des Hanges begann ein steiles Waldstück, in dessen Mitte er vordrang. Er stolperte herum, bis er die ungleichmäßig aufgestapelten Steine erblickte, den alten, verkohlten Baumstumpf – die Stelle, an der er das Geld versteckt hatte.

Er begann die Steine zu entfernen. Es waren viele Steine. Er war zuversichtlich, dass man sein Versteck in der Zwischenzeit nicht entdeckt hatte. Diese Überzeugung erfüllte ihn wie ein Glaube.

Das Geld war tatsächlich noch da, im Lederkoffer, Bargeld, säuberlich nach Nennwerten getrennt, etwas feucht, aber noch immer neu aussehend und gültig. Er wischte den Koffer ab, der immerhin vierzig Dollar gekostet hatte, und betrachtete zungenschnalzend die Schimmelspuren an der Deckelkante. Aber noch war das Gepäckstück stabil und ließ sich an dem breiten Griff gut tragen.

Mit dem Koffer kehrte er zur Straße zurück. Diesmal blieb er vor einem der Häuser stehen und klopfte an die Tür. Eine Frau öffnete, blickte zweifelnd auf den Koffer, als rechne sie damit, dass er ihr etwas verkaufen wollte, und atmete auf, als sie sein schneeweißes Haar sah und seine Frage hörte. Ob er wohl einen Schluck Wasser haben könne? Natürlich. Dürfte er nach einem Taxi telefonieren? Bitte sehr, der Apparat steht hier. Sie war nicht mehr ganz jung und sehr nett. Mit gelindem Schock machte sich Beggs klar, dass Edith jetzt in ihrem Alter sein musste.

Bei Anbruch der Dunkelheit erreichte er die alte Gegend. Der leichte Rougetupfer auf den Mauern der Mietshäuser verbesserte das Aussehen nicht; es sah vielmehr dirnenhaft herausgeputzt aus. Kaum verändert, dachte er, eher ist es noch schlimmer geworden. Alter und Verfall, der Schmutz von weiteren zwanzig Jahren auf dem Pflaster und an den Mauern. Dann aber sah er die Unterschiede; die vollverglaste Front des Drugstores an der Ecke, ein leerer Bauplatz, wo früher die Süßigkeitenbude gestanden hatte, die Kinder auf der Straße entstammten einer anderen Nationalität, ein neues Neonschild vor *Mike's Bar und Grill*. Das Schild verkündete: *Lucky's*, und bei jedem Aufflackern zischte und knisterte das L und schien kurz vor dem Durchbrennen zu sein.

Er betrat die Bar. In seiner Jugend, selbst noch nach seiner Heirat, hatte er hier so manche Stunde verbracht. Doch nur die Ausmaße des Raums waren unverändert. *Mike's* war schlicht möbliert und ehrlich beleuchtet gewesen, und der Barkeeper hatte schweißbedeckte Arme gehabt. *Lucky's Bar* war da von ganz anderem Zuschnitt. Der Raum war dunkel, zu dunkel für zwei alte Augen, herausgeputzt mit Chrom und Buntglas, eine miese Cocktailbude. Es waren sogar Frauen anwesend: Er machte ein schwarzes Kleid und eine Perlenkette aus und hörte ein hartes Mädchenlachen. Der Barkeeper trug eine weiße Uniform und hatte das Gesicht eines Wiesels. Er bediente die Kasse wie eine Hammondorgel.

»Bitte, Sir?«, fragte er.

»Telefon?«, fragte Beggs heiser.

Verachtung. »Hinten.«

Er stolperte über etwas, richtete sich auf, fand die Telefonzelle. Ungeschickt suchte er im Telefonbuch, dessen Umfang er bestaunte, während die Alkoholdünste des Lokals ihn ein wenig schwindlig werden ließen; seit zwei Jahrzehnten hatte sein Gaumen keinen Whiskey mehr zu schmecken bekommen. Er fand die Eintragung: BEGGS, EDITH an der alten Anschrift, aber mit neuer Nummer. Fast kamen ihm die Tränen vor Dankbarkeit über seine sture Frau, die sich Veränderungen stets widersetzt hatte.

Er betrat die Zelle, zwängte den Koffer zwischen die Beine, holte einen Fünfer aus der Tasche und merkte jetzt erst, dass sich der Preis geändert hatte. Er fand einen Zehner, steckte ihn aber noch nicht in den Schlitz, zu sehr zitterten seine Hände. Er konnte sich nicht überwinden anzurufen, er konnte nicht in dieser Glaszelle sitzen und sich die blecherne und körperlose Stimme aus der Vergangenheit anhören. Schwitzend verließ er die Telefonzelle.

Er setzte sich auf einen weich gepolsterten Barhocker, stemmte die Ellbogen auf den Tresen und legte den Kopf in die Hände. Niemand leistete ihm Gesellschaft. Der Barkeeper stürzte sich auf ihn wie ein Raubvogel. »Was darf es sein?«, fragte er verführerisch. »Sie sehen aus, als brauchten Sie einen Schuss, mein Freund.«

Beggs hob den Kopf. »Was ist aus Mike geworden?«, fragte er.

»Aus wem?«

»Ich – ich nehme einen Whiskey.«

Das Glas stand vor ihm und war bezahlt, was die Spannung zwischen den beiden Männern erheblich minderte; der Barkeeper wurde etwas zugänglicher. »Sie meinen Mike Dram? Den früheren Besitzer hier?«

»Ja.«

»Schaut sich die Radieschen von unten an«, gab der Mann Auskunft und zeigte mit dem Daumen nach unten. »Vor etwa zehn Jahren. Seither hat es hier vier Wirte gegeben. Sind Sie ein Freund von Mike?«

»Ich habe ihn vor langer Zeit gekannt«, antwortete Beggs und stürzte den Alkohol hinunter, der wie eine Granate in seinem Kopf explodierte. Er verschluckte sich und begann krampfartig zu husten, wobei er fast mit dem Kopf auf die Mahagonibar schlug. Der Barkeeper fluchte und holte ihm ein Glas Wasser.

»Was sind Sie denn für ein Früchtchen?«, fragte er. »Wollen Sie mir etwa vormachen, mein Whiskey taugt nichts?«

»Tut mir leid – es ist so lange her.«

»Ach, reden Sie doch keinen Unsinn!«

Gekränkt marschierte er davon. Beggs barg das Gesicht

in den Händen. Im nächsten Augenblick spürte er eine Berührung am Rücken, drehte sich um und erblickte die billigen weißen Perlen und den schlanken Hals, die durch einen tiefen schwarzen Kleiderausschnitt getrennt waren.

»Hallo, Opa, sind Sie erkältet oder was?«

»Alles in Ordnung«, sagte er. Sie setzte sich auf den Hocker neben ihm, ein junges, hübsches Mädchen, dessen Haut noch heller war als die falschen Perlen. »Ich bin nur nicht daran gewöhnt«, sagte er. »Vertrage das Zeug nicht mehr.«

»Sie brauchen Übung«, sagte sie lächelnd. Dann ging ihm auf, dass das Mädchen nicht aus Nächstenliebe freundlich zu ihm war; sie arbeitete hier. Er griff nach dem Koffer. »Bleiben Sie doch noch, Opa, auf einem Bein kann man nicht stehen.«

»Wie bitte?«

»Trinken Sie noch einen. Der schmeckt Ihnen bestimmt schon besser.«

»Ich glaube nicht.«

»Ich mache Ihnen einen Vorschlag. Sie bestellen sich einen und kosten ihn. Wenn er Ihnen nicht schmeckt, trinke ich für Sie weiter. Das ist wie bei einer garantierten Geldrückgabe bei Nichtgefallen. Nur kriegen Sie's gar nicht zurück.« Sie lachte hell.

Er hätte am liebsten abgelehnt, doch lag ihm daran, selbst ihr falsches Lächeln möglichst lange um sich zu haben. »Na schön«, sagte er mürrisch.

Der Barkeeper kehrte aktionsbereit zurück. Er schob zwei Gläser zurecht und füllte beide bis zum Rand. Dann stellte er die Flasche vor Beggs hin und drehte sie so, dass die Marke sichtbar wurde. Reumütig grinste ihn Beggs an. Die dünnen bleichen Finger des Mädchens schlossen sich um ihr Glas und hoben es hoch. »Auf Sie«, sagte sie.

Der zweite Drink rutschte schon besser. Er fühlte sich noch nicht richtig entspannt, doch ließ sich mit seiner Depression schon etwas besser leben. Der Drink weckte Erinnerungen daran, wozu Alkohol gut war. Schüchtern betrachtete er das Mädchen, das ihm auf die Schulter klopfte. »Sie sind nett«, sagte sie herablassend. »Ihr weißes Haar gefällt mir.«

»Sie trinken ja gar nicht«, stellte er fest.

»Wenn ich ehrlich bin, möchte ich noch einen Schuss Ginger Ale dazu haben. Wollen wir uns nicht an einen Tisch setzen?«

Beggs blickte zum Ende der Bar; der Mixer trocknete Gläser ab und schien ganz zufrieden zu sein.

»Warum nicht?«, antwortete er, nahm seinen Koffer und stieg vom Hocker. Als sein Fuß den Boden berührte, merkte er es zuerst gar nicht und lachte. »He, was ist los? Mein Fuß ist eingeschlafen.«

Sie kicherte und blickte auf den Koffer. Dann hakte sie sich bei ihm unter. »Ach, sind Sie süß!«, sagte sie. »Ich bin froh, dass Sie bei uns eingekehrt sind.«

Er war in der Gefängniswerkstatt, zerschlagen vor Müdigkeit. Ringsum dröhnten die Maschinen, und der Kopf tat ihm weh. Er legte ihn auf die kühle Oberfläche der Werkbank, und der Wächter packte ihn an der Schulter und zerrte ihn hoch. »Wach auf, Kumpel!«

»Was?«, fragte Beggs und hob den Kopf von der Plastiktischplatte. Seine Finger lagen um ein Glas, das jedoch leer war. »Was haben Sie gesagt?«

»Aufwachen!«, knurrte der Barkeeper. »Ich führe hier kein Hotel und muss zumachen.«

»Wie spät ist es?« Er richtete sich auf, und mehrere Gongs dröhnten in seinen Ohren. Seine Fingerspitzen kribbelten, und er hatte das Gefühl, Kleister im Mund zu haben. »Ich muss eingeschlafen sein«, stellte er fest.

»Wir haben ein Uhr durch«, verkündete der Barkeeper. »Gehen Sie nach Hause.«

Beggs blickte auf die andere Seite des Tisches. Dort saß niemand. Er streckte die Hand nach seinem Koffer aus, griff aber ins Leere. »Mein Koffer«, sagte er leise.

»Ihr was?«

»Koffer. Vielleicht habe ich ihn an der Bar stehenlassen…« Er stand auf, taumelte auf die Barhocker zu und begann sie herumzuschieben. »Muss hier irgendwo sein«, murmelte er. »Haben Sie ihn nicht gesehen?«

»Hören Sie, Kumpel…«

»Mein Koffer«, sagte Beggs betont und blickte den Mann an. »Ich will meinen Koffer haben, verstehen Sie?«

»Ich habe keinen Koffer gesehen. Wollen Sie mich etwa beschuldigen…?«

»Das Mädchen, das mit mir zusammen war. Das hier arbeitet.«

»Mann, hier arbeiten keine Mädchen. Sie machen sich eine falsche Vorstellung von meinem Lokal.«

Beggs legte dem anderen eine Hand auf den Jackettaufschlag, doch keineswegs aggressiv. »Bitte machen Sie sich nicht über mich lustig«, sagte er und lächelte sogar. »Ich bin ein alter Mann. Sie sehen doch mein weißes Haar. Was haben Sie mit dem Koffer gemacht? Wo ist das Mädchen?«

»Mister, ich sag's Ihnen ein letztes Mal.« Der Barkeeper zerrte seine Hand zur Seite. »Ich habe Ihren verdammten Koffer nicht gesehen. Und ein Mädchen arbeitet hier auch nicht. Wenn Sie sich haben ausnehmen lassen, ist das allein Ihre Sache.«

»Sie lügen!«

Beggs stürzte sich auf den Mann, doch nicht um ihn anzugreifen; vielmehr waren seine Arme flehend ausgebreitet. Wieder schrie er den Barkeeper an, der sich aber verächtlich abwandte. Er folgte ihm, und der Mann machte kehrt und äußerte böse Worte. Daraufhin begann Beggs zu schluchzen, und der Barkeeper seufzte resigniert und sagte: »Ach, jetzt reicht's mir aber!« Er packte Beggs am Arm und begann ihn zur Tür zu drängen. Unterwegs zerrte er seinen Mantel vom Haken und warf ihn dem alten Mann über die Schulter. Beggs protestierte zwar, ging aber weiter. An der Tür gab ihm der Barkeeper einen letzten Schubs, der ihn auf die Straße hinausbeförderte. Dann knallte die Tür zu, und Beggs hämmerte mit der Faust dagegen, aber nur einmal.

Er stand auf dem Bürgersteig und zog seinen Mantel an. In der Tasche befanden sich noch einige Zigaretten, zerdrückt und nutzlos. Er warf die zerkrümelte Packung in die Gosse.

Dann setzte er sich in Bewegung.

An die Treppe erinnerte er sich noch – drei Stockwerke musste er ersteigen. Als junger Mann, frisch verheiratet, in der Vorfreude auf Edith, die ihn oben erwartete, war der Aufstieg ein Kinderspiel gewesen. Etwas schwieriger wurde es schon, wenn er nach einem arbeitslos vertrödelten Tag bei Mike ordentlich getankt hatte. Heute aber kam ihm die Treppe endlos vor, ein hölzerner Mount Everest. Er war außer Atem, als er endlich vor der Wohnungstür stand.

Er klopfte an, und nach einiger Zeit öffnete ihm eine Frau, die Ediths Mutter hätte sein können – aber es war Edith selbst. Sie starrte ihn an und schob sich dabei gelbgraue Haarsträhnen aus dem Gesicht, während die andere knochige Hand an einem herabhängenden Knopf ihres fleckigen Hauskleids herumfummelte. Da er nicht recht wusste, ob sie ihn erkannte, sagte er: »Ich bin's, Edith – Harry.«

»Harry?«

»Ich weiß, es ist schon ziemlich spät«, sagte er leise. »Tut mir leid. Man hat mich heute entlassen. Kann ich mal reinkommen?«

»Mein Gott!«, sagte Edith und legte die Hände vor die Augen. In den nächsten dreißig Sekunden bewegte sie sich kaum. Er wusste nicht, ob er sie berühren sollte oder nicht. Er trat von einem Fuß auf den anderen und fuhr sich mit der Zunge über die trockenen Lippen.

»Schrecklich durstig bin ich«, sagte er. »Kannst du mir ein Glas Wasser geben?«

Sie ließ ihn eintreten. Das Zimmer war dunkel, und seine Frau schaltete eine Tischlampe ein. Sie ging in die Küche und holte das Wasser. Sie reichte ihm das Glas, und er setzte sich, ehe er trank.

Als er ihr das leere Glas zurückgab, lächelte er scheu. »Vielen Dank«, sagte er. »Ich war verdammt durstig.«

»Was willst du, Harry?«

»Nichts«, sagte er leise. »Nur ein Glas Wasser. Mehr kann ich ja nicht von dir erwarten, oder?«

Sie wandte sich ab und fummelte an ihrem Haar herum. »Mein Gott, ich sehe ja schrecklich aus! Warum hast du mir nicht Bescheid gesagt?«

»Tut mir leid, Edith«, sagte er. »Ich gehe jetzt lieber wieder.«

»Wohin denn?«

»Keine Ahnung«, sagte Beggs. »Ich habe noch nicht darüber nachgedacht.«

»Du hast keine Unterkunft?«

»Nein.«

Sie brachte das leere Glas in die Küche und kam zurück. Sie blieb auf der Schwelle stehen, verschränkte die Arme und lehnte sich an den Türrahmen.

»Du kannst hierbleiben«, sagte sie tonlos. »Wenn du keine Unterkunft hast, kann ich dich nicht gut hinauswerfen – das würde ich ja keinem Hund antun. Du darfst auf der Couch schlafen. Bist du damit einverstanden, Harry?«

Er rieb mit der Hand über das Kissen.

»Die Couch«, sagte er langsam. »Mir ist diese Couch lieber als jedes Prunkbett.« Er blickte sie an. Edith hatte zu weinen begonnen. »Ach, Edith!«, sagte er.

»Kümmere dich nicht um mich!«

Er stand auf, trat neben sie und legte die Arme um sie.

»Bist du einverstanden, wenn ich bleibe? Nicht nur heute Nacht?«

Sie nickte.

Beggs drückte sie fester an sich, umarmte sie wie ein junger Liebhaber. Edith schien zu merken, wie seltsam das aussehen musste, denn sie lachte plötzlich auf und wischte sich mit der Handkante eine Träne von der Wange.

»Mein Gott, was für Gedanken mir kommen!«, sagte sie. »Harry, weißt du, wie alt ich bin?«

»Ist mir egal ...«

»Ich habe eine erwachsene Tochter. Harry! Du hast deine Tochter noch nie gesehen.« Sie machte sich frei und ging zu einer geschlossenen Tür. Sie klopfte an, und ihre Stimme zitterte. »Harry, du kennst Angela überhaupt nicht. Sie war ein Baby, als ... Angela! Angela, wach auf!«

Gleich darauf wurde die Tür geöffnet. Das blonde Mädchen in dem weiten Nachthemd gähnte und blinzelte ins Licht. Sie war hübsch und verärgert.

»Was zum Teufel geht hier vor?«, fragte sie. »Was ist das für ein Geschrei?«

»Angela, ich möchte dich jemandem vorstellen, jemand ganz Besonderem!«

Edith klatschte in die Hände und sah Beggs an. Beggs musterte das Mädchen und lächelte töricht-verlegen, ein Lächeln, das sofort erlosch. Edith bemerkte es und stieß einen Laut der Enttäuschung aus. Die beiden sahen sich an, der alte Mann und das Mädchen, und Angela zerrte nervös an der billigen weißen Perlenkette, die noch immer um ihren Hals hing.

Aus dem Amerikanischen von Thomas Schlück

Anweisung ignorieren

In einer langen, stahlgrauen Kassette, die in den Tresoren der Merchants Industrial Bank ruhte, bewahrte Warren Maddox eine Anzahl von Papieren auf, die sein Vermögen und seine Klugheit dokumentierten. Da war zunächst sein Testament, welches die beträchtlichen Besitztümer zwischen seiner Frau Evelyn und seinem Bruder und Anwalt Emanuel aufteilte und strenge Anweisungen enthielt, wie die beiden ihr geschäftliches, gesellschaftliches und privates Leben nach seinem Tode zu gestalten hätten. Ferner befanden sich in dem Schließfach Versicherungspolicen, die seine Familie und seine Geschäftspartner der Maddox-Gerätefirma schützen sollten. Weiterhin erstklassige Wertpapiere, Urkunden über Eigentumsanteile, Hypotheken, Vermietungen, Regierungsanleihen und andere eindrucksvolle Dokumente, die erkennen ließen, dass sich Warren Maddox ein felsenfestes Fundament geschaffen hatte. Das interessanteste Dokument in der Sammlung war aber vermutlich ein Brief, der an seine Frau und an seinen Anwalt gerichtet war und ein Datum trug, das etwa sechs Jahre zurücklag.

Warren hatte keine Mühe, sich an dieses Datums zu erinnern. Es fiel zusammen mit der Entführung Curtis F. Barnwrights, des ehemaligen Präsidenten des Wirtschaftsklubs. Warren war im gleichen Jahr als Mitglied aufgenommen worden, und als die Nachricht in die gepolsterte Stille des Lesezimmers platzte, fand seine Reaktion das erstaunte Interesse der anderen Mitglieder.

»Ich weiß genau, was *ich* tun würde«, sagte er grimmig. »Ich würde den Schweinehunden keinen Cent zahlen! Ich würde sie von Anfang an wissen lassen, dass sie bei mir mit so etwas nicht durchkommen!«

Er schlug mit der Faust auf die rotlederne Armlehne seines Sessels und setzte ein grimmiges Gesicht auf. Das war keine Kleinigkeit, denn Warren war von Natur aus rosig-rund und wirkte wie ein übergroßer Säugling. Sein Verstand aber hatte nichts Säuglinghaftes; in der Gerätefirma wurde er insgeheim »Peitschenschwinger« genannt. Seine Aktennotizen schlugen ein wie Blitze. Seine Anweisungen hinsichtlich Bürostunden, Pünktlichkeit und Arbeitsleistung hatten den gnadenlosen Ton eines Diktators. Und nicht einmal nach Büroschluss legte er die Peitsche aus der Hand; seine Frau und seine Hausangestellten spürten sie nicht weniger als die Firmenangehörigen. Nur in den stillen Mauern des Wirtschaftsklubs entspannte sich Warren, doch selbst hier wussten die anderen Mitglieder, dass sie es mit einem Mann von unbeugsamem Willen zu tun hatten. Und wenn sie es nicht wussten, klärte Warren sie schnell auf.

Im Sessel neben Maddox verzog Brauereipräsident Berolzheimer den humorvoll geschwungenen Mund. Er gehörte zu den unaufgeklärten Mitgliedern, die Warrens strenge Lebenseinstellung nicht teilten.

»Warren, das verstehe ich nicht«, sagte er gelassen. »Soll das heißen, Sie würden sich weigern, Lösegeld zu zahlen?«

»Und ob! Das ist ja heute das Problem bei den Leuten –

keine Willenskraft! Wenn die gemeinen Verbrecher genau wüssten, dass sie von Barnwrights Frau keinen roten Heller bekommen, müssten sie ihn freilassen.«

»Sie könnten ihn natürlich auch umbringen«, meinte Berolzheimer.

Warren bedachte den Einwand. »Nein, das wäre nicht vernünftig. Kidnapping ist eine Sache, Mord eine andere. Sobald die Kerle wissen, dass es keinen Sinn hat, sind sie besser dran, wenn sie ihn unverletzt freilassen. Nur das ist eine gesunde Einstellung zum Geschäft.«

»Aber was ist, wenn es sich nicht um gute Geschäftsleute handelt? Nicht alle Verbrecher lesen das *Wall Street Journal*.« Berolzheimer hatte die Lacher auf seiner Seite, und Warrens Gesicht rötete sich.

»Dazu muss ich feststellen, dass gerade der alte Barnwright nicht als guter Geschäftsmann gehandelt hat. Hätte er eine Anweisung hinterlassen, niemals Lösegeld zu zahlen, wäre so etwas gar nicht erst passiert, garantiert.«

»Wirklich? Haben Sie es denn getan, Warren?« Dem Brauer schien das Gespräch Spaß zu machen, während Warren immer nervöser wurde.

»Nein, aber ich hole es so schnell wie möglich nach, bei Gott!«, sagte er energisch. »Wenn diese Schurken *wissen*, dass wir nicht zahlen, lassen sie uns in Ruhe. Ist doch vernünftig, oder?«

»Mag schon sein. Ich will nur hoffen, Warren, dass Sie nicht mal auf Verbrecher stoßen, die vernunftwidrig handeln.«

Warren Maddox vergaß diese prophetischen Worte schnell wieder, doch erst nachdem er den Brief geschrieben hatte. Noch am gleichen Abend zog er sich in die Bibliothek seines eindrucksvollen Hauses zurück und bekritzelte ein halbes Dutzend teure Leinenbogen, ehe er das Dokument erstellt hatte, das seinen Geschäftssinn und sein literarisches Empfinden gleichermaßen zufriedenstellte:

An meine Frau Evelyn Maddox und meinen Rechtsanwalt Emanuel Maddox:
Sollte es je dazu kommen, dass ich entführt werde, ergeht hiermit die Anweisung, jedes Ersuchen um Lösegeld zu ignorieren, ob es nun von den Verbrechern oder von mir selbst ausgeht. Egal, welche Mitteilungen eintreffen, egal, wie dringend ich darum ersuche, diese Anweisung zu ignorieren – es darf auf keinen Fall gezahlt werden.
Gezeichnet, Warren G. Maddox

Nach dem Abendessen zeigte er den Brief seiner Frau, und sie sagte: »Aber Warren, das ist ja schrecklich! Wenn man dich nun *umbringt*? Das meinst du doch nicht ernst!«

»Unsinn! Wenn die Kerle wissen, dass ich nicht zahle, können sie gar nichts tun. Aber denk daran, Evelyn, lass dich nicht täuschen. Egal, wozu mich die Entführer zwingen – du ignorierst alles!«

»Glaubst du wirklich, dass so etwas passieren könnte?«

»Natürlich nicht. Aber für den Notfall – denk an meine Anweisungen! Das ist ein Befehl.«

Als sich die Nachricht von seinem mutigen Vorstoß bei Freunden und Klubkollegen herumsprach, stand Warren wie ein Held da. Der alte Barnwright, dessen nervöse und machtlose Frau das Lösegeld gezahlt hatte, das ihm die Freiheit zurückgab, ging in den Ruhestand und starb kurze Zeit später. Die Berichte über sein Leiden waren aber schneller wieder vergessen als Warren Maddox' Brief, der jetzt zwischen seinen Aktien und Rentenpapieren im Kellertresor der Merchants Industrial ruhte.

Natürlich hatte Warren wenig Grund zu der Besorgnis, dass seine Anweisungen jemals ausgeführt werden mussten. Das Risiko, dass sich ein weiterer Entführungsfall ereignen würde, war denkbar gering, auch wenn die reichen Mitglieder des Wirtschaftsklubs eine gewisse Verlockung darstellten. Leider aber wurde diese Unwahrscheinlichkeit gerade in Warrens Fall zur Realität.

Als es geschah, fuhr er gerade im besten der drei Wagen der Maddox-Familie, einem schicken schwarzen Fleetwood mit breiten Schwanzflossen, vom Golfplatz nach Hause. Er stoppte gehorsam vor einer roten Ampel und achtete kaum auf den linkischen Mann im schimmernden blauen Anzug, der aus einem geparkten Plymouth stieg und über die Straße auf ihn zukam. Als der Mann auf der Beifahrerseite an das Fenster klopfte, drückte er auf den Knopf, der das Glas heruntersurren ließ. Er nahm an, der Mann wollte eine Auskunft, doch stattdessen griff er herein und entriegelte die Tür, ließ sich auf den Beifahrersitz fallen und zog eine furchteinflößende graue Automatic.

»Fahren Sie weiter, Mr. Maddox. Bitte hübsch langsam. Und keine Tricks!«

Warren stotterte etwas, und der Mann, ein stämmig gewachsener Bursche mit schlechtem Teint, lachte und ließ sich gemütlich in das weiche Polster sinken.

Als sie etwa eine halbe Meile zurückgelegt hatten, sagte der Mann: »Jetzt nach rechts auf den Boulevard, dann weiter, bis Sie ein Schild sehen, auf dem Macon Avenue steht. Dort sage ich, wie es weitergeht.«

»Was wollen Sie von mir?«, fragte Warren mit schriller Stimme. »Ich habe nicht viel Geld bei mir …«

»Bleiben Sie ruhig, Mr. Maddox. Ihre Brieftasche interessiert uns nicht – sondern Ihr hübsches gepolstertes Bankkonto.«

In diesem Augenblick wurde Warren klar, dass er sich in den Händen von Entführern befand. Die Erkenntnis ließ einen eisigen Schauder über seinen Körper laufen, von der breiten haarlosen Stirn bis hinab zum Zeh, der auf das Gaspedal drückte. Er begann so heftig zu zittern, dass der Wagen im Zickzack fuhr und der linkische Mann seine Fahrkünste auf eine Weise verwünschte, die sich Evelyn, seine Frau, nie herausgenommen hatte.

Sie bogen in die Macon Avenue ein, und der Mann dirigierte ihn durch eine Vielzahl von Nebenstraßen, von deren Existenz er bis jetzt nichts gewusst hatte. Als sie eine Stunde später ihr Ziel erreichten, war er mit den Nerven herunter, und das Blechkleid des Cadillac war mit rötlichen Lehmspritzern bedeckt. Der linkische Mann richtete die Waffe auf ihn und ließ ihn aussteigen. Dann gingen sie ein Stück hügelaufwärts zu einem Bauernhaus, das ein ödes, ungepflügtes Feld überschaute. Links vom Haus erhob sich eine Scheune mit halbeingestürztem Dach; Warren sah das Heck des Plymouth in der Scheuneneinfahrt.

Drinnen wartete ein zweiter Mann, in der Hand eine nicht minder bedrohliche Waffe. Er ähnelte noch mehr einem Gangster als der andere; er hatte die dicke Zunge, die knochenlose Nase und das Narbengewebe eines Exboxers.

»Hier ist unser Baby«, sagte der linkische Mann leise lachend und schloss die Tür mit einem Fußtritt hinter sich. »Verwöhn ihn, Leo, damit er sich wie zu Hause fühlt. Ich fahre zunächst den Caddy in die Scheune.«

Leo steckte die Waffe ein. »Haben Sie schon mittaggegessen?«, fragte er höflich. »Ich wollte uns gerade ein paar Eier braten.« Er rückte einen Holzstuhl zurecht, und Maddox setzte sich mit bleichem Gesicht. Der linkische Mann verschwand nach draußen, und gleich darauf war das leise Summen von Warrens Wagen zu hören, der in die Scheune gefahren wurde.

Als er von seinem Unternehmen zurückgekehrt war, sagte Warren: »Hören Sie mal gut zu, bitte. Sie machen einen schweren Fehler. Es bringt Ihnen nichts, mich hier festzuhalten; meine Familie wird kein Lösegeld bezahlen.«

»Warum nicht?«, fragte Leo. »Sind Sie so unbeliebt?«

»Das ist es nicht«, sagte Warren verzweifelt. »Man wird kein Lösegeld bezahlen, weil ich eine entsprechende Anweisung hinterlassen habe. Vor langer Zeit schon. Es hat also gar keinen Sinn, überhaupt Geld zu fordern, verstehen Sie?«

Die beiden Männer blickten sich an, offenbar unberührt von Warrens Worten. »Hören Sie«, fuhr Warren fort. »Sie müssen doch über mich Bescheid wissen, Sie müssen gehört haben …«

Der linkische Mann zuckte die Achseln. »Wir haben gar nichts gehört, Mr. Maddox. Wir haben Sie gewissermaßen durch Los ermittelt. Vor ein paar Wochen stand Ihr Bild in der Zeitung, wissen Sie noch? Irgendeine Stiftung. Wir haben uns ausgerechnet, wenn Sie für wohltätige Zwecke so viel

Geld übrighaben, müssten auch ein paar Dollars für uns dabei herausspringen. Habe ich recht, Leo?«

»Und ob«, sagte sein Partner. »Was ist nun mit den Eiern, Mr. Maddox? Spiegel oder Rühr?«

»Aber Sie verstehen mich nicht! Ich habe meiner Frau und meinem Anwalt strengstens untersagt, Lösegeld zu zahlen – unter keinen Umständen! Sie verschwenden mit mir nur Ihre Zeit, begreifen Sie das denn nicht?«

»Aber wir haben Sie nun mal hier, Mr. Maddox. Machen Sie's uns also nicht unnötig schwer, ja? Leo ...«

»Ja?«

»Vielleicht solltest du den Brief sofort abschicken.«

»Was ist mit dem Essen?«

»Später. Ich glaube nicht, dass Mr. Maddox großen Hunger hat. Habe ich nicht recht, Mr. Maddox?«

»Nein«, sagte Warren und fuhr sich mit der feuchten Handfläche über die schweißnasse Stirn.

Es dauerte fast dreißig Stunden, ehe Warren Maddox den Inhalt des Briefes erfuhr, den die Entführer abgeschickt hatten. Warren schwankte in dieser Zeit zwischen Entrüstung, Angst und hilfloser Langeweile. Seine Bewacher gewährten ihm freien Zugang zu den drei Räumen des Bauernhauses: eine schmutzige Küche, ein kahles Wohnzimmer und ein enger Schlafraum mit zwei Pritschen. Ein Kofferradio unterrichtete sie über die Außenwelt, doch dauerte es bis fünf Uhr am nächsten Nachmittag, ehe das Verbrechen bekanntgegeben wurde.

»... die Entführer Warren Maddox', des Präsidenten der Maddox-Gerätefirma, fordern zehntausend Dollar für die

Freilassung des Geschäftsmannes. Emanuel Maddox, der Bruder und Anwalt des Opfers, erklärte dazu, das Lösegeld werde unter keinen Umständen gezahlt. Dies gehe auf eine Anweisung seines Bruders zurück...«

»Sehen Sie? Sehen Sie?«, sagte Warren aufgeregt zu den beiden Entführern. »Sie zahlen nichts. Ich hab's Ihnen doch gleich gesagt! Sie verschwenden nur Ihre Zeit!«

»Leo«, sagte der linkische Mann leise. »Gib Mr. Maddox Papier und Füller. Mr. Maddox, Sie setzen sich jetzt hin und schreiben Ihrer Familie, sie soll die Anweisung vergessen und blechen. Los, schreiben Sie schon!«

»Aber das nützt doch nichts! Ich habe gleich darauf aufmerksam gemacht, dass man mich zwingen könnte, so etwas zu schreiben...«

»Schreiben Sie den Brief trotzdem, Mr. Maddox!«

Maddox schrieb den Brief, der die Entführer zufriedenstellte. Es handelte sich um eine geschäftsmäßig-nüchterne Nachricht an Evelyn, worin er zum Ausdruck brachte, er habe sich mit der ursprünglichen Anweisung geirrt und bäte sie, das Geld wie verlangt zu zahlen. Leo, der Ex-Sträfling, gab den Brief in der Stadt auf.

Am folgenden Nachmittag kam die Antwort durch das Radio.

»...erhielt die Maddox-Familie eine neue Lösegeldforderung, vom Opfer der Entführung wohl unter Zwang geschrieben. Mrs. Evelyn Maddox, die Frau des bekannten Geschäftsmannes, sagte: ›Mein Mann rechnete damit, dass man ihn zwingen würde, einen solchen Brief zu schreiben, und hat mich angewiesen, alle Geldforderungen zu ignorieren...‹«

Der linkische Mann fluchte und schaltete das Radio aus. »Na schön«, sagte er gepresst. »Wenn Sie das Spielchen so haben wollen, ändern wir die Regeln. Leo, hol mir ein Küchenmesser.«

»Aber klar«, sagte der Exsträfling. Er ging in die Küche und kehrte mit einem Schneidemesser zurück, einer langen gekrümmten Klinge mit braunem Griff und funkelnder Spitze.

»Was haben Sie vor?«, fragte Warren, und auch noch das letzte Quäntchen Farbe verschwand aus seinem Gesicht.

»Wir werden beweisen, dass wir es ernst meinen. Wir legen dem nächsten Brief einen Ihrer Finger bei, damit Ihre Leute endlich erkennen, dass wir nicht mehr lange fackeln.«

»Aber das können Sie doch nicht tun! Es ist nicht fair!«

»Welche Hand soll es sein, Mr. Maddox?«

Warren versteckte die molligen Hände hinter dem Rücken. »Nicht! Sie können das doch nicht tun!«

»Hören Sie, Mr. Maddox, mir gefällt diese Masche auch nicht besser als Ihnen. Aber die Kiste ist ziemlich verfahren, da haben wir kaum eine andere Wahl. Also ran ans Werk, Kumpel. Rechts oder links?«

»*Nein!*«, kreischte Warren, als Leo sein Handgelenk packte. »Ich zahle das Geld doch, ja, ich versprech's Ihnen!«

»Ja? Wie denn?«

»Ich schreibe meiner Frau noch einmal! Diesmal überzeuge ich sie. Ich bringe sie dazu, die Anweisung außer Acht zu lassen!«

»Sie glauben, das können Sie?«

»Natürlich kann ich das! Ich kenne doch meine Frau. Geben Sie mir Papier und Füllfederhalter!«

»Leo!«, sagte der linkische Mann.

Mit unsicherer Hand und begleitet von zahlreichen Tintenflecken, schrieb Warren:

Liebe Evelyn,
dieser Brief wird nicht unter Zwang geschrieben. Man bedroht mich mit Verstümmelung. Du musst alle früheren Anweisungen ignorieren und die zehntausend Dollar wie gefordert schicken. Dies ist ein Befehl.

Warren

Doch vierundzwanzig Stunden später warteten die Männer noch immer vergeblich auf das Lösegeld.

»Ich habe jetzt genug!«, sagte der linkische Mann zornig und trat so heftig gegen einen Holzstuhl, dass das Bein abbrach. »Wir haben mit Ihnen viel Zeit verschwendet, Kumpel, und kommen keinen Zentimeter vom Fleck!«

»Aber ich hab's Ihnen doch gleich gesagt!«, jammerte Maddox. »Man wird mir nicht glauben …«

»Dann müssen wir's eben auf meine Art versuchen. Ein kleiner chirurgischer Eingriff wird sie überzeugen. Los, Leo, wo hast du das Messer gelassen?«

»Nein! Nein!«, kreischte Warren, und Schweiß erschien in seinem dünnen blonden Bartflaum auf Wangen und Kinn. »Lassen Sie mich noch einmal schreiben, bitte. Ich *weiß*, dass ich Evelyn überzeugen kann! Ich *weiß* es! Bitte!«

»Beim letzten Mal sah es aber anders aus.«

»Sie müssen es mich versuchen lassen! Sie müssen!«

Der linkische Mann seufzte.

»Leo«, sagte er müde.

Angespannt hockte Warren am Küchentisch und versuchte die Füllfeder in seine Gewalt zu bekommen. Das Ergebnis war kaum lesbar, doch der Wille dahinter war klar.

Evelyn –
Du musst mir glauben. Mir ist gleichgültig, was ich Dir vor sechs Jahren gesagt habe. Die Männer werden mir die Finger abschneiden und sie Dir nacheinander schicken. Wenn Du das Geld nicht sofort schickst, erleide ich fürchterliche Folterqualen. Du musst meine Anweisungen ignorieren und sofort das Lösegeld schicken.

Warren

Vierundzwanzig nervenaufreibende Stunden vergingen.

Doch das Geld wurde nicht gezahlt.

»Das war's dann«, sagte der linkische Mann. »Dieser Kerl hat uns richtig hineingeritten! Ich glaube nicht, dass man die Sore rausrückt, selbst wenn wir seine Arme und Beine schicken.«

Leo blickte traurig drein. »Was machen wir?«

»Machen? Gibt nur eine Möglichkeit. Wir murksen ihn ab und vergraben ihn in der Scheune. Dauert bestimmt Jahre, bevor er dort gefunden wird, dann sind wir schon eine Million Meilen weg von hier ...«

»Das können Sie doch nicht tun!«, kreischte ein dünner, bleicher, heruntergekommener Warren Maddox. Er umklammerte den blauen Ärmel des Entführers und flehte ihn an: »Sie können mich doch nicht umbringen! Ich schicke Ihnen das Geld, ich schwör's! Ich schicke Ihnen *zwanzig*tausend Dollar, dreißig, was Sie wollen!«

»Was für hübsche Versprechungen!«

»Nein, ich meine es ernst! Wenn Sie mich freilassen, gebe ich Ihnen viel Geld. Ich schwör's! Sie können mir vertrauen! Bitte lassen Sie mich frei!«

Leo schnalzte mitfühlend mit der Zunge. »Ein hartes Los, wie? Nicht mal die eigene Familie will ihm aus der Patsche helfen…«

»Nein!«, ächzte Warren Maddox haltlos. »Lassen Sie mich am Leben. Ich will es noch einmal versuchen. Lassen Sie mich noch einen Brief schreiben.«

Der linkische Mann warf widerwillig die Arme hoch.

»Na schön, na schön. Noch ein letztes Mal. Aber dann ist Schluss. Wenn dieser Brief nichts bringt…«

»Tut er bestimmt!«, schwor Warren. »Tut er bestimmt!«

Er nahm den Füllfederhalter und schrieb:

Evelyn –

wenn Du mich überhaupt noch liebst, musst Du mir glauben. Die Männer sind verzweifelt. Sie bringen mich um, wenn das Geld nicht gezahlt wird. Du musst mir glauben! Sie werden mich foltern und töten, wenn Du nicht zahlst. Mir ist gleichgültig, was ich Dir früher gesagt habe. Du musst das Geld schicken, oder ich bin ein toter Mann. Um Gottes willen, Evelyn, schick das Geld!

Warren

Am Nachmittag des sechsten Tages, den Warren Maddox in Gefangenschaft verbrachte, kam Exsträfling Leo ins Haus gelaufen, in der Hand schwenkte er eine Einkaufstüte aus Papier.

»Ich hab's! Ich hab's!«, brüllte er heiser.

Der linkische Mann stieß einen heiseren Freudenschrei aus, und die beiden schütteten den Inhalt der Tüte auf den Küchentisch. Zwischen Konservendosen und Gemüse lag ein fest verschnürtes braunes Paket. Sie rissen es auf und lachten beim Anblick der sauberen Banknoten mit den vielen Nullen.

»Hat funktioniert wie nichts«, meldete Leo eifrig. »Ich treibe mich auf dem Parkplatz des Supermarkts herum, da kommt das große Oldsmobile vorbei, mit etwa neunzig Sachen. Das Paket wird vom Rücksitz rausgeworfen, so wie wir's verlangt haben. Ich tue das Ding in die Einkaufstüte und gehe zum Wagen.«

»Bist du sicher, dass man dir nicht gefolgt ist?«

»Ja. Die haben uns ernst genommen, die haben wirklich geglaubt, wir murksen Maddox ab, wenn sie uns beschatten.«

Das Objekt ihres Gesprächs stand abgemagert und mit umflortem Blick in der Schlafzimmertür und traute seinen Augen kaum.

»Es ist da?«, fragte Warren schwach. »Das Geld ist da?«

»Richtig, Kumpel. Deine Frau hat endlich geblecht.«

»Gott sei Dank!«, flüsterte Warren.

Der linkische Mann musterte ihn abschätzend. »Das Problem ist nur – ich frage mich, ob es nicht trotzdem das Beste wäre, ihn …«

»Ach, lass mal«, sagte Leo. »Wir haben's ihm *versprochen*. Außerdem habe ich keine Lust auf eine Mordanklage. Lass den Burschen ziehen.«

»Er kann uns doch identifizieren, oder?«

»Na und?«, fragte der Exsträfling. »Wir nehmen seinen Caddy mit und lassen ihn zu Fuß nach Hause gehen. Wenn der an der Schnellstraße ist, sind wir längst über die Grenze.«

»Na schön«, sagte der linkische Mann mürrisch. »Dann wollen wir mal ...«

Evelyn Maddox umfasste den Arm des Arztes, der das Schlafzimmer im Obergeschoss des Maddox-Hauses verließ.

»Wie geht es ihm, Doktor? Wird er wieder gesund?«

»Sie brauchen sich keine Sorgen zu machen, Mrs. Maddox. Ein bisschen Erschöpfung, ein kleiner Schock, nichts weiter. Stimmt es übrigens, dass man die Entführer gefasst hat?«

»So kann man sagen.« Sie erschauderte. »Sie wurden von der Polizei verfolgt, und ihr Wagen überschlug sich. Leider sind beide ...«

Der Arzt schüttelte den Kopf. »Schreckliche Dinge passieren heute. Aber wegen Ihres Mannes können Sie wirklich ganz unbesorgt sein, es geht ihm bestens. Übrigens hat er nach Ihnen gefragt.«

»Kann ich zu ihm?«, fragte Evelyn.

»Natürlich.«

Langsam öffnete Evelyn die Tür. Die Jalousien waren herabgelassen. Im Zwielicht wirkte Warren Maddox' runder Kopf wie der eines Kindes.

»Warren?«, fragte sie leise.

Seine Lider zuckten hoch, und seine Lippen pressten sich zusammen.

»Ach, du?«

»Ja. Ist etwas?«

»Und ob!« Er richtete sich auf und fuchtelte ihr mit einem dicklichen Finger unter der Nase herum. »Habe ich dir nicht gesagt, du sollst *niemals* Lösegeld zahlen? Na? Antworte!«

»Aber Warren...«

»Keine Entschuldigungen. Ich habe dir gesagt, du sollst den Schweinehunden keinen roten Heller zahlen, egal, was für Briefe ich schicke, egal, was ich schreibe. Das ist das Problem mit dir, Evelyn. Überhaupt mit allen Leuten heutzutage. Es gibt keine Willenskraft mehr. Kein bisschen Willenskraft!«

Aus dem Amerikanischen von Thomas Schlück

Bulle im Schaukelstuhl

Detective Lieutenant Herb Finlay saß auf der Veranda seines Ferienhäuschens und missbrauchte den Schaukelstuhl zum Stillsitzen. Damit übertrat er die ärztlichen Anordnungen zwar nur geringfügig, fand es aber sehr befriedigend, reglos dazusitzen und mürrisch auf die Baumwipfel und die Küstenlinie Maines zu blicken, hinüber zu dem Wild, das er nicht jagte, und zu den Fischen, die er nicht an Land holen durfte.

Der Polizeiarzt hatte sich ziemlich drastisch geäußert. »Für einen Bullen wie dich, Finny«, knurrte er, »ist Jagen und Fischen keine Entspannung, sondern nur ein Ersatz für die Verbrecherjagd. Ich will, dass du dich *ausruhst* – und damit meine ich einen Urlaub im Schaukelstuhl, du alter Dummkopf.«

Natürlich war Finny noch gar nicht alt, erst neunundfünfzig – nur seine Arterien waren zu schnell gealtert. Eines schönen Morgens hatte er auf dem Weg zur sechshundertvierundzwanzigsten Verhaftung seiner Karriere einen Herzanfall erlitten und war ins Bett verbannt worden. Wegen guter Führung wurde er schließlich in die Obhut von frischer Luft, Sonnenschein und totaler Ruhe entlassen. »Du rührst keinen Finger«, forderte man ihn auf. »Vergiss, dass du Bulle bist, tu mal so, als wärst du eine Pflanze.« Nach zweiunddreißig Jahren war das der schlimmste Befehl, den er je bekommen hatte.

Finny griff nach dem Feldstecher und sucht mit Adleraugen die Bäume ab. An der Küste entdeckte er eine Gruppe sauberer kleiner Häuser mit weißen Dächern, die wie Kekse in der heißen Mittagssonne buken. Gute zehn Minuten lang beobachtete er die Gebäude. Dann neigte er den Stuhl zurück und versuchte zu schlafen. Fünf Minuten später richtete er das Fernglas wieder auf die Häuser. Schließlich stand er auf, ging in das kühle Innere der Hütte und griff nach dem Telefon. Er probierte aus, wie lang die Schnur war, und stellte fest, dass er den Apparat mit zum Schaukelstuhl nehmen konnte. Er setzte sich den Apparat in den Schoß und wählte die Hotelvermittlung.

»Würden Sie mich bitte mit Mr. Bryer verbinden?«, fragte er. Die Telefonistin kam der Aufforderung nach, und Bryer meldete sich mit der für einen Hotelwirt typischen Frage. »Ja, alles in Ordnung, in bester Ordnung«, knurrte Finny. »Ein Paradies auf Erden. Ich wollte Sie nur was fragen. Wissen Sie Näheres über die Häusergruppe drüben am Wasser? Etwa drei bis vier Meilen von hier, im Südosten.«

Bryer antwortete im entschuldigenden Tonfall. »Sie meinen sicher die Rose-Valley-Siedlung. Kleine Häuser mit weißen Dächern? Die ganze Landschaft ist verschandelt, aber was kann man gegen den Fortschritt machen?«

»Wie viele Häuser gibt's da insgesamt?«

»Ein Dutzend. Bis auf drei sind alle verkauft. Aber hören Sie, wenn Sie sich hier niederlassen wollen ...«

»Wollte es nur mal wissen«, sagte Finny tonlos. »Sie kennen nicht zufällig die Familien, die da wohnen?«

»Ich? Nein, Sir, das geht mich nichts an. Bill Jessup kann Ihnen da sicher mehr sagen; er ist der Grundstückskönig in unserer Gegend. Wollen Sie sich wirklich danach erkundigen?«

»Das geht Sie auch nichts an.«

Finny legte auf und meldete sich wieder bei der Dame von der Vermittlung. Über die Auskunft ließ er sich Jessups Nummer besorgen und sprach zwei Minuten später mit dem Grundstückskönig.

»Aber natürlich kenne ich die Familien. Ich habe doch jedes Haus persönlich verkauft. Wer spricht da bitte?«

»Ich bin Detective Lieutenant Herbert Finlay«, sagte Finny langsam und betonte seinen Rang.

Jessup spulte eine Liste mit Namen herunter. Finny interessierte sich nicht für die Buchanans, die gerade auf Reisen waren, um Mrs. Buchanans Mutter zu besuchen; auch nicht für die Sandhursts, die sich im Ausland aufhielten; oder für die Parkers, die in den Ferien waren (Finny fragte sich, wo man Urlaub macht, wenn man schon in Maine wohnt). Ebenso wenig interessierten ihn die anderen vier Familien, die noch nicht eingezogen waren. Die verbleibenden fünf waren die Cotters, die Wilsons, die Twynams, die Pilchaks und die Smileys.

»Gibt's irgendetwas über diese Familien zu berichten?«, fragte Finny. »Interessanten Klatsch, solche Sachen?«

»Jetzt hören Sie mal«, sagte Jessup mit einem Anflug von Schärfe. »Ich bin Grundstücksmakler und kein Klatschmaul. Wenn Sie Klatsch hören wollen, müssen Sie mit Hal Crump reden, nicht mit mir. Ich habe zu viel zu tun.«

»Wer ist Hal Crump?«, fragte Finny.

Crump war der Starkolumnist der Ortszeitung, eines Sechs-Seiten-Blattes mit dem Titel *The Yankee Trader.* Schon am Telefon war er recht zugänglich und versorgte Finny gern mit den gewünschten Informationen.

»Die Cotters«, sagte Crump kichernd, »sind frisch verheiratet und lassen sich dementsprechend wenig blicken. Die Wilsons sind Mitte fünfzig und sehen bloß fern. Die Twynams stammen aus einer alten Neuenglandfamilie, ruhige Leute. Die Pilchaks sind launenhaft. Die Smileys sind die Schlimmsten; er trinkt und verprügelt sie. Die Polizei ist schon fünf- oder sechsmal dort gewesen...«

»Ah«, sagte Finny, den das hübsche runde Wort »Polizei« sehr befriedigte.

Als Nächstes rief er das Revier an und landete bei einer ordentlich barschen Sergeantenstimme.

»Ich heiße Finlay«, sagte er. »Detective Lieutenant bei der Mordkommission. Achtes Revier.« Dann stellte er seine Fragen.

»Smiley?«, gab der Sergeant zurück. »Himmel ja, in der letzten Woche sind wir dreimal draußen gewesen, das letzte Mal gestern. Der Mann verprügelt seine Frau. Walkt sie tüchtig durch, dabei ist sie sehr zerbrechlich, eine richtige Puppe.«

»Wo ist er jetzt? Hinter Gittern?«

»Nein, wir konnten ihn nicht hierbehalten; er ist auf Kaution frei. Wenn ich's recht bedenke, ist er erst vor ein paar Stunden nach Hause marschiert. Sah ziemlich wütend aus. Würde mich nicht überraschen, wenn wir heute Abend wieder gerufen werden.«

»Eine letzte Frage«, sagte Finny. »Wohnen die Smileys

im dritten Haus auf der Ostseite der Siedlung? In der Nähe der Birkenbäume?«

»Aber ja, das ist das Haus!«

»Dann würde ich an Ihrer Stelle nicht auf den Anruf warten, Sergeant«, sagte Finny. »Ich würde sofort hinfahren.«

»Was ist denn los?«

»Fahren Sie schon!«, sagte der Kriminalbeamte barsch. »Spannen Sie an, und fahren Sie los, ehe es zu spät ist.«

»Was geht denn vor? Schlägt er sie schon wieder?«

»Ich glaube, diesmal ist es Mord«, sagte Finny grimmig.

Eine Stunde später klingelte das Telefon. Finny war in der heißen Sonne eingeschlafen, den Apparat im Schoß, und hätte den alten Schaukelstuhl vor Schreck fast umgekippt.

»Lieutenant?« Die Stimme des Sergeants klang schrill. »Um Himmels willen, woher haben Sie das gewusst? Ich meine, Ihre Hütte ist doch vier Meilen entfernt!«

»Was liegt an?«, fragte Finny. »Was ist bei den Smileys los?«

»Wir kamen zu spät, aber die Frau hat keinen Ärger gemacht. Saß mit der blutigen Axt im Keller und wartete darauf, dass die Leiche des alten Knaben im Heizofen verbrannte. Wer weiß – vielleicht wäre sie sogar damit durchgekommen, wenn Sie nicht angerufen hätten. Woher *wussten* Sie das, Lieutenant?«

»Ach, es ist mir so zugeflogen«, antwortete Finny, und eine angenehme Wärme breitete sich in ihm aus. »Als ich mir die hübschen kleinen Häuser anschaute und den Schornstein rauchen sah, als wäre er ein Fabrikschlot, da musste ich mich doch fragen, was man wohl am heißesten Tag des Jahres verbrennen könnte.«

Als er aufgelegt hatte, begann er zufrieden zu schaukeln.

Aus dem Amerikanischen von Thomas Schlück

Mordgedanken

Wie spät ist es eigentlich?
Tick-tick-tick.

Erst zwei Uhr? Hätte schwören können, es wäre später. Habe ich denn überhaupt schon geschlafen? Mal sehen. Um elf ins Bett. Halbe Stunde gelesen. Eingeschlafen – wann? Sagen wir, nach fünfzehn Minuten. Schlafzeit insgesamt: zweieinviertel Stunden. Himmel!

Tick-tick.

Verdammt laute Uhr. Hässlich und groß.

Warum kann ich nie schlafen, wenn Jennifer nicht bei mir ist? Leeres Kissen, dick vor Unberührtheit. Sauberes Laken, glatte Decke. Komme mir nur noch halb lebendig vor, wenn Jennifers Bett leer ist. Ungleichgewicht im Schlafzimmer. Kalt. Still.

Sollte wieder zu schlafen versuchen.

Tick-tick-tick.

Sinnlos. Warme Milch? Zu mühsam. Nackte Füße auf kaltem Küchenfußboden. Hat mir Jennifer für meinen Geburtstag nächste Woche warme Pantoffeln gekauft? Was da in ihrem Schrank liegt, sieht wie ein geschenkverpackter Schuhkarton aus. Meine tüchtige Frau. Kauft das Geschenk schon vor einem Monat. Hat wahrscheinlich schon alle meine Weihnachtsgeschenke im Haus, eingepackt und aufgestapelt. Im August. Kluges Mädchen, meine Jennifer. Macht nie etwas auf die letzte Minute.

Vanderwalker im Büro. All die spöttischen Bemerkungen. Möchte *seine* Frau mal sehen. Bestimmt Eifersucht. Die beiden sitzen wahrscheinlich die ganze Zeit hinter ihrem Haus und reden über uns. Joe und seine Karrierefrau. Glauben wahrscheinlich, Jennifer verdient mehr als ich – was die schon wissen! Gegen eine arbeitende Frau ist nichts einzuwenden. Die Geschäftsreisen allerdings hasse ich. Hasse auch dieses halbleere Schlafzimmer.

Tick-tick.

Verdammt laute Uhr. Ob Jennifer schlafen kann? Selbstverständlich. Hat nie Schwierigkeiten damit. Ich kann dafür in Hotelzimmern gar nicht schlafen; ich hasse fremde Orte, fremde Betten. Jennifer hat nichts dagegen. Sie zieht gern los und unternimmt etwas. Morgen eine Zusammenkunft mit Kunden, wetten, dass sie ihre Geschäftspartner beeindruckt! Sieht ja auch gut aus und hat Verstand. Schlau ist sie. Und vorsichtig, sie weiß aber, wann sie ein Risiko eingehen muss. Guter Geschäftssinn. Eigentlich müsste ich stolz auf sie sein. Himmel, ich *bin* stolz auf sie. Gibt nicht viele Frauen wie Jennifer.

Hab ich das nicht schon mal irgendwo gehört? Wer hat mir das doch gesagt? Ach ja, Leland. Die Büroparty im letzten Monat. Blöde Party, mir gefiel nicht, wie man mich behandelte. Mann der Vizepräsidentin. Mrs. Jennifer. Hätte denen einiges sagen können. Verdiene immerhin zweimal so viel wie Jennifer, trotz ihrer Fähigkeiten. Frauen kriegen nie, was sie wert sind, ist nun mal Firmeneinstellung. Frau zu sein ist ein hartes Brot. Jennifer manchmal verbittert. Kann ich ihr eigentlich nicht verdenken.

Tick-tick-tick.

Fast schon Viertel nach zwei. Muss früh raus, früher Termin bei Leland. Ich meine, bei Duffy. Was ist eigentlich mit mir los? Warum denke ich immer wieder an Leland? Netter Kerl. Als Jennifers Assistent schwer vorstellbar. Schrecklich jung, jünger noch als sie. Sieht wohl ganz gut aus. Wer sagte doch gleich, er wäre gar nicht attraktiv? Ach ja – Jennifer. Ich sagte, ich fände Leland gutaussehend, sie sagte nein. Komisch. Jennifers Augen sind doch sonst in Ordnung.

Wahrscheinlich ist Leland auch nach Chicago gefahren, wäre logisch. Große Konferenz mit Kunden, Assistent muss mit. Das sollte ich Vanderwalker gegenüber nicht erwähnen, höre förmlich seine spöttischen Bemerkungen. Jennifer und Leland. Leland und Jennifer. Ob Duffy wirklich an der Gleit-Police interessiert ist? Weiß man bei Leland nie. Ich meine Duffy.

Ich bin hellwach.

Tick-tick-tick.

Verdammte Uhr. Komisch, Jennifer hat manchmal einen so schlechten Geschmack. Zum Beispiel der Morgenmantel, den sie mir zum letzten Hochzeitstag gekauft hat. Und der Schlips mit den Enten drauf. Na ja, niemand ist vollkommen. Dagegen das Zigarettenetui, das sie ihrem Assistenten geschenkt hat. Herrliche Goldarbeit. Wirklich schönes Stück. Gefällt mir nicht, dass sie Leland Geschenke macht, keine gute Geschäftspolitik. Untergebene gehören an ihren Platz.

Ob es wohl kalt ist in Chicago? Friert Jenny in ihrem Hotelzimmer? Genug anzuziehen hat sie ja mitgenommen. Sogar verdammt viel für eine Zweitagereise. Pelzmantel, Nerzstola. Warum so viele Sachen? Drei Koffer. Ob die da wohl einen draufmachen? Wäre ja nur natürlich. Großes Abendessen beim Kunden, eine vornehme Abendveranstaltung. Der gesellschaftliche Aspekt des Geschäftslebens. Hatte ich Duffy nicht mal ins Theater mitgenommen?

Tick-tick.

Die verflixte Uhr kommt mir wie ein Niethammer vor. Hätten die alte Uhr behalten sollen, ein angenehmes leises Ticken, ist mir nie aufgefallen. Dieses Ding muss Jennifer bei einer Auktion ersteigert haben. Hässliches Gebilde. Wo mag sie es herhaben?

Fünf vor halb drei. Vielleicht sollte ich ein bisschen lesen. Meine Augen brennen. Wozu drei Koffer? Komisch, dass sie mich nicht aus dem Büro angerufen hat. Macht sie doch sonst immer, ehe sie auf Geschäftsreise geht. Fünf Reisen in den letzten beiden Monaten. Immer mit Leland, Leland. Was ist nur so toll an Leland! Machte auf mich nicht gerade einen klugen Eindruck, redete eher wie ein Idiot. Seine dünnen Handgelenke. Das blonde Haar. Allerdings wirklich gutaussehend. *Tick-tick.* Leland.

Meine Güte, was mache ich da? So kann es nicht weitergehen. Ich möchte ihm am liebsten eins in die Fresse hauen. Wofür hält sie mich – für einen Idioten? Leland. Mein Gott, das liegt doch sonnenklar auf der Hand! Wen glaubt sie zu täuschen? Geschäftsreisen! Müsste morgen gleich im Büro anrufen und nachprüfen. Diesem Leland ist nicht zu trauen. Niemandem kann man trauen. Hält sie mich für einen Dummkopf? Er ist fünf Jahre jünger als sie, um Himmels willen! Leland. *Tick-tick.* Du großmäulige Nervensäge von Uhr! Müsste das lärmende Ding aus dem Fenster werfen.

Müsste ihm das Gesicht einschlagen. Die Uhr kaputtmachen. Her mit dir.

Tick-tick-tick-tick-tick. Größte Schlafzimmeruhr, die ich je gesehen habe. Wirklich hässlich. Jennifers mieser Geschmack. Mieser Geschmack in Uhren, mieser Geschmack in Männern. Leland. Hat sie denn noch den Verstand beieinander? Wofür hält sie mich?

Komische Uhr. Hab noch nie so eine Uhr gesehen. Genau halb drei. Warum summt sie jetzt? Woher hat Jennifer das verrückte Ding? Wo gibt's denn Uhren mit raushängenden Drähten?

Tick-tick-tick.

Tick-tick.

Tick.

…

Aus dem Amerikanischen von Thomas Schlück

Schabernack mit einer alten Dame

In Flame Castles Briefkasten lag ein Umschlag; auf der Rückseite stand in Gravurschrift die Adresse von Mrs. Diane Wetherby Castle aus der 64. Straße Ost. Flame kaute die letzten Überreste ihres grellrosa Lippenstifts ab, während sie erschöpft die drei Treppen zu ihrer Wohnung emporstieg. Ehe sie den Schlüssel ins Schloss steckte, riss sie den Brief auf. Das Blatt enthielt keine Anrede. Die alte Dame konnte sich noch immer nicht dazu überwinden, Flame als »Mrs. Castle« anzusprechen.

Würden Sie mich bitte heute Abend um 18 Uhr zu Hause aufsuchen? Bitte bringen Sie Alice mit.
(Mrs.) Diane W. Castle

Flame brummte vor sich hin. Warum wollte die alte Dame sie sprechen? Dann dachte sie daran, dass ihr Anwalt versprochen hatte, Leonards Mutter einige drohende Briefe zu schicken, in der Hoffnung, sie dazu zu bringen, der Witwe ihres Sohnes eine Art Apanage auszusetzen. Das musste es sein. Die alte Dame war sauer. Sie suchte Streit. Na, das war Flame nur recht.

Sie drehte den Schlüssel im Schloss und ließ die Tür aufschwingen.

Alice schlief auf dem Sofa. Mit dem schmutzig blonden Haar und dem winzigen Gesicht sah das Kind wie eine weggeworfene Stoffpuppe aus. Wie so oft atmete sie durch den Mund; Flame schüttelte sie zornig.

»Alice! Meine Güte, wach auf!«

Das Kind erwachte und begann zu weinen. Flame war nicht in der Stimmung, das Mädchen zu trösten.

»Wenn du endlich still bist, habe ich eine Überraschung für dich«, sagte sie. »Wir gehen heute Abend aus, ganz toll aus!«

»W-wohin?«, fragte Alice schluchzend.

»Wir besuchen jemanden, eine reiche Dame in der Nähe der Park Avenue. Weißt du, wo die Park Avenue liegt?«

»Nein.«

»Da wohnen die reichen Leute. Vielleicht kriegst du was Hübsches zu essen. Also wasch dich, und zieh dein gutes Kleid an. Und nimm die hübsche blaue Tasche mit. Zackzack!«

»Na gut«, sagte Alice.

Im Schlafzimmer dachte Flame über den Brief und die alte Frau nach und hätte in ihrer Erregung fast das Kleid zerrissen, das sie sich über den Kopf streifte. Diese alte Schlange! Seit dem Augenblick, da Leonard mit Flame zu Hause erschienen war, hatte seine Mutter sie gehasst. Flame hatte nicht angenommen, dass sie ihren Sohn enterben würde, nur weil er ein Mädchen vom Ballett geheiratet hatte – doch sie hatte es getan, total und unversöhnlich. Nicht einmal Alices Geburt hatte ihre Entschlossenheit ins Wanken bringen können; die alte Dame war wirklich ein harter Brocken. Flame bewunderte ihre Härte, hasste sie aber trotzdem. Die

Frau war stur, selbstgefällig, juwelenbehängt. Warum hatte *sie* nicht bei dem Eisenbahnunglück ums Leben kommen können anstelle von Leonard?

Als Flame ihren Schmuck anlegte, kam ihr die große Idee. Sie besaß natürlich nur Modeschmuck, ganz im Gegensatz zu den Stücken von Mrs. Castle, die antike Broschen, dicke Ringe und juwelenbesetzte Armbänder ihr Eigen nannte. Ein einziges Stück aus der Sammlung der Schwiegermutter konnte sie und Alice ein Jahr lang über Wasser halten…

Flame dachte an die Wohnung abseits der Park Avenue. Sie schloss die Augen und stellte sich den Ankleideraum der alten Dame neben dem Wohnzimmer vor; sie sah den Tisch mit dem geschnitzten Schmuckkasten, hier und dort achtlos hingeworfene Schmuckstücke…

Ein Stück, dachte Flame. *Ein einziges Stück von dem Zeug.*

»Alice!«, rief sie. »Alice, komm doch mal her!«

Das Kind trat scheu ins Zimmer, es hatte einen Daumen in den Mund gesteckt. Flame schlug ihr die Hand zur Seite, doch als sich das kleine Gesicht weinerlich verzog, lachte sie. »Ich will dir doch nur ein Spiel erklären.«

»Spiel?«

»Weißt du was, Alice? Wir spielen der alten Dame einen kleinen Streich. Würde dir das Spaß machen?«

Alice schien es nicht genau zu wissen, und Flame drückte sie an sich und flüsterte: »Das wird ein Spaß! Ein toller Spaß! Wenn wir bei der alten Dame sind, werde ich mit ihr sprechen, verstehst du? Du findest es ja immer langweilig, den Erwachsenen zuzuhören. Also machst du einen kleinen Spaziergang, klar? Du wanderst ein bisschen durch den Flur, verstanden?«

Das kleine Mädchen nickte.

»Am Ende des Flurs siehst du einen kleinen Raum. Darin steht ein großer Tisch mit einem Spiegel, so wie Mamis Tisch hier, und mit vielen hübschen Dingen darauf. Und weißt du, was du dann tust?« Sie lachte leise. »Ich sag's dir. Du nimmst dir irgendein Stück, etwas Hübsches, Glitzerndes. Ich meine, ein Armband, einen Ring oder Ohrringe, irgendetwas, das hübsch aussieht. Verstanden?«

Alice stimmte ein leises, vergnügtes Lachen an.

»Das ist das Spiel, mein Schatz«, sagte Flame und drückte sie an sich. »Du tust das gute Stück in deine hübsche blaue Tasche und kommst zu Mami und der alten Dame zurück, klar? *Du darfst aber kein Wort sagen.* Das ist das Wichtigste, Alice. Verstehst du deine Mami? Kein Wort!«

»Ja, ja«, machte Alice.

»Ach, was bist du doch schon für ein großes Mädchen«, summte sie in Alices Ohr. »Ein *kluges* großes Mädchen ...«

Gefühlvoll umarmte Alice ihre Mutter.

Als Flame die Wohnung an der 64. Straße betrat, erkannte sie, dass sich seit ihrem letzten Besuch nichts verändert hatte. Doch als Mrs. Castle in einem langen, nachschleppenden Rock eintrat, bemerkte sie ein neues Beben in den Händen der alten Frau, die sich mit unsicheren Bewegungen auf das Sofa setzte.

»Bitte nehmen Sie Platz«, sagte die alte Dame. »Ich habe von Ihrem Anwalt mehrere Briefe erhalten. Ein sinnloses Unterfangen, Sie sollten den Auftrag zurückziehen. Mein Anwalt hat mich wissen lassen, dass Sie keinen irgendwie gearteten rechtlichen Anspruch haben.«

»Hören Sie!«, warf Flame ein. »Wenn Sie glauben…«

»Bitte. Deshalb habe ich Sie nicht hergebeten.« Sie blickte auf das Kind, das sich an Flames Schulter kauerte. »Das ist also Alice. Ist sie immer so schüchtern?«

»Kann sie ein bisschen herumlaufen?«, fragte Flame. »Sie ist nervös, und so ein Gespräch ist sowieso nichts für ihre Ohren.«

Die alte Frau runzelte die Stirn und nickte. »Du kannst tun, was dir gefällt, Alice. Es gibt nichts, was du zerbrechen könntest – jedenfalls nichts, was mir noch wichtig wäre. Geh ruhig, Kind.«

Alice warf ihrer Mutter einen kurzen Blick zu und ging dann zur Tür, die blaue Tasche unter den Arm geklemmt.

Als sie allein waren, sagte Mrs. Castle: »Das Kind sieht Leonard sehr ähnlich.«

»Was hatten Sie erwartet?«

Die alte Frau seufzte. »Ich hatte gehofft, dass wir uns in aller Ruhe unterhalten können. Ich habe Sie nicht hergebeten, um die alte Diskussion fortzusetzen. Das ist alles vorbei und ausgestanden. Die Lage ist nun völlig anders.«

»Was soll das heißen?«

»Wenn Sie es genau wissen wollen, ich habe meine Einstellung geändert.« Sie lächelte matt. »Das ist alles in allem recht komisch. Kurz nach Leonards Tod hatte ich einen Herzanfall. Einen milden, hieß es.« Sie schnaubte verächtlich durch die Nase. »Aber ich weiß das besser.«

»Es tut mir leid«, sagte Flame.

»Wirklich? Na, egal. Jedenfalls hatte ich plötzlich Zeit zum Nachdenken. Für Leonard konnte ich nichts mehr tun, außer ihm vielleicht zu verzeihen – aber das hatte ich schon vor langer Zeit getan. Als Einziges blieb mir, etwas für seine Frau und sein Kind zu tun.«

»Ich verstehe nicht …«

»Sie wissen doch bestimmt über mein Testament Bescheid. Ehe Sie in Leonards Leben traten, war er mein Alleinerbe. Danach stand er ohne einen Cent da. Doch nun möchte ich keine Verbitterung zurücklassen. Leonards Kind soll versorgt sein. Aus diesem Grund empfange ich nachher noch meinen Anwalt und diktiere ihm eine Änderung des Testaments.«

Flames Finger schlossen sich um die Armlehnen des Stuhls. Die alte Frau sah die Knöchel weiß werden und lächelte geheimnisvoll.

»Der Hauptteil meines Nachlasses fällt danach an Sie und Alice. Wenn ich sterbe, werden Sie eine reiche Frau sein. Vielleicht stehen Sie dann eines Tages ebenfalls vor einem interessanten Problem. Vielleicht tritt ein Mann in Alices Leben, ein bezaubernder Taugenichts, gutaussehend, offensichtlich ein Mitgiftjäger, den Sie verabscheuen, der Ihre Tochter aber trotzdem heiratet. Dann denken Sie bitte an mich, ja?«

Sie stand auf. »Jetzt muss ich mich ausruhen. Bitte rufen Sie Ihre Tochter …«

»Alice! Alice!«, rief Flame und ging in den Flur hinaus. »Alice, wo bist du?«

Das Kind erschien, einen leicht erschrockenen Ausdruck in den Augen, die blaue Tasche an die Brust gedrückt.

»Da bist du ja!«, sagte Flame zärtlich. »Komm, mein Kleines, es wird Zeit, dass wir gehen. Verabschiede dich von Mrs. Castle.«

Alice murmelte etwas, und die alte Frau nickte. Dann nahm ihre Mutter sie an der Hand und führte sie zum Ausgang.

Sie fuhren mit dem Taxi zurück; die Fahrt kostete zwei Dollar, was Flame aber egal war. Den ganzen Weg hielt sie das Kind im Arm, und Alice, erstaunt und verwirrt wegen der plötzlich zur Schau gestellten Zuneigung, trällerte und kicherte mit einer Fröhlichkeit, die sie selbst nicht ganz begriff. In der Wohnung zog Flame das schwarze Seidenkleid aus, stellte in einer Aufwallung guter Laune das Radio an und tanzte einen ironischen Striptease vor ihrer Tochter, die die ungewöhnlich lustige Mutter begeistert belachte.

Eine halbe Stunde später klingelte das Telefon.

»Spreche ich mit Mrs. Leonard Castle?«

»Ja. Wer ist denn da?«

»Mein Name ist Pierce, Dr. Pierce, Mrs. Castle. Sie kennen mich nicht, doch ich habe Ihre Schwiegermutter behandelt. Meines Wissens waren Sie die einzige lebende Verwandte, da hielt ich es für richtig, Sie anzurufen.«

»Stimmt etwas nicht? Ist ihr etwas passiert?«

»Leider ja. Ich wurde kurz nach Ihrem Besuch vom Hausmädchen angerufen. Sie waren offenbar erst zwei Minuten fort, als Mrs. Castle einen Anfall bekam; als ich ankam, war es schon zu spät.«

»Soll das heißen – sie ist tot? Mrs. Castle ist tot?«

»Ich hatte ihr Nitroglycerinpillen dagelassen, doch sie nahm keine davon. Ich weiß nicht, warum, vielleicht geschah alles zu plötzlich. Es tut mir sehr leid, Mrs. Castle …«

Flame knallte den Hörer auf die Gabel.

»Alice!«, kreischte sie. »Alice!«

Als dieser Schrei durch die Wohnung gellte, verlor das Kindergesicht den neuen strahlenden Ausdruck.

»Die Tasche!«, kreischte Flame. »Die Tasche!«

»Was?«

»Wo ist deine Tasche?«

Dann erblickte sie den hellblauen Beutel auf dem Sofa. Sie packte ihn, zerrte wild an dem kleinen Schloss. Zuletzt stellte sie die Tasche auf den Kopf, und ein hell schimmernder Gegenstand fiel auf die Kissen. Ein grellroter Edelstein funkelte auf dem Deckel; eindeutig ein sehr teures Pillendöschen.

Aus dem Amerikanischen von Thomas Schlück

Bücherliebe

Seit drei Tagen hatte Helen Samish, sobald sie im schmalen und unbequemen Bett ihres New Yorker Einzimmerapartments erwachte, einen Schatz vor Augen. Es war ein kostbarer wie auch völlig unerwarteter Schatz, dessen Anblick einen Hauch von Schönheit auf ihr ansonsten eher langweiliges Gesicht zauberte. Es handelte sich um ein Regal mit sechshundertundfünfzig Büchern, in einem köstlichen Augenblick der Kopflosigkeit bei einer Samstagmorgenauktion erstanden.

Es war wahrlich kein Vernunftkauf gewesen, schon gar nicht für eine Frau, die vom Gehalt einer Stenotypistin leben musste. Doch wenn es um Bücher ging, setzte Helens Verstand aus. Sie sammelte Bücher, nicht mit der Begierde des Bibliophilen, sondern mit dem Eifer und der Ehrfurcht des hingebungsvollen Lesers, des Menschen, dem die Freude des Lesens über alles geht.

Am dritten Morgen nach der Auktion verließ sie ihr Zuhause mit einem Exemplar *Die Geschichte von der Liebe der Prudence Saru* unter dem Arm. Sie trug den Band den ganzen Tag liebevoll mit sich herum und eilte am Abend heimwärts, um den Text in einem bescheidenen Café weiterzustudieren.

Sie hatte eben ihren Kaffee ausgetrunken, als sie merkte, dass sich ein Mann zu ihr an den Tisch gesetzt hatte. Ihre Finger umklammerten das Buch. Sie machte sich klar, dass er sie schon eine Weile angestarrt hatte und sie womöglich jede Sekunde anreden würde. Entschlossen, ihn zu ignorieren, blätterte sie die Seite um und tat, als ob sie läse.

»Mein Lieblingsbuch«, sagte er schließlich.

Sie hob hastig den Kopf, und ihre Augen erblickten ein junges, schmales Gesicht mit ernsten braunen Augen und einem etwas spöttisch verzogenen Mund.

»Sie schreibt wunderbar, nicht wahr?«, fragte er. »Ich meine Mary Webb.«

Helens Herz begann zu pochen, doch nicht von Mary Webbs Prosa. Die einzigen jungen Männer ihrer Bekanntschaft waren Helden, die blondschöpfig und mutig über Romanseiten wanderten. Die echten jungen Männer, die Jünglinge, die vielsagend hinter Frauen hergrinsten und auf der Straße laut lachten – diese Männer waren ihr fremd.

»Ich will mich nicht aufdrängen oder so«, sagte er. »Aber Sie wissen sicher, wie das ist, wenn man jemanden ein Buch lesen sieht, das einem gefällt. Ich meine, wenn Sie überhaupt Bücher mögen. Tun Sie das?«

»Bücher mögen? Ja«, sagte Helen.

»Ich auch. Ich finde, es gibt auf der Welt nichts Schöneres. Obwohl das irgendwie seltsam klingt.«

»Ganz und gar nicht.« Sie räusperte sich. »Jedenfalls finde ich es nicht seltsam. Ich lese ständig. Ich bin überzeugt, die Welt lässt sich in Büchern wiederfinden, alles, was Menschen je widerfahren ist …«

»Richtig! Sie wissen ja wirklich Bescheid! Das ist nämlich auch meine Meinung, nur ist es schwer, sie anderen begreiflich zu machen.«

Er sprach mit einer solchen jungenhaften Begeisterung, dass Helen gar nicht anders konnte, als lebhaft darauf zu reagieren.

Sie setzten das Gespräch fort. Sie sprachen von Mary Webb und Charles Dickens. Sie unterhielten sich über Hemingway und Milton und Shakespeare und Faulkner. Sie entdeckten einen Autor nach dem anderen, den beide bewunderten. Nach fast zwei Stunden Unterhaltung und Kaffeetrinken sagte er: »Ich heiße Bill. Bill Mallory.«

»Helen«, antwortete sie und senkte die Augen.

»Einer meiner Lieblingsnamen. Sie kennen doch den Vers: ›Dies ist das Gesicht, das tausend Schiffe in den Kampf geschickt und das die breiten Türme Iliums in Brand gesteckt! Süße Helena, mach mich unsterblich mit…‹«

Helens rotes Gesicht brachte ihn zur Besinnung. Sie war es nicht gewohnt, dass junge Männer so zu ihr sprachen. Der Gedanke, dass er sich vielleicht über sie lustig machte, überfiel sie wie eine kalte Dusche. Sie stand auf und griff nach Buch und Tasche.

»Moment«, sagte Bill und legte ihr die Hand auf den Arm. »Hören Sie, wenn Sie nichts weiter vorhaben…«

»Das habe ich aber…«

»Können Sie das nicht absagen?«

»Tut mir leid.«

»Bitte.« Seine Hand drückte ihren Arm; die Berührung erfüllte sie mit einem ganz eigenartigen Gefühl und ließ sie erschaudern. »Sie dürfen hier nicht einfach verschwinden! Wir könnten uns einen Film ansehen. Oder spazieren gehen…«

Sie sah ihn offen an. Sein Blick war noch immer ernst, doch

um seinen hübschen Mund lag ein seltsamer Zug, der sich nicht deuten ließ.

»Na schön«, sagte Helen Samish mit einer Stimme, die ihr selbst fremd war.

Eine Stunde lang wanderten sie durch die Straßen der Stadt, während Helen mit der erregenden Mischung aus Misstrauen und Freude rang, die der junge Mann in ihr auslöste. Schließlich gingen sie in ihre Wohnung, wo er zu ihrer Erleichterung von ihr abließ und seine Aufmerksamkeit sofort den gefüllten Bücherregalen zuwandte.

»Großartig!«, begeisterte er sich, und seine Hände verschwanden aufgeregt zwischen den Bänden. »Müssen ja an die tausend Bücher sein...!«

»Über tausend. Neulich habe ich bei einer Auktion gut sechshundert gekauft. Deshalb ist alles so durcheinander.«

Grinsend sah er sich im Zimmer um. Überall Bücher, an der Wand gehäuft, mit Schnur gebündelt, Kisten voller Bücher, über- und nebeneinander, jeder Zentimeter Regal mit Bänden gefüllt. Eifrig ging er sie durch, öffnete Buchdeckel, blätterte Seiten um.

»Hier Ordnung zu schaffen wird sehr mühsam sein. Vielleicht kann ich Ihnen helfen.«

»Es ist schon spät...«

»Wie wär's morgen Abend? Es sei denn, Sie haben etwas anderes...«

»O nein«, sagte Helen hastig.

»Dann also abgemacht«, sagte er grinsend.

Als Bill Mallory ging, lehnte Helen flach atmend an der Wohnungstür; sie konnte das Wunder, das in ihr Leben getreten war, noch gar nicht fassen.

Am nächsten Abend kehrte er zurück, voller Tatendrang, ihre neue Bibliothek zu sortieren und zu katalogisieren. Am dritten Abend legte er seine spöttischen Lippen zu einem Gutenachtkuss auf die ihren. Sie war vor Überraschung außer Atem und bekam die ganze Nacht kein Auge zu. Als er am nächsten Abend wieder vor der Tür stand, interessierte sich Helen gar nicht mehr so sehr für die Arbeit; plötzlich lag ihr mehr daran, Bill Mallory bei seiner Tätigkeit zuzuschauen. Es gefiel ihr, die Konzentration seines jungen Gesichts zu beobachten, den ironischen Schwung seiner Lippen, die schnellen Bewegungen seiner Finger, die die Buchseiten streichelten. Sie hätte es nicht für möglich gehalten, doch plötzlich gab es etwas Wichtigeres in ihrem Leben als die Freuden des Lesens.

Am nächsten Morgen trat sie leichten Herzens in eine bewölkte Welt hinaus. Ehe sie aufbrach, verweilte sie noch einen Augenblick vor den Buchreihen, ließ den Blick an den Titeln entlanggleiten, suchte ihr Buch für den Tag.

Ihre Wahl fiel auf eine Ausgabe von *Ulysses,* die auf dem unteren Brett festgeklemmt war; als sie das dicke Buch herauszerrte, fiel etwas zwischen den Seiten hervor.

Neugierig hob sie den Gegenstand auf: einen adressierten Umschlag, dessen Marke abgestempelt war. Das Kuvert war geöffnet, der Brief steckte noch darin.

Die Anschrift lautete: William Mallory, 11 Bleeker Street, New York City. Als Absender war angegeben: Jenny Isler, 10. Straße West 320, New York.

Eifersucht schnürte ihr die Kehle zu. Sie zog den Brief heraus, und die Anrede ließ die Buchstaben vor ihren Augen verschwimmen.

Liebling,

ich versuche Dich schon die ganze Woche anzurufen, aber nie bist Du zu Hause. Meine Mutter hält mich schon für ganz verrückt, denn ich musste immer so tun, als riefe ich die Zeitansage oder das Wetteramt an oder so. Mutter würde Dir gefallen. Du musst sie bald einmal kennenlernen. Aber vor allem wollte ich Dir sagen, dass ich Dich möglichst bald wiedersehen möchte. Wir müssen alles besprechen. Du weißt ja, was ich Dir gesagt habe über den Besuch bei Du-weißt-schon am Freitag. Ich war außer mir vor Angst und gab mich als eine Mrs. Carter aus. Bill, ich bin noch in den ersten Monaten, und es ist noch nichts zu sehen. Niemand würde etwas merken, wenn wir sofort heiraten, denn viele Kinder sind Frühgeburten. Ich weiß, Du wolltest nichts überstürzen, aber was bleibt uns anderes übrig? Und bitte red nicht mehr von der anderen Sache, ich hätte zu viel Angst, mir würde etwas zustoßen. Als Kind hatte ich rheumatisches Fieber, vielleicht wäre der Eingriff wirklich gefährlich. Ich könnte auch nach unserer Hochzeit weiterarbeiten und zu Euch ziehen, bis wir etwas Größeres finden. Ruf mich bitte unbedingt an, damit wir das alles besprechen können – nach der Arbeit, meine ich. Ich liebe Dich.

Jenny

In Helens Augen brannten die Tränen. Sie wollte nicht aufhören, Bill Mallory zu lieben; da war es schon leichter, die schlimmen Worte zu vergessen, die sie in der Hand hielt, und nur daran zu denken, dass sie ihn ja heute Abend und morgen wiedersehen würde.

Aber wie kam der Brief hierher? Hatte Bill das Buch hiergelassen? Nein, er hatte nie Bücher mitgebracht. Außerdem waren sie mit der Bestandsaufnahme noch nicht bis zum *Ulysses* vorgedrungen.

Niemand hatte bei der Auktion gesagt, wem die Sammlung gehört hatte. Waren dies früher etwa seine Bücher gewesen? Bill schien sie gut zu kennen. Es gab keins, das er nicht gelesen hatte!

Inbrünstig hoffte sie, Brief und Bücher möchten nichts miteinander zu tun haben. Ein Fehler mit einer Frau, das war verzeihlich. Eine absichtliche Täuschung, und sie das Opfer dieser Täuschung – undenkbar!

Sie erkannte, dass sie sich näher mit Jenny Isler beschäftigen musste – sie musste vorsichtig feststellen, ob hier wirklich ein Problem bestand.

Im Telefonbuch fand sie an der Absenderanschrift die Nummer einer gewissen Hermine Isler. Sie wählte. Eine Frauenstimme meldete sich.

»Spreche ich mit Jenny Isler?« Helens Stimme bebte.

»Nein, hier ist das Hausmädchen. Wer ist da?«

»Ich … ich muss Miss Isler sprechen …«

»Miss Isler ist tot«, sagte die Dienstbotin tonlos.

Bei dieser überraschenden Antwort stockte Helen der Atem. Sie starrte ungläubig auf den Hörer, nahm sich zusammen und sagte: »Das wusste ich nicht. Ich bin – eine alte Freundin von Jenny …«

»Miss Isler ist vor zwei Wochen gestorben.« Die Stimme des Hausmädchens klang ebenfalls zittrig. »Es stand doch überall in den Zeitungen. Sie ist getötet worden.«

»Getötet. O Gott …«

»Sie wollen mit Mrs. Isler sprechen?«

»Nein, nein!«, sagte Helen Samish und warf den Hörer auf die Gabel, als wäre er plötzlich brennend heiß geworden.

Jenny Isler war getötet worden! Aber wie? Bei einem Unfall – es musste ein Unfall sein. Die andere Möglichkeit war einfach zu schrecklich. Wenn sie ermordet worden war, bildete der Brief im Buch einen niederschmetternden Beweis gegen …

Das Zimmer verschwamm vor ihren Augen. Kühle Logik ließ sie an Dinge denken, mit denen sie sich gar nicht beschäftigen wollte. Mit purer Logik versuchte sie den plötzlichen Ausbruch romantischer Gefühle in ihrem Leben zu erklären. Logik verriet ihr, dass Bill Mallory nicht aus den erhofften Gründen zu ihr gekommen war.

Nein! Sie schüttelte energisch den Kopf. Es war bestimmt kein Mord!

Doch während der Arbeit kamen ihr immer wieder die fürchterlichsten Gedanken. Um drei Uhr nachmittags hielt sie es nicht länger aus. Sie rief bei einer Zeitung an und stellte ihre Frage.

»Jenny Isler«, antwortete die trockene Stimme am anderen Ende der Leitung. »Aber sicher! Wir hatten die Meldung am Donnerstag, dem Zwölften. Ein junges Mädchen, im Central Park erdrosselt …«

Bill kam um halb neun Uhr. Er gab Helen einen achtlosen Kuss auf die Wange und merkte aus diesem Grund nicht, wie kalt ihre Lippen waren. Dann marschierte er auf die Bücherregale zu und begann mit der Arbeit. Helen erkannte nun, dass es sich dabei nicht um eine liebevolle Betrachtung, sondern um eine gründliche Suche handelte.

Sie legte den *Ulysses* mitsamt dem Brief auf den hohen Tisch in der Nähe der Wand. Dann trat sie hinter ihn und fragte: »Bill, wer ist Jenny Isler?«

Sie sah ihn erstarren.

»Wer?«

»Jenny Isler. Das Mädchen, das dir den Brief geschrieben hat.«

Er fuhr herum, und sein Spottmund zuckte zwischen zorniger Verkniffenheit und einem erleichterten Grinsen – ein ganz seltsamer Ausdruck. »Du hast das verdammte Ding also gefunden. Gott sei Dank. Würdest du es mir bitte geben, Helen?«

»Du hast mir noch gar nichts von ihr erzählt.«

»Tut mir leid, Liebling.« Das Grinsen behielt schließlich die Oberhand, und er umfasste zärtlich ihre Hände. »Hör mal, ich weiß schon, was du denkst. Du hältst mich für einen Schurken. Du weißt sicher, dass dies meine Bücher sind ...«

»Ja.«

»Ich wollte dich nicht täuschen. Als ich vor einigen Wochen umzog, musste ich sie verkaufen. Ich überließ alles dem Auktionshaus.«

»Hast du mich deshalb angesprochen? Damit du den Brief zurückholen konntest?«

»Glaubst du das wirklich?« Er warf den attraktiven Kopf in den Nacken und lachte. »Hör mal, du bist aber ein Dummchen! Himmel, nein! Ich wusste natürlich, dass du die Bücher gekauft hattest. Aber ich interessierte mich für dich, weil ich wusste, dass mir ein Mädchen liegen würde, das meine Bücher mag. Begreifst du das nicht, Helen? Kapierst du das wirklich nicht?« Er zog sie an sich, doch sein unsicheres Lächeln führte dazu, dass sie sich nervös und angespannt wehrte.

»Sie ist tot«, sagte Helen. »Jenny Isler ist tot. Sie wurde ermordet!«

»Das weiß ich doch. Um ganz ehrlich zu sein, begann ich mir Sorgen zu machen, als ich davon erfuhr. Ich dachte mir, die Polizei könnte den Brief missverstehen. Ich wusste nicht einmal, dass er in einem Buch steckte – als es mir endlich aufging, waren die Bücher längst verkauft …«

»Und du musstest den Brief finden!« Helens Stimme wurde schrill. »Du musstest den Brief unbedingt finden.«

»Helen …«

Sie löste sich von ihm. »Warum hast du der Polizei nicht gesagt, dass du sie kanntest? Warum bist du nicht zur Polizei gegangen?«

»Was? Sollte ich mich in eine solche Sache verwickeln lassen? Vielen Dank!« Er lachte, doch es klang gezwungen. »Schließlich weiß man ja, wer es getan hat. Irgend so ein Herumtreiber.«

»Wirklich, Bill?«

»Hör mal, du glaubst doch nicht etwa …«

Sie wich vor ihm zurück, die dünnen Arme um den Körper gelegt. »Ich möchte nicht, dass du mich noch einmal besuchst, Bill.«

Er verzog das Gesicht. »Na schön, wenn du unbedingt willst. Aber vorher gibst du mir den Brief …«

»Nein!« Sie richtete sich trotzig auf. »Du hast mich belogen. Du hast mir etwas vorgespielt. Den Brief gebe ich dir nicht …«

Sein Gesicht rötete sich. »Hör mal, mein Schatz. Wir wollen hier keine dummen Spielchen veranstalten. Gib mir den Brief, dann lassen wir es dabei bewenden. Ich kann schließlich alles selbst durchsuchen.«

»Dann schreie ich!« Hysterie ergriff von ihrer Stimme Besitz. »Ich schreie, Bill!«

»Sei doch kein Dummchen!« Er kicherte und trat an die Bücherwand, woraufhin sich Zorn und Schmerz in Helen Samish zu einem schrillen, ohrenbetäubenden Schrei vereinten. Erschrocken starrte er sie an, doch sie schrie weiter. Er machte einen Schritt auf sie zu, und sie wich bis zu dem hohen Schreibsekretär zurück, der an der Wand stand. Ehe sie von neuem aufschreien konnte, glitten seine langen Finger an ihrem Schlüsselbein entlang und krümmten sich um ihren dünnen Hals. Auf der verzweifelten Suche nach einer Verteidigungswaffe tastete ihre Hand nach hinten und fand den dicken *Ulysses*-Band. Sie schlug damit zu, wieder und wieder, hämmerte das Buch in sinnlosem Bemühen gegen seine Schläfe, bis der Einband brach. Längst hatten Bill Mallorys Hände die Härte von Stahl, der sich wie ein Ring um ihre Luftröhre schloss. Das Buch fiel auf einen unordentlichen Bücherstapel, und Helen Samish tat ihren letzten Atemzug.

Bill Mallory starrte auf das tote Mädchen und horchte in die plötzliche Stille des Zimmers. Diese Stille sollte aber nicht lange andauern; das Schreien hatte andere Hausbewohner auf die Flure gelockt. Er eilte zur Tür und erreichte die Treppe, ehe die Neugierigen eintreffen und feststellen konnten, was die Schreie hatte aufklingen und ersterben lassen.

Der Abgesandte der Heilsarmee hieß Mr. Weedy, ein dicker, rundäugiger Mann, der leise und respektvoll im Zimmer des toten Mädchens herumging.

Er sah den Lieutenant an, der ihn begleitet hatte, und sagte in angemessen bedauerndem Tonfall: »Wann ist denn das arme Mädchen gestorben?«

»Vor etwa zwei Wochen, Mr. Weedy. Und leider haben wir auf der Suche nach dem Mörder nicht viel Glück gehabt.«

Mr. Weedy schnalzte mit der Zunge und richtete den Blick auf die beschädigte Wohnungstür. »Ist der Mörder« – er atmete tief – »eingebrochen?«

»Wir wissen nicht, wer das war«, antwortete der Lieutenant hilfsbereit. »Muss ein paar Nächte nach dem Mord geschehen sein. Jemand versuchte einzubrechen, wurde aber verscheucht. Seither haben wir die Wohnung bewacht.«

»Ah«, machte Mr. Weedy weise. »Der Mörder kehrt an den Schauplatz seiner Tat zurück …«

»Kann sein«, sagte der Beamte grinsend. »Vielleicht war's auch nur ein Souvenirjäger. Bei solchen Fällen laufen einem alle möglichen Typen über den Weg. Der Mann hat zwar nichts aus der Wohnung holen können, ins Netz gegangen ist er uns aber auch nicht.«

»Schrecklich! Und das – Mädchen hatte keine Verwandten?«

»Wir können jedenfalls keine finden. Alles, was sie besaß, waren diese wenigen Dinge – und natürlich die Bücher. Sie muss ein nettes Ding gewesen sein.« Der Lieutenant trat vor die Regale hin und betrachtete die Bände. »Wunderbare Bücher. Man kann viel über einen Menschen lernen, wenn man nur seine Bücher anschaut.«

»Ja«, sagte Mr. Weedy und räusperte sich. »Na, dann wollen wir mal. Die Heilsarmee bedankt sich vielmals für die schönen Bände, Lieutenant.«

»Ich wüsste keinen besseren Empfänger dafür, Mr. Weedy. Die Bücher scheinen außerdem in gutem Zustand zu sein. Außer diesem hier.« Er bückte sich und nahm einen schweren Band von einem unordentlichen Stapel am Boden. »Der Umschlag ist abgerissen.«

»Ach?«

»Und gelesen hab ich's auch noch nicht. Wollte immer …«

»Warum nehmen Sie's nicht mit?«

»Lieber nicht. Diese Bibliothek gehört jetzt Ihrer Organisation, Mr. Weedy.«

»Ach, das geht sicher in Ordnung, da das Buch sowieso beschädigt ist. Nehmen Sie's mit, wenn Sie möchten.«

»Vielen Dank«, sagte der Lieutenant. »Ich werde sicher viel Freude daran haben.« Und er klemmte sich den *Ulysses* unter den Arm.

Aus dem Amerikanischen von Thomas Schlück

Der Mann, der Weihnachten liebte

Als Lev Walters die ihn weckende Hand seiner Frau an der Schulter spürte, zweifelte er nicht daran, dass es wegen des Babys war. Mann!, dachte er, jetzt käme sein Sohn vielleicht doch noch Weihnachten zur Welt! Seit Wochen schon redeten sie über diese Möglichkeit, wobei sie sich fragten, ob John Alexander Walters wohl sehr viel dagegen hätte, seinen Tag mit einem berühmteren Geburtstagskind zu teilen. (Sie kannten das Geschlecht des Babys, weil Elly eine Fruchtwasseruntersuchung hatte vornehmen lassen. Sie war zweiunddreißig, und es war ihr erstes Kind, warum also ein Risiko eingehen?) Doch als Lev endlich ganz wach war, was diesmal länger als sonst dauerte, weil er bis zwei Uhr morgens Geschenke eingepackt hatte, war ihm klar, dass nicht die Wehen der Grund für den Weckruf waren. Elly hielt das Telefon in der linken Hand. Das hatte immer nur eins zu bedeuten, denn Lev Walters war Polizist.

Captain Ab Peterson beantwortete seine erste Frage, noch ehe er sie gestellt hatte. »Nein, Sam ist nicht da. Auf der Interstate hat es einen Unfall gegeben, in den drei Wagen verwickelt sind – zu viel Eierpunsch, nehme ich an. Ich habe hier nur Lutz und den Kleinen, und keiner von beiden hat genug Grips für die Sache.«

»Was für eine Sache?«, fragte Lev.

»Jemand ist spurlos verschwunden, wie weggezaubert«, sagte Ab. »Ein Mann namens Barry Methune. Wohnt in der Holly Road. Letzte Nacht.«

»Du willst mich wohl auf den Arm nehmen«, sagte Lev. »Vor Ablauf von mindestens achtundvierzig Stunden gilt niemand offiziell als vermisst.«

»Dieser Typ ist aus seinem eigenen Bett verschwunden, und seine Frau ist ganz schön hysterisch deswegen. Er hat zwei Kinder – sie haben noch nicht mal ihre Geschenke ausgepackt, und Daddy ist einfach weg… Rede wenigstens mal mit der Frau, okay? Sie wohnt nur zehn Minuten von dir entfernt. Sieh zu, dass du sie beruhigst, bis Sam zurück ist, ja? Tust du das?«

Lev wusste, dass er es tun würde, trotz Ellys verzogenem Mund. Der Stadt Lewisfield standen nur sechs Polizeibeamte zur Verfügung, und Feiertage waren immer ein Problem, sowohl aus logistischer wie auch emotionaler Sicht. Am schlimmsten war Weihnachten. Für das Privileg, am 25. Dezember zu Hause bleiben zu dürfen, hatte Lev zwei Urlaubstage hingegeben, und nun stand er da, zerrte sich die Socken hoch, stolperte in seine Hose und schickte sich an, irgendeiner Hausfrau die Hand zu halten, weil ihr Ehemann Weihnachten wahrscheinlich zu ausgiebig begossen hatte und jetzt nicht mehr wusste, wo er wohnte.

»Bleib nicht so lange weg«, sagte Elly. »Ich möchte das Baby nicht ohne dich kriegen.«

»Ohne mich hättest du's gar nicht zuwege gebracht«, sagte Lev.

Er näherte sich ihr, so weit es ging, um sie zu küssen.

Lev Walters hatte seine gesamten vierunddreißig Jahre in

Lewisfield verbracht und zugesehen, wie sich seine Stadt wie ein Tintenfleck ausgebreitet hatte, um schließlich der Vorort einer benachbarten Großstadt zu werden. Das Wachstum hatte dem Ort Wohlstand gebracht, dem Gemeinwesen aber geschadet. Außerdem waren neue Wohngebiete entstanden, und die Holly Road gehörte dazu – Häuser wie Ausstechförmchen mit briefmarkengroßen Rasenflächen.

Weihnachten hatte der Straße noch eine andere Art von Gleichförmigkeit aufgezwungen. Fast an jeder Tür hingen Kränze, und in fast jedem Fenster leuchteten oder blinkerten Weihnachtsbäume. Aber als Lev mit seinem Kombi in die Auffahrt zum Haus der Methunes einbog, fing auch er an zu blinkern. Hätte es einen Wettbewerb um das am weihnachtlichsten geschmückte Haus in Lewisfield gegeben – die Methunes hätten mit Sicherheit den ersten Preis gewonnen. Auf dem Rasenstück vor dem Haus stand ein Pferdeschlitten in Originalgröße, auf dem ein Weihnachtsmann aus Plastik die Zügel von vier Plastikrentieren hielt. In der Nase des einen glühte ein winziges rotes Lämpchen. Auf der Terrasse stand eine fast lebensgroße Weihnachtskrippe aufgebaut, deren bunte Lichterketten dem Jesuskind ein gelbsüchtiges und den es Anbetenden ein grünes, orangefarbenes oder blaues Aussehen verliehen. Sämtliche Regenrinnen und Fallrohre waren von Lichterketten gesäumt, ebenso die Fenster und die Haustür. Auf dem Rasen standen zwei mit Lichtergirlanden geschmückte Bäume, aber keiner von ihnen konnte es mit dem im Haus aufnehmen, einem stattlichen Zweimeterexemplar, das, mit jedem nur denkbaren Schmuck behängt, aus einem Durcheinander bunt eingewickelter Päckchen emporragte, die noch alle unausgepackt waren.

»Hier mag jemand Weihnachten«, murmelte er, als Mrs. Methune ihn einließ.

»Mein Mann«, sagte die Frau und unterdrückte ein Schluchzen. »Das macht es ja so schrecklich. Dass das ausgerechnet heute passieren konnte!«

»Dass was passieren konnte?«, fragte Lev.

Sie war eine dünne, hübsche Frau mit straff zurückgenommenem Haar und leicht vorstehenden Zähnen, was ihr ein liebenswertes, kaninchenartiges Aussehen gab. Glücklicherweise hatte sie dunkle Augen und einen strengen Mund, obwohl die Ersteren verweint waren und der Letztere zuckte.

»Wir sind erst nach Mitternacht ins Bett gegangen, Barry und ich. Die Kinder gehen normalerweise so gegen neun schlafen, aber sie waren so aufgeregt, dass wir ihnen erlaubten, bis zehn aufzubleiben. Das ließ uns noch ein paar Stunden, um all die Geschenke aufzubauen. Wir waren beide ganz erschöpft, das ist klar, aber Barry war glücklich, so glücklich, wie er es immer zu dieser Zeit des Jahres ist. Er liebt Weihnachten so sehr, dass er bereits am 26. Dezember anfängt, das nächste Weihnachtsfest zu planen, davon bin ich felsenfest überzeugt.«

»Wann sind Sie aufgewacht?«

»Um sieben. Ich hatte den Wecker gestellt, weil ich nicht zu lange schlafen wollte; ich wusste, dass Dodie und Amanda – das sind meine beiden kleinen Töchter – in aller Frühe auf sein und darauf brennen würden, ihre Geschenke auszupacken. Ich war durchaus nicht überrascht, als ich sah, dass mein Mann bereits aufgestanden war. Normalerweise schläft Barry zwar sehr fest, aber das war schließlich der schönste Morgen des ganzen Jahres für ihn ...«

»Ihr Schlafzimmer ist oben?«

»Ja. Ich warf einen Morgenrock über und kam hier runter, und wie ich gedacht hatte, waren die Kinder schon unten, schüttelten ihre Päckchen und versuchten zu erraten, was der Weihnachtsmann ihnen gebracht hatte. Das meine ich übrigens wortwörtlich. Dodie ist fünf, und Amanda ist noch nicht ganz sieben, und sie glauben noch an den Weihnachtsmann, oder zumindest gelingt es ihnen sehr gut, so zu tun als ob … Daran hatte Barry so viel gelegen … dass sie glauben.« Sie schluckte einen schluchzenden Laut hinunter. »O mein Gott, ich spreche von ihm in der Vergangenheit! Sagen Sie mir, dass ich das nicht muss – bitte!«

»Sie müssen das nicht«, sagte Lev mit überzeugender Festigkeit. »Es gibt für das Verschwinden Ihres Mannes Dutzende von möglichen Erklärungen, Mrs. Methune, und die Chancen, dass er innerhalb der nächsten paar Stunden durch diese Tür hereinspaziert kommt, stehen phantastisch.«

»Ich habe versucht, wenigstens *eine* Erklärung zu finden«, sagte sie. »Nur eine einzige, an die ich mich klammern kann. Aber es will mir einfach keine einfallen!«

»Schön, dann will ich es mal versuchen. Er ist aufgewacht, und plötzlich fiel ihm ein, dass er eins der Geschenke im Büro gelassen hatte. Da dachte er, er könnte sich schnell ins Auto setzen –«

»Nein«, sagte die Frau scharf. »Das hat er nicht getan. Wir haben zwei Autos, seinen Ford und meinen kleinen Mazda. Sie stehen beide in der Garage. Zu Fuß ist er auch nicht ins Büro gegangen, es liegt in der Stadt, in Dayton. Er leitet eine kleine Firma für Ärztebedarf. Er besitzt zwar ein Motorrad, aber das ist auch hier.«

»Er könnte ein Taxi gerufen haben. Das ist doch nicht unmöglich, oder?«

»Mitten in der Nacht? Warum sollte er das tun?«

Lev wusste es auch nicht. Aber er fuhr fort, Vermutungen anzustellen.

»Vielleicht hat ihn jemand abgeholt. Wenn nun ein Auto vorgefahren wäre, ohne dass Sie es gehört hätten, so müde, wie Sie waren, in tiefem Schlaf?«

»Das ist ja noch schlimmer. Von einem Auto abgeholt! Wer saß am Steuer? Wohin sind sie gefahren?« Er wollte gerade antworten, aber sie ließ ihn nicht zu Wort kommen. »Sie denken an eine andere Frau, nicht wahr? Sie denken, dass er sich ausgerechnet Heiligabend ausgesucht hat, um mit einer anderen Frau durchzubrennen! Großer Gott, wie können Sie so was sagen!«

Lev machte sie nicht darauf aufmerksam, dass er es gar nicht gesagt hatte, schon deswegen nicht, weil ihm der Gedanke durch den Kopf gegangen war.

»Na gut«, sagte er. »Hören wir auf, Vermutungen anzustellen, und halten wir uns an die Tatsachen. Seine Sachen zum Beispiel.«

»Die sind alle hier«, sagte Mrs. Methune. »Jedenfalls kommt es mir so vor. Ich führe keine Bestandsliste von Barrys Sachen und er nicht von meinen. Aber ich weiß, dass er fünf Anzüge hat, die alle noch im Schrank sind. Er besitzt drei Koffer, und die sind auch noch, wo sie immer waren. Würde er durchbrennen, ohne zumindest seine Zahnbürste einzustecken? Die ist auch da.«

Lev räusperte sich, denn er wollte sichergehen, dass sie ihn richtig verstand.

»Ich habe eine Reihe solcher Fälle bearbeitet, Mrs. Methune. Ehemänner, die so was vorhaben, können ganz schön raffiniert sein. Da war ein Typ, der gab alle seine Sachen über einen Zeitraum von mehreren Monaten in die Reinigung und ließ sie sich dann an eine neue Adresse liefern. Ehe seine Frau spitzkriegte, was da ablief, war praktisch sein ganzes Zeug aus dem Haus.«

»Aber ich habe Ihnen doch gerade gesagt…«

»Ja, ja, ich weiß. Seine Sachen sind alle hier. Aber einige Männer sind bereit, sich eine komplett neue Garderobe zuzulegen, wenn sie ein neues Leben beginnen…« Er fühlte sich hundsmiserabel, kaum dass der Satz raus war.

»Vielleicht wollte Barry mich wirklich verlassen«, sagte die Frau, und ihr Blick umflorte sich. »Ich weiß es nicht. Er hat es sich jedenfalls nie anmerken lassen. Aber seine Kinder? Seine geliebten kleinen Mädchen? Und ausgerechnet Weihnachten, an dem schönsten Tag ihres Lebens?« Sie schüttelte so heftig den Kopf, dass sie das Gummiband abschüttelte, mit dem sie ihr Haar zurückgehalten hatte. Es kam frei und fiel in einem sanften braunen Durcheinander um ihr Gesicht. Jetzt sah sie noch jünger und hübscher aus, und Lev durchschauerte plötzlich ein Zweifel, der ausgesprochen unheimlich war. Wo war Barry Methune? Welches Weihnachtsgespenst hatte ihn von so einer Familie weggezaubert?

Es wurde drei Uhr nachmittags, ehe Lev die Gegend verließ, und ihm fiel plötzlich schwer auf die Seele, dass er noch nicht einmal Elly angerufen hatte, um zu hören, was ihre Wehen machten. Er überschritt auf dem Rückweg die Geschwindigkeitsbegrenzung und vertraute darauf, dass seine

Dienstmarke ihn rausreißen würde. Glücklicherweise wurde er nicht angehalten. Noch glücklicher war der Umstand, dass Elly gar nicht zu Hause gewesen war, sondern beim Friseur. Sie entschuldigte sich bei ihm. Lev verzieh ihr großmütig.

Als er ihr von dem Fall Methune erzählte, identifizierte sie sich sofort mit dem Opfer, wie sie das immer tat.

»Wenn du jemals so was mit mir machst, Bulle, dann kratze ich dir die Augen aus.«

»Aber wir wissen ja gar nicht, was Methune gemacht hat. Seine Frau weiß es nicht, und seine Nachbarn auch nicht.«

»Du hast mit ihnen gesprochen?«

»Ich habe die halbe Straße befragt. Niemand hat Methune das Haus verlassen sehen, niemand hat mitten in der Nacht ein Fahrzeug gehört. Ich hab sogar mit seinen Kindern geredet, zwei kleinen Mädchen mit Gesichtern wie die liebe Sonne. Wenn du mir so eins machtest, hätte ich nicht das Geringste dagegen.«

»Du kriegst einen Jungen, hast du das vergessen?«

»Das sagst du schon die ganze Zeit, bloß wann?«

Ellys Antwort klang wehmütig. »Nicht zu Weihnachten, so wie es aussieht… Sag noch mal, wie war das? Der Mann ist nicht jedes Weihnachtsfest zu Hause?«

»Ja, so hat es mir seine Frau erzählt. Er beschäftigt nur einen einzigen Vertreter in dieser Firma für Ärztebedarf, die er da hat, und wenn Feiertage sind, dann machen sie abwechselnd Dienst. Aber er entschädigt sich für die verpassten Festtage, indem er sich jedes zweite Jahr wahnsinnig ins Zeug legt. Er gibt ein Vermögen für Weihnachtsdekorationen aus, bringt Tage damit zu, alles herzurichten. Er kauft tonnenweise Geschenke und packt jedes Geschenk selbst ein. Er leiht sich nicht einfach nur ein Weihnachtsmannkostüm, er hat sich eins machen lassen. Er schickt Weihnachtskarten an alle Leute, die er nur irgendwie kennt, und auch an ein paar, die er kaum kennt ... Es ist der glücklichste Tag seines Lebens, und er ist nicht da, um ihn zu erleben.«

Um sechs klingelte das Telefon. Elly nahm den Hörer in der Küche ab, wo sie gerade einen Lammbraten zubereitete. Sie kam heraus, bedachte ihren Mann mit einem gespielt argwöhnischen Blick und fragte: »Und wer, bitte schön, ist Pola Methune?«

»Heißt sie so mit Vornamen?«, sagte Lev. »Ich hab sie nie danach gefragt.«

Er nahm das Telefon und hoffte zu hören, dass Polas herumschweifender Gatte zurückgekehrt und wieder Weihnachten in das Heim der Methunes eingezogen sei. Aber ihre ersten Worte waren in ein Schluchzen gehüllt, und Lev wusste, dass sein Festessen würde warten müssen.

Auf der Fahrt zurück zum Haus der Methunes grollte er vor sich hin. Er hätte Pola nie seine Privatnummer geben, sondern sie ans Präsidium verweisen sollen, da hätte sich dann Sam Reddy mit dem Problem befassen können. Er fühlte sich als Opfer seiner eigenen Gefühlsduselei. Wenn das dabei herauskam, wenn man »Familienvater« war, dann wusste er nicht so recht, ob er Gefallen daran fand.

Es wurde bereits dunkel, als er die Holly Road erreichte. Er spürte, dass die Lichter, die die Häuser schmückten, auch etwas Wehmütiges an sich hatten. Morgen würden sie erloschen sein, Weihnachten war fast vorüber. Barry Methune würde nun 364 Tage warten müssen, ehe er seiner Weihnachtsfreude Ausdruck verleihen konnte. Aber würde er ihr jemals wieder Ausdruck verleihen?

Pola begrüßte ihn hohläugig und mit gedämpfter Stimme. Dodie und Amanda jedoch setzten dazu einen Kontrapunkt. Kreischend vor Lachen wälzten sie sich auf dem Wohnzimmerteppich in einem Wust von Schachteln und Geschenkpapier. Offensichtlich hatte Pola beschlossen, ihnen ihre Geschenke nicht länger vorzuenthalten, auch wenn ihre eigenen ungeöffnet blieben.

»Ich weiß, was Sie mir erklärt haben«, sagte sie. »Dass es Vorschriften gibt, ab wann jemand als vermisst gilt, dass man warten muss… Aber gibt's denn gar nichts, was Sie tun könnten?«

»Ich habe bereits einiges getan«, sagte Lev. »Ich habe, nachdem ich Sie heute Morgen verlassen hatte, die Leute in der Nachbarschaft befragt. Außerdem habe ich die Unfallberichte überprüft, die Krankenhäuser am Ort, das Leichenschauhaus. Mit negativem Ergebnis, was Sie sicher freuen wird zu hören. Aber haben Sie denn getan, worum ich Sie gebeten habe?«

Wenn möglich, sah sie jetzt noch unglücklicher aus. »Ja«, sagte sie. »Ich habe Barrys Papiere durchgesehen. Ich habe sogar alle seine Taschen durchsucht. Es war mir ganz schrecklich. Es hatte so was… Misstrauisches.«

»Haben Sie irgendetwas gefunden?«

»Nein. Wenigstens nichts, was mir etwas gesagt hätte.«

»Wären Sie bereit, mich auch einmal schauen zu lassen?«

»Von mir aus… Ich habe alles in eine Schachtel getan. Zusammen mit seinem Adressbuch. Abgesehen von einigen geschäftlichen Nummern ist es genauso wie meins.«

»Erlauben Sie mir trotzdem, dass ich es mir ansehe«, sagte Lev. »Und wenn Sie Fotos von Ihrem Mann haben, die auch.«

Sie drehte sich um und ging die Treppe hinauf – mit den schleppenden Schritten einer um zwanzig Jahre älteren Frau.

Während er wartete, beobachtete er die beiden kleinen Mädchen. Sie waren inzwischen mit sich selbst und ihrer eigenen Weihnachtsbeute beschäftigt. Die ältere – Amanda? – schien mit einem Spielzeug nicht zurechtzukommen und fand, dass er ein leidlicher Vaterersatz sei. Sie brachte es ihm und drückte es ihm in die Hand.

»Wie spielt man damit?«, fragte sie. »Kannst du's mir zeigen?«

Lev sah es sich an. Es war eins von diesen elektronischen Spielen, ein Fußballspiel. Es bestand aus einem Bildschirm mit dem Spielfeld darauf und zwei Knöpfen, auf jeder Seite einer. Der eine kontrollierte den Sturm, der andere die Verteidigung. Aber als er auf die Knöpfe drückte, passierte gar nichts.

»Vielleicht sind die Batterien alle«, sagte er.

Erleichtert, dass er es hier mit einem einfacheren Problem zu tun hatte, suchte er zwischen den verstreuten Geschenken herum und fand eine kleine silberfarbene Taschenlampe. Tatsächlich steckten darin Batterien der gleichen Größe, und diese funktionierten. Das kleinere Mädchen – Dodie – hatte nichts dagegen, dass er sich an ihrem Geschenk zu schaffen machte; sie schien sich nicht besonders dafür zu interessieren. Lev fand es selbst auch ein wenig merkwürdig, einem kleinen Mädchen eine Taschenlampe zu schenken. Oder auch ein elektronisches Fußballspiel, wenn man darüber nachdachte.

Dummerweise reagierte das Spielzeug nicht auf seine neue Kraftquelle. Als Pola Methune wieder herunterkam, eine weiße Pappschachtel in der Hand, sah sie Amandas enttäuschtes Gesicht und fragte, was los sei.

»Wissen Sie noch, wo Sie das hier gekauft haben?«

»Ich habe es gar nicht gekauft, sondern Barry. In einem Spielzeugladen in der Nähe seines Büros, in der Broad Street. 900 Broad, im Wyatt Building.«

»Ich werd's schon finden«, sagte Lev. »Ich fahre hin und tausche es um, wenn Sie möchten.«

»Das ist furchtbar nett von Ihnen. Genau das hätte Barry auch getan.«

Neue Tränen drohten, und Lev lag viel daran, seine Untersuchung abzuschließen. Er sah Barry Methunes Papiere durch und musste dessen Frau darin zustimmen, dass sie harmlos waren und keinerlei Aufschlüsse gaben. Außerdem stellte sich heraus, dass Methune kamerascheu sein musste. Es gab nur ein einziges Foto von ihm, und das war vermutlich zu alt, um von Nutzen zu sein. Der Schnappschuss zeigte einen dicklichen jungen Mann, dessen dunkles, lockiges Haar sich an den Schläfen bereits lichtete. Er hatte Fältchen um die Augen, eine breite Nase und ein Lächeln, das aussah, als wäre es eine Dauereinrichtung.

In dieser Nacht lag Lev schlaflos neben seinem Mount Eleanor, wie er Elly nannte, und studierte die Schlafzimmerdecke. Seine Frau wollte wissen, woran er dachte.

»Ich dachte gerade über ihre Geschenke nach«, sagte er.

»Wieso, was hat sie denn gekriegt?«

»Nicht ›ihre‹ Einzahl. ›Ihre‹ Mehrzahl, wie in ›kleine Mädchen‹.«

»Ach, du meinst das Fußballspiel.«

»Und eine Taschenlampe.«

»Ja und?«

»Es kommt mir einfach ein bisschen komisch vor, das ist alles.«

»Inwiefern komisch?« In Ellys Stimme lag ein Anflug von Aggression. »Weil keine Puppen oder Kochherde oder Nähetuis dabei waren?«

»Ach weißt du, das kann durchaus dabei gewesen sein, ich habe ja nicht alle Geschenke gesehen.«

»Aber das Fußballspiel macht dir Kopfzerbrechen, weil es ein Männersport ist, nicht wahr?«

»Es ist heute schon zu spät für feministische Polemik.«

»Ich sag dir nur das eine«, entgegnete Elly, »wenn John Alexander alt genug ist, kaufe ich ihm eine Puppe.«

»Krieg erst mal ein Baby«, sagte Lev und drehte sich auf die Seite.

Eine halbe Stunde später war er noch immer wach und grübelte darüber nach, wo der Mann, der Weihnachten liebte, geblieben sein mochte.

Am nächsten Morgen schrieb er seinen Bericht, und Ab Peterson las ihn mit zusammengekniffenen Augen. »*Cherchez la femme*«, sagte er. »Hast du schon mal daran gedacht?«

»Ich habe daran gedacht«, sagte Lev müde.

Mittags aß er mit Sam Reddy in einem Lokal in Lewisfield und erzählte ihm von dem Fall, mit dem eigentlich er sich hätte befassen sollen. Wie Ab Peterson hatte auch Sam eine Theorie.

»Selbstmord«, sagte er kurz und bündig. »Diese munteren Typen verbergen immer irgendetwas. Vielleicht mochte er Weihnachten in Wirklichkeit gar nicht. Vielleicht deprimierte es ihn.«

»Aber wo ist dann die Leiche?«

Sam zuckte mit den Achseln. »Wie wär's mit dem Reservoir? Von der Holly Road hätte er gut zu Fuß dorthin gehen können, es liegt kaum eine Meile von dort entfernt. Vielleicht trinken die Leute weiter im Süden in diesem Augenblick Wasser mit Methune-Geschmack.«

Er gluckste leise in seinen Kaffee, ganz unbeeindruckt von Levs angeekeltem Gesichtsausdruck.

Lev fuhr nicht mit Sam ins Präsidium zurück, sondern ließ sich in Dayton vor McReadys Spielzeuggeschäft absetzen. Er hatte Amandas nicht funktionierendes Spiel bei sich und präsentierte es dem Mann hinter dem Ladentisch.

»Was ist los damit?«

»Abgesehen davon, dass es nicht funktioniert, nichts.«

Das Benehmen des Mannes ähnelte dem eines ruinierten Pfandleihers.

»Haben Sie einen Kassenzettel?«

»Nein«, sagte Lev. »Jemand anders hat es gekauft.«

»Wie soll ich dann wissen, dass es hier gekauft wurde?«

»Ich gebe Ihnen mein Wort«, entgegnete Lev. Zu seiner Ehre sei gesagt, dass er nicht seine Dienstmarke für sich bürgen ließ.

»Ich weiß nicht«, sagte der Mann. »Es kostet schließlich 49,50 Dollar. Ich bin schon öfter reingelegt worden. Wenn Sie's mir beweisen, gebe ich Ihnen ein anderes.«

»Ach, zum Teufel«, sagte Lev und langte nach seiner Brieftasche. Dann besann er sich eines anderen und sagte: »Vielleicht ist mit einer Kreditkarte bezahlt worden. Könnten Sie nicht mal nachsehen? Der Name ist Methune, Barry Methune.«

»Können Sie ihn beschreiben?«

Lev tat sein Bestes. Zu seiner Genugtuung nickte der Ladenbesitzer schließlich.

»O ja, ich glaube, ich kenne den Typ. Ich glaube, er war letzte Woche hier. Ich schaue mal nach.«

Fünf Minuten später kam er zurück – mit einer Rechnung für ein elektronisches Fußballspiel, eine Minitaschenlampe und zwei Captain-Wango-Strahlenpistolen.

»Ich bin sicher, es ist der Typ, der diese Sachen hier gekauft hat. Das Ganze hat nur einen Haken. Er heißt nicht so, wie Sie gesagt haben. Sein Name ist Munsey, Benjamin Munsey. Seh'n Sie selbst.«

Er reichte Lev das Rechnungsformular, und trotz der blassen Durchschrift waren Name und Unterschrift deutlich genug. Munsey, Benjamin Munsey. Lev schüttelte den Kopf. »Das ist er nicht«, sagte er. »Irrtum.« Aber trotzdem sei er davon überzeugt, dass das defekte Spiel hier gekauft worden sei. Er wolle Ersatz, und er verliere langsam die Geduld. Er habe Wichtigeres zu tun, sagte er. »Und wenn Sie's genau wissen wollen, ich bin Polizist.« Er seufzte, als er das sagte – es verstieß gegen ein Prinzip. Aber es wirkte. Der Ladenbesitzer zuckte mit den Achseln und gab ihm ein funktionierendes Exemplar des elektronischen Fußballspiels.

»Und ich sage immer noch, dass es der Bursche ist«, grunzte er. »Um Weihnachten rum kommt er drei-, viermal hierher und probiert alles Mögliche aus. Der Typ ist ein richtiger Weihnachtsfreak.«

Levs Hand erstarrte auf der Türklinke.

»Könnte ich die Rechnung noch mal sehen?«

Die Unterschrift war eindeutig, *Benjamin Munsey*. Die Adresse war 18 Skyblue Lane, Sycamore Village, eine Vorstadtenklave ungefähr dreißig Meilen nördlich von Dayton.

»Danke«, sagte er.

Er stand auf dem Bürgersteig und dachte über diese sicher zufällige Übereinstimmung nach. Zwei Männer sahen gleich aus und liebten Weihnachten. Warum schließlich nicht? Zwei Männer sahen gleich aus, liebten Weihnachten und kauften fast die gleichen Spielsachen. Durchaus möglich.

Zwei Männer sahen gleich aus, liebten Weihnachten, kauften die gleichen Spielsachen und hatten dieselben Initialen.

Er fand eine Telefonzelle und rief Pola Methune an.

»Haben die Kinder was gekriegt?«, sagte sie.

»Strahlenpistolen«, sagte Lev. »Captain-Wango-Strahlenpistolen, was immer das ist.«

»Umbringen könnte ich diesen Captain Wango!«, sagte Pola grimmig. »Dieses summende Geräusch macht mich wahnsinnig. Wenn Sie mich fragen, man sollte überhaupt keine Pistolen für Kinder herstellen!«

Lev war schon im Begriff, die Zelle zu verlassen, aber dann besann er sich anders. Er fragte die Auskunft nach einer Nummer in Sycamore Village und wählte sie. Es antwortete eine niedergeschlagene Frauenstimme, die ängstlich wurde, als er erklärte, wer er sei.

»Nein, es ist alles in Ordnung«, sagte er schnell, »ich würde Ihnen nur gern ein paar Fragen stellen. Reine Routineangelegenheit«, und fragte sich dabei, wie oft in einer Woche er diesen Ausdruck benutzte.

Er ließ ihr keine Zeit zu protestieren, sondern hängte auf

und führte schnell hintereinander noch drei Gespräche: eins mit dem Präsidium, eins mit zu Hause und eins mit der Taxizentrale von Dayton.

Eine Dreiviertelstunde später gelang es dem Taxifahrer, die Skyblue Lane zu finden, eine unbefestigte Straße, die versuchte, sich vor dem wild wachsenden Verkehr der Gegend zu verstecken. Nummer 18 war das dritte Haus auf der linken Seite, zwei Stockwerke aus Backstein und Putz, doppelt so alt und so groß wie das Haus der Methunes in Lewisfield.

Aber eine Ähnlichkeit war zumindest vorhanden. Weihnachtliche Lichterketten zeichneten die Konturen des Hauses nach, liefen von seinem breiten Schornstein über das schräg abfallende Dach an allen vier Ecken hinab und säumten sämtliche Türen und Fenster. Nachts würde das Haus wie eine in bunten Lämpchen ausgeführte Skizze aussehen. Auf dem Rasen stand zwar kein Plastikschlitten, dafür aber ein überdimensionaler Weihnachtsmann, der den Vorübergehenden zuwinkte.

Lev stellte noch einen weiteren Vergleich an, als Mrs. Benjamin Munsey die Tür öffnete. Sie war größer und kräftiger als Pola Methune, aber trotzdem glaubte er, um die Augen herum eine gewisse Ähnlichkeit zu entdecken. Später wurde ihm klar, dass es eher eine Frage der Wirkung als der Physiognomie war. Beide Frauen hatten Tränen vergossen, und das in reichlichem Maße.

»Es ist wegen meines Mannes, nicht wahr?«, sagte sie, noch ehe er im Haus war. »Ihm ist etwas zugestoßen! Sie wollten es mir am Telefon bloß nicht sagen!«

»Nein«, sagte Lev. »Das ist nicht der Grund, weshalb ich hier bin, bestimmt nicht.«

»Ich habe schon daran gedacht, die Polizei anzurufen«, sagte sie. »Aber dann denke ich wieder, dass er bestimmt jeden Augenblick durch die Tür kommt oder dass das Telefon klingelt und er mir sagt, dass er irgendwo steckengeblieben ist. In Illinois tobt gerade ein Schneesturm, wissen Sie, und er hat Kunden in Chicago …«

»Mrs. Munsey, wollen Sie damit sagen, Ihr Mann sei verschwunden?« Mit Mühe verschluckte er das Wörtchen »auch«.

»Er versprach, einen Tag vor Weihnachten zurück zu sein, aber er ist nicht aufgekreuzt! Ich habe in seinem Büro angerufen, aber der Mann, der für ihn arbeitet, war nicht anwesend, war auf Tour, wie seine Sekretärin sagte. Und sie war nur zur Aushilfe da und hatte nicht die geringste Ahnung.«

Dann war es also kein Verschwinden, dachte Lev, sondern ein Nichterscheinen.

»Vielleicht hätten Sie wirklich die Polizei anrufen sollen. Ihr Mann könnte doch zum Beispiel einen Unfall gehabt haben.«

»Ich wollte mir das einfach nicht vorstellen!«, sagte sie und presste die Hand auf den Mund. »Nicht Heiligabend. Das wäre einfach zu furchtbar. Ben liebte Weihnachten so sehr!«

»Darf ich bitte hineinkommen?«, fragte er ernst.

Sie führte ihn ins Haus, und sein Blick wurde von den weihnachtlichen Attributen allüberall magisch angezogen. In der Diele ein übergroßer Kranz, Stechpalmen- und Mistelzweige an allen Wänden, ein Arrangement weißer Zweige vor dem prunkvollen Kamin und in dem hohen Wohnzimmer ein Weihnachtsbaum von mindestens vier Metern. Auch hier ein Durcheinander ausgepackter Geschenke, obwohl das Einwickelpapier bereits fortgeräumt worden war.

Am Fuß des Baumes befand sich jedoch ein Trümmerfeld anderer Art, und Lev musste zweimal hinsehen, um sich zu vergewissern, dass ihn seine Augen nicht getäuscht hatten. Es schien der Schauplatz eines Massakers im Spielzeugland zu sein. Da lagen ausgerissene Arme und Beine, ein Puppenkopf mit rausgepulten Augen, ein anderer, dessen Augen zwar noch heil waren, der aber noch grotesker aussah, da er seinen eigenen zerfetzten und verstümmelten Torso anstarrte. Die Frau musste Levs Gesichtsausdruck gesehen haben, denn sie sagte:

»Das war Michael.« Ihre Stimme klang traurig. »Seit zwei Tagen ist er außer Rand und Band; ich bin sicher, es hängt damit zusammen, dass sein Vater nicht da ist.«

»Ist Michael Ihr Sohn?«

»Ja. Er ist erst sechs, aber er kann sehr jähzornig werden. Weiß der Himmel, woher er das hat. Von mir bestimmt nicht oder von Ben, obwohl mein Vater mit Gegenständen geschmissen hat, wenn er wütend war.«

»Wollen Sie damit sagen, dass Ihr kleiner Sohn – das hier angerichtet hat?« Er deutete mit dem Kopf auf das Massaker.

»Ja. Es war wohl so was wie der letzte Tropfen, der das Fass zum Überlaufen bringt. Kein Weihnachtsmann, sein Daddy nicht da und dann noch diese Geschenke. Ich bin sicher, es handelt sich dabei um ein Versehen. Wahrscheinlich hat Ben die Geschenke telefonisch bestellt, und das Geschäft hat bei der Lieferung etwas durcheinandergebracht. Ich meine, Zwillingspuppen – und dann noch Mädchen! Michael ist völlig ausgerastet, als er sie sah. Es ist ja wirklich erstaunlich. Es muss das Fernsehen sein, durch das Kinder diese Machohaltung lernen.«

»Was hatte er denn zu Weihnachten wirklich haben wollen?«, fragte Lev vorsichtig. »Vielleicht ein Fußballspiel? Strahlenpistolen?«

»Ich weiß es nicht«, sagte die Frau. »Er war so schlechter Laune nach dem Streit mit seinem Vater. Er hatte nämlich verkündet, es gäbe gar keinen Weihnachtsmann … Ich habe Ben gesagt, er solle es nicht so schwernehmen. Früher oder später finden die Kinder doch die Wahrheit heraus. Sie erfahren sie auf der Straße, meinen Sie nicht auch?«

»Ja, wahrscheinlich.«

»Voriges Jahr noch hatte Michael für den Weihnachtsmann Milch und Kekse hingestellt. Dieses Jahr weigerte er sich. Ich meine, er versuchte nicht einmal, uns zuliebe so zu tun als ob, wie andere Kinder es manchmal machen. Ben hat sich so darüber aufgeregt, dass er in der Nacht nicht schlafen konnte. Wie ich schon gesagt habe, er liebt Weihnachten über alles.«

»Mrs. Munsey«, sagte Lev, »hätten Sie wohl zufällig ein Bild von Ihrem Mann?«

»Komisch, dass Sie mich das fragen«, sagte sie. »Das ist etwas, was ich Jahr für Jahr auf meinen Weihnachtswunschzettel setze und nie kriege. Einen Fotoapparat, meine ich. Es gibt von uns einfach keine Familienfotos. Ben hasst es, fotografiert zu werden …«

»Dann können Sie ihn mir vielleicht beschreiben?«

Mrs. Munsey beschrieb ihn.

Zehn Minuten später, als Lev wieder an der Haustür stand,

fiel es der Frau ein, nach dem Zweck seines Besuches zu fragen.

»Reine Routineangelegenheit«, sagte Lev.

Er versprach, wieder von sich hören zu lassen, und bat sie, ihn entweder im Präsidium oder zu Hause anzurufen, sobald ihr abtrünniger Gatte sich meldete.

Er rechnete nicht mit ihrem Anruf.

Lev hätte jetzt zum Präsidium zurückfahren können, um seinen Bericht zu schreiben. Ab Peterson, der Klatsch liebte, hätte seine Freude daran gehabt. Und Sam Reddy wäre enttäuscht gewesen, dass ihm so ein pikanter Fall entgangen war. Beide Reaktionen hätten ihm vielleicht Befriedigung verschafft, aber Lev musste zuerst mit Elly reden.

Zu Hause traf er sie am Küchentelefon an und hörte sie sagen: »Oh, ungefähr alle fünfzehn bis zwanzig Minuten.«

»Was alle fünfzehn Minuten?«, fragte er besorgt.

»Ich erkläre gerade Fawn Cohen, wie man einen Puterbraten mit Fett begießen muss.«

»Ach so.«

Dann erzählte er ihr von seinem Tag. Ihre Augen und ihr Mund bildeten drei perfekte O, als sie begriff, worauf er hinauswollte.

»Bist du dir absolut sicher, Lev?«

»Die Beschreibung seines Aussehens passt, die Charakterbeschreibung passt, selbst die Berufsbeschreibung passt. Barry Methune besitzt eine kleine Firma für Ärztebedarf in Dayton. Ben Munsey besitzt eine völlig andere Firma für Ärztebedarf, ebenfalls in Dayton. Beide beliefern denselben Kundenkreis mit unterschiedlichen Produkten.«

»Du meinst, er habe sein Leben einfach … in zwei Teile gespalten?«

»Das musste er schon, wenn er zwei Haushalte unterhalten wollte. Über Weihnachten arbeitet er nie, sondern überlässt es jemand anderem, sich um die Kunden zu kümmern. Die Weihnachtsvorbereitungen trifft er immer in beiden Häusern, aber den Weihnachtstag selbst verbringt er mal in der Holly Road und mal in der Skyblue Lane. Dieser Mann liebt Weihnachten so sehr, dass er jedes Jahr zwei davon haben muss.«

»Aber was ist dieses Jahr passiert? Wieso ist er verschwunden?«

»Er war offensichtlich am Ende seiner Kraft. Er wurde zerstreut. Er verwechselte seine Adressen, seine Kinder, die Weihnachtsgeschenke. Sein Sohn bekam die Geschenke, die den Mädchen zugedacht waren, die Mädchen die Geschenke für den Jungen. Er hatte die Situation einfach nicht mehr im Griff.«

»Und deshalb ist er von seinen beiden Leben weggelaufen.«

»Und wir haben jetzt einen noch triftigeren Grund, nach dem Burschen zu suchen. Er hat ein Verbrechen begangen. Bigamie.«

»Lev Walters«, sagte Elly, »du bist ein guter Detektiv.«

»Danke«, erwiderte er selbstgefällig.

»Trotzdem hast du nicht entdeckt, dass ich gelogen habe. Fawn Cohen hat in ihrem ganzen Leben noch keinen Puter gebraten. Ich habe vorhin mit Dr. Ramirez telefoniert.«

An die nächste halbe Stunde konnte sich Lev später nicht mehr erinnern. Aber irgendwie hatte er es geschafft, Ellys

Sachen zusammenzuraffen, Elly ins Auto zu packen und sie gerade noch rechtzeitig im Krankenhaus abzuliefern – eine Stunde bevor er der Vater von John Alexander Walters wurde.

Sie sah verschwitzt, aber wunderschön aus, als er sie wieder zu Gesicht bekam, so als habe sie den Marathonlauf gewonnen.

»Ich bin bloß froh«, sagte er, »dass Alex nicht Silvester zur Welt gekommen ist. Er wäre mit dem Gefühl aufgewachsen, dass alle Partys nur für ihn veranstaltet würden.«

»Hast du ihn schon gesehen?«

»Ja«, sagte Lev. »Er ist hinreißend.«

»Lügner. Er sieht aus wie ein hundertjähriger Pueblo-Indianer. Ich hab schon überlegt, ob ich mich nicht beim Storch beschweren sollte.«

Als Lev nicht antwortete, sondern vor sich hin starrte, zog sie an seinem Handgelenk. »He, du, hast du gehört, was ich gesagt habe?«

»Ja, sicher.«

»Du warst völlig weggetreten. Worüber hast du eben nachgedacht?«

»Den Storch«, sagte Lev. »Über die Art und Weise, wie der Storch die Kinder bringt. Und jetzt denke ich an etwas anderes.«

Es war schon spät am Tag, als er wieder vor dem Haus der Methunes stand. Er fürchtete diesen Besuch noch mehr als den letzten, als er gezwungen gewesen war, Mrs. Methune die schlimme Nachricht vom Doppelleben ihres Mannes beizubringen. Methunes Teilzeitehefrau hatte auf seine

Eröffnung äußerst unfreundlich reagiert, wie auch Mrs. Munsey. Er rechnete nicht mit einem herzlichen Willkommen.

»Haben Sie ihn schon gefunden?«, fragte Pola Methune eisig.

»Nein«, entgegnete Lev. »Wir haben Ihren Mann nicht gefunden, Mrs. Methune. Aber ich habe da so eine Idee, wo er sein könnte.«

»Ich bin ganz Ohr. Lassen Sie mir nur Zeit, ein Gewehr zu holen!«

»Erinnern Sie sich noch, was Sie mir über sein Verschwinden erzählt haben? Dass er mitten in der Nacht einfach weg zu sein schien?«

»Wahrscheinlich hat er da seiner anderen Frau einen Besuch abgestattet.«

»Nein«, sagte Lev. »Er war völlig verwirrt. Er wusste nicht mehr, mit welcher Ehefrau er eigentlich zusammen sein wollte, welche Geschenke er welchen Kindern geben wollte. Und dann könnte er noch etwas anderes durcheinandergebracht haben. Nämlich wo er vorhatte, den Weihnachtsmann zu spielen, so überzeugend zu spielen, dass ein zynisches sechsjähriges Kind wieder an ihn glaubte...«

»Keins meiner Kinder ist sechs Jahre alt.«

»Nein«, sagte Lev nüchtern, »aber Michael Munsey. Und es könnte sein, dass Ihr Mann beschloss, ihm eine überzeugende Vorstellung zu geben. Nur dass er diese Vorstellung im falschen Haus geben wollte.«

Er ging zum Kamin und zog den Ofenschirm und die Feuerböcke zur Seite. Dann duckte er sich und trat in die Feuerstelle. Er hoffte, dass er sich irrte, aber die Hoffnung erfüllte sich nicht. Als er hinaufgriff, in die Höhlung eines allzu engen Schornsteins, fühlte er die Sohlen zweier Gummistiefel.

Aus dem Amerikanischen von Barbara Rojahn-Deyk

Mein kleiner Betrüger

Mr. Sanborn war bisher einem Gespräch mit Fred Moffits Frau entgangen – aber nur, weil er der vielbeschäftigte Firmenchef war. Freitagmittag jedoch, drei Tage, nachdem ihr Mann gegen Kaution freigelassen worden war, ließ sich Mrs. Moffit einen hinterlistigen Trick einfallen: Sie wartete vor der Tür der Sanborn Company, bis Delores, Mr. Sanborns Sekretärin, zum Essen ging. Dann trottete sie den Flur entlang zu seinem Eckbüro, starrte durch den Türspalt und sah ihn in ein riesiges Sandwich beißen, während er die Augen in einem Taschenbuchkrimi hatte. Da konnte er sich nicht mehr damit herausreden, »zu viel zu tun« zu haben; er war ertappt, mit Eispuren im Gesicht.

»Mr. Sanborn?«, fragte sie ehrfürchtig. »Ich bin Stella Moffit, Freds Frau. Ich muss Sie sprechen, Mr. Sanborn …«

Er nahm die Füße vom Tisch und versuchte eine Entschuldigung herauszubringen. Es wurde aber nur ein Stammeln daraus. Inzwischen hatte die Frau mit vier gewaltigen Schritten die sechs Meter Teppich zwischen Tür und Schreibtisch überwunden und zog sich einen Stuhl heran. Mr. Sanborn sah Fred Moffits Frau zum ersten Mal, ein Anblick, der ihm einen gelinden Schock versetzte. Nicht, dass er besondere Erwartungen gehegt hätte – Moffit war ein kleiner, dürrer Mann mit doppelt so viel Stirn als Kinn –, diese Frau aber war ein

Vogelwesen. Ihr schwarzes Haar bildete ein wirres Nest für allerlei Nadeln. Sie hatte die Augen, die Nase und nach Mr. Sanborns Einschätzung wohl auch das Wesen eines Adlers.

Jetzt legte sie die Krallen auf den Tisch und schrillte: »So etwas können Sie mit meinem Fred nicht machen, Mr. Sanborn! Auf keinen Fall!«

Er schob den Drehstuhl zurück, so weit es ging, ohne aus dem Fenster zu fallen. »Ich verstehe nicht, was Sie wollen, Mrs. Moffit«, sagte er. »*Ich* tue doch gar nichts; Fred hat das alles selbst angestellt.«

»Glauben Sie etwa, das wüsste ich nicht?«, fragte sie jammervoll, schloss die Augen und bewegte ihren großen, formlosen Körper vor und zurück. »Glauben Sie etwa, ich hätte ihm das nicht hundertmal gesagt? Fred, habe ich gesagt, Fred, warum hast du das getan? Warst du nicht mit dem zufrieden, was dir die Sanborn Company jede Woche zahlte? Warst du nicht zufrieden damit, dass die Leute dich gehirnlosen Idioten von der Straße geholt und sogar zum ersten Buchhalter befördert haben? Zeigst du so deine Dankbarkeit? Indem du Unterschlagungen begehst?«

»Äh... ja«, sagte Mr. Sanborn unbehaglich. »Sie waren bestimmt ebenso überrascht wie wir, als wir den Fehlbetrag feststellten. Aber da Sie das offenbar begreifen, wüsste ich nicht, warum Sie meinen, ich hätte...«

Sie schlug so heftig auf den Tisch, dass der letzte Rest des belegten Brotes in die Höhe hüpfte. »Weil *Sie* derjenige sind, der die Anzeige gemacht hat, Mr. Sanborn. Trifft das nicht zu? Haben Sie Fred bei der Polizei angezeigt?«

»Nun ja. Das ist richtig. Sie müssen verstehen. Als Präsident dieser Firma...«

»Na schön. Wenn Sie also die Sache in Gang gebracht haben, können Sie sie auch wieder abblasen, habe ich nicht recht? Ich meine, Sie haben das Geld ja schließlich zurückbekommen, nicht wahr, die ganzen dreitausend Dollar?«

»Nun, es bleibt ein Rest von etwa vierhundertundzwanzig...«

»Das können Sie ihm doch vom Gehalt abziehen, oder?« Ihre blitzenden Augen fixierten ihn. »Wäre das nicht der einfachste Weg?«

»Mrs. Moffit, wenn Sie meinen, wir würden Ihren Mann weiter bei uns beschäftigen...«

»Warum nicht?«, fragte sie lautstark. »Nur weil er mal einen Fehler gemacht hat? Wie viele Fehler haben Sie schon in Ihrem Leben gemacht?«

»Sicher viele – aber doch nicht die Art Fehler, die sich Ihr Mann geleistet hat. Unterschlagung ist ein Verbrechen, Mrs. Moffit. Es handelt sich dabei um eine Art Diebstahl.«

»Ha! Fred Moffit hat nicht den Mumm, auch nur fünfundzwanzig Cent zu klauen! Was er getan hat, war kein Diebstahl, nicht für ihn. Er hat sich ohne Erlaubnis etwas ausgeliehen, das ist alles. Hören Sie, über Fred können Sie mir nichts Neues erzählen. Ich studiere diesen Mann nun schon seit fünfundzwanzig Jahren wie ein Insekt. Gut, er hat also Geld unterschlagen. Aber ist er deshalb gleich ein Verbrecher?« Sie lachte.

Mr. Sanborn rang sich ein Lächeln ab. »Oh, ich weiß, dass Fred im Grunde seines Herzens kein Dieb ist. Er kam eben in Versuchung und konnte nicht widerstehen. Niemand war überraschter als ich. Aber noch mehr hat mich eigentlich überrascht, *wie* er die Tat beging.«

»Was soll denn das heißen?«

»Nun«, sagte der Geschäftsmann zögernd. »Ich schätze, wir alle haben in uns einen Zug, der uns einen raffinierten Verbrecher bewundern lässt. Fred aber hat sich ganz und gar nicht raffiniert angestellt. Offen gestanden, dürfte sein primitives Vorgehen eher ein Hinweis darauf sein, dass er gar kein besonders guter Buchhalter war.«

»Ha!«, sagte die Frau nickend. »Über die Intelligenz meines Mannes brauchen wir kein Wort zu verlieren. Schlau ist er nicht gerade.«

Ihr Gesicht zeigte eine besorgniserregende Veränderung. Der Mund klaffte weit und offenbarte ein umfangreiches Goldlager in den Backenzähnen. Mr. Sanborn befürchtete schon, nun werde ein lauter Gefühlssturm losbrechen. Stattdessen war ein Tuten wie von einem Nebelhorn zu hören, und ihre dunklen, tiefliegenden Augen füllten sich mit den dicksten, nassesten Tränen, die er je gesehen hatte.

»*Ooo-ou-aah!*«, dröhnte sie wie eine kaputte Posaune. »Mein armer Fred! Mein armer Kleiner kommt ins Gefängnis!«

»Mrs. Moffit, bitte …«

»Man wird ihn ins Gefängnis stecken! Ich werde ihn nie wiedersehen! Mein Kleiner kommt in den großen Bau …«

»Mrs. Moffit, bitte beherrschen Sie sich doch! Dies ist schließlich ein Büro …«

»Sie können so etwas nicht tun! Sie können ihn nicht einsperren! Er hat das alles nicht so gemeint, Mr. Sanborn, das schwöre ich bei Gott!« Sie sprang auf und krallte nach ihm, wobei ihre rotbemalten Fingernägel seine Jackettaufschläge um Haaresbreite verfehlten. »Ich zahle Ihnen jeden

Cent zurück! Ich gehe als Putzfrau! Ich verkaufe die Möbel! Ich – ich tue alles!«

»Ich bitte Sie!«, sagte Mr. Sanborn, der in Schweiß ausbrach und zu zittern begann.

»Er bedeutet mir doch alles! Er ist mein ganzes Leben. Verstehen Sie das nicht? Und dann die Kinder ...«

»Kinder? Ich dachte, Sie haben keine Kinder?«

»Er hat einen Neffen«, schluchzte die Frau. »Der Junge hält so große Stücke auf Fred. Was soll ich ihm nur erzählen, wenn Sie Fred ins Gefängnis stecken lassen, ha? Was sage ich dem Jungen?«

Sie setzte sich wieder und stützte den Kopf in die Hände. Ihre kräftigen Schultern wurden von lautem Schluchzen geschüttelt. Mr. Sanborn wartete darauf, dass sie sich beruhigte, doch das Weinen hörte nicht auf. Es nahm vielmehr wieder an Intensität zu, bis sie den Tisch mit den Fäusten zu bearbeiten begann und dabei ächzte und jaulte wie eine defekte Sirene.

»Mrs. Moffit, Mrs. Moffit«, flehte er hilflos, doch sie weinte nur noch umso mehr. »Mrs. Moffit, hören Sie zu! Ich will Fred nicht ungerecht behandeln; das Gericht wird bestimmt Gnade walten lassen ...«

Sie hörte auf zu schluchzen und ließ ein gerötetes Auge sehen. »Wieso – Gnade?«

»Na, vielleicht ein Jahr, höchstens zwei ...«

»*Ooo-ouaah!*«, jaulte die Frau auf, trat mit den Füßen gegen den Schreibtisch und ließ die Fäuste auf die Schreibunterlage dröhnen. »Mein armer Fred! Mein hilfloser Kleiner!«

»Na schön, na schön!«, brüllte Mr. Sanborn. »Dann nicht

mal das, Mrs. Moffit, nicht mal das. Ich lasse den Richter nicht an ihn heran. Ich ziehe die Anzeige zurück…«

Sie blickte auf, und wieder hatte sich ihr Gesicht völlig verändert. »Wirklich? Versprechen Sie mir das?«

»Ja«, sagte Mr. Sanborn seufzend. »Der Schaden war ja wohl wirklich nicht groß. Der größte Teil des Geldes ist wieder da, und die Differenz zahle ich aus eigener Tasche.«

»Oh, Mr. Sanborn! Sie sind ein großartiger Mann!«

Er wich zurück, ehe sie ihm ihre Dankbarkeit beweisen konnte. »Natürlich geht es nicht, dass er seine Arbeit bei uns wieder aufnimmt, Mrs. Moffit. Und es dürfte ihm nicht leichtfallen, eine ähnliche Stellung zu finden. Seine Tat ist schließlich nicht geheim gehalten worden…«

»Ach, das geht schon in Ordnung«, gab die Frau zurück. »Er hätte nie Buchhalter werden dürfen; seit Jahren rede ich auf ihn ein, er soll bei meinem Bruder in die Bäckerei eintreten.«

»Äh… ja«, sagte Mr. Sanborn. »Sie können ja jetzt nach Hause gehen und Fred die gute Nachricht überbringen, Mrs. Moffit. Ich rufe im Büro des Staatsanwalts an und gebe dort meine Entscheidung bekannt.«

»Wie könnte ich Ihnen je danken?«, rief Mrs. Moffit.

Um halb sechs war Mr. Sanborn immer sehr erschöpft. Das hatte nichts mit der Energie zu tun, die er den Tag über aufgewendet hatte; es war vielmehr seine Angewohnheit, um 17.30 Uhr müde zu sein. Da es ein Freitag war, hatten sich die anderen Angestellten schon vor einer halben Stunde verabschiedet. Er war allein. Die Stille war beruhigend; sie sollte aber nicht lange anhalten.

»Mr. Sanborn?«

Er hob den Kopf und sah Fred Moffit an der Tür stehen. Im ersten Augenblick war ihm, als habe sich in der letzten Woche nichts geändert: da stand der treue, arbeitsame Fred, der jeden Tag dafür sorgte, dass die Bücher stimmten. Aber dann wurde Mr. Sanborn bewusst, dass er sich in der Gegenwart des Betrügers Moffit befand, eines Mannes, von dessen Existenz er keine Ahnung gehabt hatte.

»Nun, Fred«, sagte er hilflos. »Was für ein überraschender Besuch!«

»Kann man wohl sagen«, erwiderte Moffit und betrat das Büro.

»Sie haben – Sie haben wohl heute Nachmittag schon mit Ihrer Frau gesprochen.«

»Ich komme eben von ihr. Sie sagt, Sie ziehen die Anzeige zurück.«

»Richtig«, entgegnete Sanborn lächelnd. »Sie brauchen dazu nichts zu sagen, Fred. Ich weiß genau, was Sie jetzt fühlen. Ich hoffe, Sie können die Vergangenheit vergessen und versuchen, ein besseres Leben zu führen.«

»Ein besseres Leben?« Moffit lachte schrill, und Mr. Sanborn hob hastig den Kopf. »Meinen Sie das wirklich? Nachdem Sie mir die klügste Tour vermasselt haben, auf die ich je gekommen bin?«

»Ich bitte Sie!«, sagte der Firmenchef eisig. »Wenn Sie eine Unterschlagung klug nennen wollen …«

»Warum mussten Sie mir alles verderben?«, rief Moffit. »Warum mussten Sie die Anzeige zurückziehen? Warum haben Sie nicht alles so laufenlassen?«

»Alles so laufenlassen?«, fragte Mr. Sanborn entsetzt. »Um Himmels willen. *Wollten* Sie denn etwa ins Gefängnis?«

Fred Moffit zog einen kleinen Revolver aus der Tasche. »Das ist der einzige Ort, wo *sie* nicht an mich rankommt«, sagte er matt. »Jetzt muss ich mir etwas anderes einfallen lassen.«

»Fred! Sie wollen mich doch nicht etwa umbringen?«

»Keine Sorge«, sagte der Mann traurig. »Dafür wird man hingerichtet. Ich werde Sie nur anschießen, Mr. Sanborn. In welches Bein hätten Sie's denn gern?«

Aus dem Amerikanischen von Thomas Schlück

Das tödliche Telefon

Mrs. Parch klebte gerade im Esszimmer Schilder auf ihre Einmachgläser, als das Telefon läutete. Sie unterbrach ihre Arbeit, um die Klingelzeichen zu zählen. *Eins,* Mrs. Nubbin, *zwei,* Mrs. Giles, *drei,* Mrs. Kalkbrenner, *vier ...* damit war sie gemeint, und mit einem fast enttäuschten Seufzer wischte Mrs. Parch sich die klebrigen Finger an ihrer faltenreichen Schürze ab und ging ins Wohnzimmer hinüber. Die Entfernung betrug nur dreißig Schritte, aber als sie den Hörer abnahm, keuchte sie. Mrs. Parch war dick, und in dem formlosen grauen Kleid, das sie stets wochentags trug, hatte sie eine Figur wie eine Glocke. »Hallo?«, rief sie laut in die Muschel.

»Spricht dort Mrs. Helen Parch?« Es war eine Männerstimme, die sie nicht kannte. Ihre Antwort klang fast übelnehmerisch.

»Ja, hier ist Mrs. Parch. Wer spricht dort?«

»Mein Name ist Atkins, Mrs. Parch, vom Büro des Distrikt-Sheriffs. Ich hätte gern gewusst, ob es Ihnen recht ist, wenn ich Ihnen heute Nachmittag einen kurzen Besuch abstatte. Ich habe etwas sehr Wichtiges mit Ihnen zu besprechen.«

»Wichtiges? Sind Sie auch sicher, dass man Sie richtig verbunden hat?«

»Ganz sicher, Mrs. Parch. Es wird nicht sehr lange dauern. Ich bin im Augenblick in Milford und kann in fünf Minuten mit dem Wagen bei Ihnen sein.«

»Nun, ich weiß nicht recht.« Sie war offensichtlich verwirrt. Selbst Bekannte besuchten sie sehr selten hier draußen auf dem Lande, und der Gedanke an einen Fremden... »Können Sie's mir nicht am Telefon sagen, Mr. Atkins? Ich bin heute ziemlich beschäftigt.«

»Ich fürchte, nein, Mrs. Parch. Es tut mir leid...«

»Also gut dann. Wenn Sie schon kommen müssen, ist's mir jetzt genauso recht wie ein andermal. Ich warte also auf Sie.«

»Ich danke Ihnen«, sagte Mr. Atkins würdevoll und wartete höflich, dass seine Gesprächspartnerin den Hörer aufhängte. Sie tat es, blieb aber da und blickte neugierig auf den stummen Apparat. Es hatte keinen Zweck, zu ihren Einmachgläsern zurückzugehen, denn Mrs. Parch wusste, dass das Telefon in ein paar Minuten wieder läuten würde – sobald ihre Lauscher meinten, die Anstandspause habe jetzt lange genug gedauert. Natürlich behielt sie recht: acht Minuten später klingelte es viermal kurz, und sie hörte die weiche, nasale Stimme von Mrs. Giles.

»Helen? Wie geht's dir? Mir fiel eben ein, dass ich dich mal anrufen und fragen könnte, wie's bei dir steht.«

»So lala«, meinte Mrs. Parch wissend, aber ohne Zynismus. Seit fast fünfzehn Jahren teilte sie mit den anderen diesen Gemeinschaftsanschluss, und alle wussten, dass jeder an jedem Gespräch teilnahm. Eine offene Beschuldigung würde sie alle schockiert haben, aber nichtsdestoweniger war es wahr. »Was macht Jacob?«, fragte Mrs. Parch beiläufig, die

Regeln der Etikette befolgend. »Soviel ich weiß, zieht er doch seit ein paar Tagen eine neue Wand für seine Scheune hoch?«

»Ja, er hat so seine Arbeit«, erwiderte Mrs. Giles vage. »Doch was gibt's bei dir Neues, Helen? Ist irgendwas Interessantes passiert?«

Mrs. Parch fühlte unvermutet Trotz in sich aufsteigen und warf die Lippen auf. Sie wusste, dass Mrs. Giles vor Neugier brannte, etwas über Mr. Atkins zu erfahren; aber sie wollte ihr nicht die Genugtuung geben, von seinem Anruf zu sprechen. »Nein, nichts Neues«, entgegnete sie glatt. »Ich bin nur gerade dabei, meine Einmachgläser zu beschriften. Das hasse ich am meisten an der ganzen Einkocherei. Mit meiner Arthritis kann ich ja kaum einen Bleistift halten.«

»Ist das bestimmt alles?«, fragte Mrs. Giles. »Vorhin hörte ich dein Telefon klingeln …«

»Das war nur Mr. Hastings«, sagte die Frau kalt. »Er rief wegen meines Rasenmähers an, den er neulich zum Schärfen mitgenommen hat.«

»Oh«, meinte Mrs. Giles, und Mrs. Parch unterdrückte ein Gluckern, während ihr gewaltiger Busen vor Vergnügen hüpfte. Sie wusste, dass Mrs. Giles die Lüge erkannt hatte, aber sie wusste auch, dass man sie nie dieser Lüge beschuldigen konnte. Mrs. Giles schnüffelte in den Hörer, sagte noch ein paar unverbindliche Worte, um dem Gespräch den Anschein des Normalen zu geben, und hängte auf.

Als Mrs. Parch ins Esszimmer zurückging, grinste sie breit vor Genugtuung. Fünf Minuten später läutete es dreimal, und sie schurrte auf ihren kleinen Füßen über den Boden, nahm geräuschlos den Hörer ab und bedeckte die Sprechmuschel mit der Hand. Natürlich war es Mrs. Giles, die Mrs. Kalkbrenner von dem fremden Mann erzählte, der Mrs. Parch noch an diesem Nachmittag aufsuchen wollte. Sie stellten allerlei Betrachtungen über die Bedeutung dieses Besuchs an, doch keine von beiden konnte ihre Neugier befriedigen.

Mrs. Parch hängte vor ihnen auf und ging ins Schlafzimmer, um sich für ihren angekündigten Besucher etwas herzurichten. Ein paar Minuten später kam er, ein hagerer Mann, dessen knochige Rippen sich unter dem durchgeschwitzten Hemd abzeichneten. Er trug seine Jacke über dem Arm und betupfte sich die hohe, in einen langsam kahl werdenden Kopf übergehende Stirn mit einem zusammengeknüllten Taschentuch.

»Mrs. Parch?«, fragte er. »Ich bin Daryl Atkins aus dem Büro des Distrikt-Sheriffs.«

»Treten Sie ein, Mr. Atkins. Na, Sie haben sich wirklich sehr beeilt.«

»Kam, so schnell ich nur konnte. In dieser Angelegenheit können – vielleicht – schon ein paar Minuten eine Rolle spielen.« Er sah sich in dem kleinen, gemütlichen Wohnzimmer um, dessen Jalousien wegen der Sonne heruntergelassen waren. »Hier drin ist es bestimmt wesentlich kühler«, sagte er. »Auf der Straße müssen's zweiunddreißig Grad sein.«

»Mögen Sie vielleicht etwas Kaltes trinken?«

»Gern, Ma'am; aber nicht, bevor wir uns unterhalten haben.«

Er setzte sich vorsichtig auf die Sofakante, um nicht mit seinem feuchten Hemd gegen den Schonbezug der Rückenlehne zu kommen. Mrs. Parch nahm im Schaukelstuhl Platz, faltete ihre plumpen Hände im Schoß und wartete geduldig.

»Mrs. Parch«, begann er, »erinnern Sie sich an einen Mann namens Heyward Miller?«

»Miller?« Sie legte ihr Gesicht nachdenklich in Falten. »Nein, der Name sagt mir nichts. Natürlich ist da die Mrs. Miller im Postamt; aber mit der hat das wohl nichts zu tun.«

»Nein, nichts.« Er runzelte die Stirn und blickte auf die mit Troddeln eingefasste Brücke zu seinen Füßen. »Heyward Miller und seine Frau lebten hier draußen auf dem ehemaligen Grundstück der Yunkers, vielleicht vor acht, neun Jahren. Sie waren erst sechs Monate dort, als seine Frau starb, und er verkaufte den Besitz an die Kalkbrenners. Hilft das Ihrer Erinnerung etwas nach, Mrs. Parch?«

Sie kratzte sich leicht die Wange. »*Irgendetwas* will mir in diesem Zusammenhang einfallen. Ja, jetzt erinnere ich mich.« Ihr Atem wurde kürzer, und sie legte eine Hand auf ihren Busen. »O ja, Miller. Dieser grässliche Mann! Wie konnte ich *das* nur vergessen?«

»Ich dachte, dass Sie sich erinnern würden, Mrs. Parch; ich meine, nach diesen Dingen, die er über Sie gesagt hat. Der Bursche war mächtig durcheinander, soweit ich die Geschichte kenne. Natürlich kenne ich nicht die volle Wahrheit; daher steht es mir auch nicht zu, irgendeine Meinung zu vertreten ...«

Mrs. Parch richtete sich steif auf. »Der Mann war verrückt«, sagte sie schroff. »Fragen Sie nach ihm, wen Sie wollen. Er *gehörte* einfach nicht hierher.«

»Schon gut, Mrs. Parch; aber könnten wir beide uns nicht einmal darüber unterhalten, was damals eigentlich passierte? Nur, damit ich auch unterrichtet bin?«

»Ich habe nichts darüber zu sagen.«

Atkins seufzte. »Nach dem, wie man mir die Geschichte erzählte, waren dieser Miller und seine Frau ein Jahr verheiratet, als sie das Grundstück der Yunkers kauften. Sie sollte in etwa sechs Monaten ein Kind bekommen. Doch eines Nachts geschah etwas; sie wurde krank, sehr krank, und er versuchte, einen Anruf zum Arzt durchzubekommen …«

Mrs. Parch schloss die Augen und ballte ihre Fäuste im Schoß.

»Nun, ich war damals nicht in diesem Distrikt, verstehen Sie; daher kann ich nichts anderes berichten, als was man mir erzählt hat. Aber soweit ich es verstanden habe, ging Miller ans Telefon, und Sie und eine andere Dame unterhielten sich. Sie tauschten Rezepte aus oder so was Ähnliches.«

»Das war Mrs. Anderson«, sagte die Frau ruhig. »Ich sprach mit Mrs. Anderson.«

»Wohnt sie noch in der Nachbarschaft?«

»Nein. Vor fünf Jahren ging sie mit ihrem Mann nach Kalifornien, wo sie starb.«

»Wie dem auch sei«, fuhr Mr. Atkins fort und tupfte sich den Schweiß aus dem Gesicht, »dieser Miller bat Sie damals jedenfalls, die Leitung freizugeben, damit er den Arzt für seine Frau anrufen konnte. Und wie man mir erzählte, haben Sie sich beide geweigert.«

»Er war frech«, sagte Mrs. Parch. »Er hat uns regelrecht beleidigt.«

»Ja. Jedenfalls wollten Sie die Verbindung nicht freigeben, und Miller konnte nicht anrufen. Er behauptet sogar, dass Sie böswillig weitersprachen, damit er nicht anrufen konnte.«

»Das ist eine Lüge!«, rief Mrs. Parch leidenschaftlich erregt. »Wir redeten nur, solange wir mussten, und keine Minute länger.«

»Aber er konnte den Arzt nicht mehr rechtzeitig erreichen, darum drehte es sich doch, nicht wahr? Und seine Frau starb.«

»Nun hören Sie mal her, Mr. Atkins –«

Der dünne Mann hob eine knochige Hand. »Bitte, Mrs. Parch; ich bin nicht zu Ihnen hinausgekommen, um die Vergangenheit noch einmal durchzukauen. Was geschehen ist, ist Ihre Sache und nicht meine. Nur ist heute früh etwas passiert, das die Angelegenheit *vielleicht* auch zur Sache des Distrikt-Sheriffs werden lässt.«

»Was meinen Sie damit?«

»Nun, ich nehme an, Sie wissen nicht, was mit Miller geschah, nachdem er sein Grundstück an die Kalkbrenners verkaufte. Der Verlust seiner Frau und die ganzen Begleitumstände hatten ihn völlig gebrochen, und er zog nach New York. Sechs Monate später fasste man ihn, als er in ein Eisenwarengeschäft einbrach. Außer ein paar Schachteln mit Nägeln und ähnlichem Kleinzeug hatte er nichts gestohlen, und man schickte ihn für etwa sechs Monate ins Gefängnis. Dort kam man zu dem Schluss, dass er geistig unzurechnungsfähig war, und er wurde in eine geschlossene Heilanstalt überwiesen. Seitdem ist er ununterbrochen dort gewesen, fast acht Jahre lang. Erst kürzlich ist er freigekommen, Mrs. Parch, und das ist der Grund, weshalb wir ein wenig besorgt sind.«

»Freigekommen?« Die Frau knüllte den Rand ihrer Schürze mit den Händen zusammen. »Was meinen Sie mit ›freigekommen‹?«

»Ausgebrochen. Wir erhielten die Nachricht gestern am späten Abend, aber es ist schon eine ganze Woche her. Jemandem in der Anstalt fiel es ein, uns zu benachrichtigen, weil Miller eine Menge gefaselt hat über… nun, über das, was passiert ist. Hat uns ein wenig beunruhigt, Mrs. Parch. Ich nehme an, Sie werden das verstehen. Wir wissen zwar nicht *bestimmt*, ob er etwas gegen Sie im Schilde führt, aber es schien uns nicht richtig, die Sache dem Zufall zu überlassen. Verstehen Sie, was ich meine?«

Mrs. Parch stand auf, ihre glockenförmige Hülle schwankte ein wenig. Ihre Stimme zitterte, als sie sagte: »Wollen Sie damit sagen, dass dieser Miller Ihrer Meinung nach hinter *mir* her ist? Wegen dem, was vor acht Jahren passierte?«

»Dem Manne ist nicht zu trauen«, erwiderte Atkins ruhig. »Das ist alles. Die Anstalt ist ungefähr dreihundert Kilometer von hier entfernt, aber wenn er wirklich auf – nennen wir es mal Rache, aus ist, spielt diese Entfernung keine große Rolle. Ich wollte Sie nur vor der Möglichkeit warnen, das ist alles.«

Sie schlug die Hände vors Gesicht. »Aber ich bin ganz allein hier draußen!«, rief sie. »Er könnte mich glatt im Schlaf ermorden!«

»Wir wissen *wirklich* nichts Bestimmtes, Mrs. Parch. Sie dürfen sich das auf keinen Fall einbilden. Aber wenn vielleicht einer Ihrer Nachbarn für ein paar Tage zu Ihnen ziehen könnte oder Sie einen Verwandten besuchen wollten, so wäre das möglicherweise eine gute Idee.«

»Kann der Sheriff mich nicht beschützen?« Sie unterdrückte ein Schluchzen.

»Es tut mir leid, aber das ist im Augenblick noch nicht

möglich, Mrs. Parch. Nicht, solange wir keine sichere Information besitzen, dass Miller sich in der Nähe befindet. So wie die Dinge im Augenblick liegen, ist es weiter nichts als eine ganz unbestimmte Vermutung. Verstehen Sie?«

»Ja, ja«, antwortete sie wie betäubt. »Vielleicht könnte ich zu meiner Schwester fahren. Nach Cedar Falls…«

»Das wäre eine gute Idee.«

»Ich habe sie seit zehn Jahren nicht mehr gesehen. Wir verstanden uns nie, meine Schwester und ich.«

Mr. Atkins lächelte. »Für eine Versöhnung sollte man keine Gelegenheit ungenützt verstreichen lassen, was, Mrs. Parch?« Er stand auf. »Hören Sie, ich bin nicht bloß hergekommen, um Sie zu erschrecken. Wir wissen nichts Endgültiges über diese Angelegenheit, überhaupt nichts. Wenn wir etwas Neues erfahren, werden wir Sie sofort anrufen. Und wenn Sie es für notwendig halten, sich mit uns in Verbindung zu setzen, verlangen Sie einfach das Büro des Distrikt-Sheriffs. Meinen Namen wissen Sie noch?«

»Atkins«, flüsterte Mrs. Parch.

»Daryl Atkins«, sagte der Mann. Dann lächelte er breit. »Und jetzt hätte ich nichts gegen einen kühlen Schluck einzuwenden, Mrs. Parch.«

Atkins' Wagen war noch keine fünf Minuten aus ihrer Auffahrt, als das Telefon bei Mrs. Parch viermal rasselte. Sie nahm den Hörer ab und hörte Mrs. Giles fragen: »Helen? Habe ich nicht ein Auto bei dir halten sehen?«

»Nein«, antwortete sie krächzend. »Du hast keinen Wagen gesehen.«

»Aber ich meinte doch ganz *sicher*, ich –«

»Kümmere dich um deine eigenen Angelegenheiten!«,

sagte die Frau wütend. »Wann werdet ihr alle endlich lernen, eure Nasen nicht in andrer Leute Dinge zu stecken!«

»Bitte!«, erwiderte Mrs. Giles. Sie hängte auf, und Mrs. Parch verwünschte die Tatsache, dass sie ihr nicht zuvorgekommen war. Ein paar Minuten später klingelte das Telefon dreimal, aber sie ignorierte es. Stattdessen stieg sie so schnell nach oben, wie ihr Gewicht und ihr knapper Atem gestatteten, und begann die Schreibtischschublade nach der Telefonnummer ihrer Schwester in Cedar Falls zu durchwühlen. Schließlich fand sie den Papierfetzen mit der Nummer in einem Album vergilbter Familienfotos und ging damit wieder nach unten. Ohne jede Vorsicht und Heimlichtuerei nahm sie den Hörer ab, doch Mrs. Giles und Mrs. Kalkbrenner hatten bereits ihr Gespräch über die schlechten Manieren ihrer Nachbarin beendet. Sie wählte die Nummer des Fernamts und musste fast zehn Minuten warten, ehe sie mit Cedar Falls verbunden werden konnte. Doch selbst dann nützte es ihr nichts, denn die Telefonistin in Cedar Falls berichtete, dass der Apparat ihrer Schwester für den Sommer abgemeldet sei. Das sah Margaret ähnlich; wahrscheinlich war sie in ihr Strandhaus übergesiedelt und hatte das Telefon stilllegen lassen, um ein paar Dollars zu sparen. Sie grunzte empört, als sie diese Nachricht hörte, und die unfreundlichen Gedanken über ihre Schwester vertrieben eine Zeitlang all ihre Furcht vor Miller. Sie fühlte sich sogar genügend erholt, um das Etikettieren ihrer Einmachgläser zu beenden, und sie verbrachte einen geschäftigen Nachmittag damit, alle in den Keller zu bringen. Sie war so bei der Sache, dass sie trotz ihrer angeborenen Neugier gar nicht daran dachte mitzuhören, als das Telefon fünfmal läutete (das war für Mrs.

Ammons, eine neue Nachbarin). Als der Abend hereinbrach, hatte sie zwar Atkins' Warnung nicht vergessen, aber ihre Nerven waren doch beträchtlich ruhiger geworden.

Der Tag war lang gewesen. Die Sonne hatte hoch und heiß am Himmel gestanden, und die Zeiger der Uhr wiesen fast auf halb neun, als sie schließlich hinter den braunen Hügeln versank und von der kühlen Nachtluft abgelöst wurde. Mrs. Parch bereitete sich ein einfaches Abendessen von den Resten des Vortages, nähte noch ein wenig und nahm sich dann einen Roman aus der Leihbibliothek vor, um mit Lesen den Abend zu beschließen. Das Telefon läutete zweimal, aber sie kümmerte sich nicht darum. Einen Augenblick später hörte sie einen Hund in der Nähe des Hauses bellen. Es war Giles' Hund, ein alter Collie, der nicht zu unbegründeten Temperamentsausbrüchen neigte. Leicht verwundert legte sie das Buch nieder. Als das Bellen andauerte, nahm sie ihre Brille ab, stand auf und trat ans Fenster. Bei der plötzlichen Erinnerung an die ihr möglicherweise drohende Gefahr fuhr ihr schlagartig wieder die Furcht in die Glieder. Sie ging zur Vordertür, schloss auf und blickte in eine Dunkelheit, die nichts preisgab. Sie schloss die Tür wieder, schob den Riegel vor und ging ins Wohnzimmer zurück, um eine weitere Lampe anzumachen. Der Hund von Giles hörte auf zu bellen und begann zu heulen, bis ihm jemand mit einer zusammengerollten Zeitung auf sein Hinterteil klatschte. Unten, in ihrem Keller, gab es ein plumpsendes Geräusch, als ob etwas auf den Steinboden gefallen sei, und sie wusste, dass sie nicht mehr der einzige Bewohner des Hauses war.

Auf dem Weg zum Telefon wäre sie fast gefallen. Als sie

den Hörer von der Gabel riss und Mrs. Giles' nasale Stimme hörte, keuchte sie: »Bitte! Geh vom Apparat!«

»Wer ist da?«, fragte Mrs. Giles.

»Helen«, rief Mrs. Parch. »Helen! Um Gottes willen, Emma, leg den Hörer auf! Ich muss die Polizei anrufen –«

»Die Polizei? Warum?«

»Ich hab keine Zeit, das zu erklären! Ich muss das Büro des Sheriffs anrufen! Geh aus der Leitung! Geh aus der Leitung, oder ich werde ermordet!«

Mrs. Kalkbrenner lachte. »Aber Helen, wer wird dich schon umbringen wollen? Du hast wohl einen Alptraum.«

»Ich meine, dass du gesagt hast, du wolltest Einmachgläser beschriften«, kicherte Mrs. Giles. »Bist du auch sicher, dass es nicht Apfelwein war, Helen?«

»Um Himmels willen!«, kreischte Mrs. Parch. »Geht aus der Leitung!«

»Siehst du«, sagte Mrs. Giles bedeutungsvoll zu Mrs. Kalkbrenner. »Verstehst du jetzt, was ich dir erzählt habe?«

»Hm-hm«, machte Mrs. Kalkbrenner. »Jetzt weiß ich Bescheid.«

»Manche Leute wissen eben nicht, was Höflichkeit ist«, sagte Mrs. Giles. »Es ist doch gut, wenn man seine Nachbarn einmal *richtig* kennenlernt, nicht wahr, June?«

»Bestimmt ist es das, Emma.«

»Bitte, bitte«, schluchzte Mrs. Parch. »Ich *muss* die Verbindung haben. Ich *muss* telefonieren …«

Sie ließ den Hörer fallen, als sie die Kellertreppen knarren hörte. Sie rannte in die Küche und schlug die Kellertür zu. Das Schnappschloss fasste nicht, daher schob sie einen Stuhl vor die Tür und rannte zu dem baumelnden Hörer zurück. Die Stimme von Mrs. Giles tönte ihr entgegen, und von Hass und Grauen geschüttelt, schrie Mrs. Parch sie an. Sie schrie immer noch, als die Hand ihr den Hörer wegnahm und auf die Gabel legte. Es war eine schwere, behaarte und entsetzlich starke Hand.

Aus dem Amerikanischen von Peter Naujack

Besser als Mord

S ein verdammter Sanftmut ist mir am widerlichsten«,
sagte Beverly.

Dr. Jory wich ihrem Blick aus. »Es heißt, den Sanftmüti-
gen wird die Erde gehören.«

»Das wird Arnold tun«, sagte die Frau und drückte im
Aschenbecher des Arztes ihre Zigarette aus. »Und zwar ein
Meter achtzig davon. Es ist die einzige Möglichkeit, Paul, das
musst du mir glauben.«

Der Arzt, ein hagerer, ernster Mann, der von einer zer-
brechlichen europäischen Attraktivität war, löste die Arme
der Frau von seinem Hals und verließ das Sofa. Er ging zum
kalten Kamin seiner Wohnung und starrte gedankenverlo-
ren auf den Rost. Er bedurfte des hypnotischen Balletts der
Flammen nicht, um in eine nachdenkliche Stimmung zu
kommen. Er hatte genug Stoff zum Nachdenken, doch sein
Gehirn war ein einziges Gewirr aus Ängsten und Hoffnungen
und Sehnsüchten. Er drehte sich um und betrachtete Beverly
Whitman, die schönste Frau, die ihn je berührt hatte und die
je von ihm berührt worden war, eine Frau, die in sein geruh-
sames Junggesellenleben gefahren war wie ein Blitz in den
trockenen Wald – ein Feuer zurücklassend, das sich kaum
unter Kontrolle bringen ließ. Ein gefährliches Feuer; das
hatte Dr. Paul Jory inzwischen erkannt. Sehr gefährlich.

»Unmöglich«, sagte er schließlich. »Das habe ich dir schon gesagt, Beverly. Wir müssen eine andere Methode finden.«

»Zum Beispiel?«, fragte sie mit leiser Schärfe. »Zum Beispiel, Paul? Ich bin für jeden Vorschlag dankbar. Arnold mag zwar in jeder anderen Beziehung ein Feigling sein, doch für mich kämpfen würde er. Vielleicht ist das nur ein weiteres Indiz für seine Schwäche – er ist inzwischen dermaßen von mir abhängig, dass er lieber sterben als mich aufgeben würde. Na, dann muss er eben sterben.«

»Aber vielleicht könnten wir mit ihm reden…«

»Unmöglich. Das habe ich dir schon ein Dutzend Mal gesagt, Paul. Arnold hat mir das gleich bei der Heirat klargemacht. Ich würde ihn nie ohne Kampf verlassen können. Und du weißt, was das bedeutet.«

Dr. Jory schnaubte durch die Nase. »Und das Geld ist dir so wichtig?«

Die Frau seufzte und räkelte sich geschmeidig.

»Sieh mich an, Paul, du weißt, was ich bin, und ich weiß es auch. Ich bin eine weiße Hauskatze mit einem schimmernden blauen Halsband. Etwas anderes könnte ich nie sein, auch wenn ich mir Mühe gäbe. Die Art Leben, die du mir aufzwingen willst, hielte ich nicht durch – die getreue kleine Arztfrau in einem gemütlichen kleinen Vororthaus… das ist nichts für mich, Paul. Seit meiner Kindheit bin ich es gewohnt, Geld zu haben – und Geld ist ein sehr tröstliches Polster. Als Vater starb und wir Steuerprobleme bekamen, trieb ich mich eine Zeitlang herum – aber nicht lange. Ich lernte Arnold kennen.« Sie zündete sich eine neue Zigarette an. »Das Herumstreunen gefiel mir überhaupt nicht, Paul. Ich würde alles tun, damit es nicht wieder dazu kommt.«

Sein Gesicht zeigte einen schmerzlichen Ausdruck.

»Ich bin ein guter Arzt, Beverly …«

»Aber kein reicher …«

»Du bist so verdammt direkt! Manchmal glaube ich …«

Sie lachte. »Manchmal glaubst du, ohne mich besser dran zu sein? Du brauchst es nur zu sagen, Paul, dann verschwinde ich durch die Tür dort.«

Zornig nahm Dr. Jory eine kleine Statue vom Sims und schleuderte sie in den gemauerten Kamin. Dann fuhr er herum.

»Na gut, tu's!«, rief er. »So fest liege ich noch nicht an der Kette. Ich würde manches für dich tun, Beverly, aber nicht das. Einen Menschen bringe ich nicht um!«

Sie zögerte eine Sekunde lang, er glaubte schon, gesiegt zu haben. Dann erhob sie sich lächelnd und holte ihre Schuhe unter dem Couchtisch hervor. Sie legte sich gerade die weiße Nerzstola um die Schultern, als Dr. Jory zu ihr eilte und sie liebevoll umarmte.

»Nein, Beverly, einen Augenblick!«

»Wozu? Mein Preis war zu hoch, und da hast du nein gesagt. Das steht dir frei.«

»Können wir nicht noch einmal darüber reden …?«

»Willst du mir etwas abhandeln? Einen Kompromiss schließen? Kommt nicht in Frage, Paul.«

Seine Hände verschwanden in ihrem herabströmenden blonden Haar, als habe er dort plötzlich Gold gefunden.

»Ich kann ohne dich nicht leben, Beverly, längst nicht mehr! Aber ich bin Arzt, verstehst du? Schon der Gedanke, einem anderen Menschen das Leben zu nehmen, in voller Absicht …«

»Was ist denn, Paul?« Sie musterte ihn mit ruhigem Blick. »Arnold ist doch dein Patient, oder? Ist dir noch nie ein Patient gestorben?«

»Das ist doch etwas anderes …«

»Nein! Das versuchte ich dir schon den ganzen Abend klarzumachen, du hörst mir nicht zu. Ich habe mir einen Plan zurechtgelegt, einen guten Plan. Du brauchst Arnold gar nicht umzubringen. Ich habe etwas im Sinne, das besser ist als Mord.«

Besorgt und zugleich voller Hoffnung starrte er sie an.

»Was soll das heißen?«

»Ich habe gründlich darüber nachgedacht. Hast du etwa angenommen, du solltest losziehen und Arnold niederschießen? Hast du geglaubt, ich wollte uns beide an den Galgen bringen?« Ihre Augen begannen zu funkeln. »Nein, Paul«, flüsterte sie. »Du brauchst meinen Mann nicht umzubringen. Wenn du tust, was ich sage – begeht er Selbstmord.«

Es war eine schlimme Woche. Zum Glück kamen nicht allzu viele Patienten. Seit er Beverly Whitman kannte, gingen die Geschäfte immer schlechter; zu viele Patienten hatte er weitergeschickt, um Zeit zu haben für seine heimlichen Treffen mit der Frau des anderen.

Donnerstag früh verkündete seine Sprechstundenhilfe, Miss Bugler, energisch die Termine des Tages.

»Mrs. Macon kommt um zehn Uhr«, sagte sie. »Mr. Fine hat angerufen und gefragt, ob er seinen Termin auf Dienstag verschieben könnte; ich habe zugesagt. Ferner möchte Mr. Arnold Whitman einen Termin haben. Ich habe ihn vorläufig für halb zwölf Uhr bestellt. Sind Sie damit einverstanden?«

»Ja«, sagte Dr. Jory und umklammerte die Armlehnen seines Stuhls. »Ja, das ist so in Ordnung, Miss Bugler.«

Die Patientin um zehn Uhr ging ihm auf die Nerven. Mrs. Macons eingebildete Herzbeschwerden veranlassten ihn zu einer rüden Ermahnung. Die alte Dame reagierte schockiert auf den Ausbruch und stürmte aus der Praxis; er hatte das Gefühl, dass er sie nicht wiedersehen würde.

Er wartete nervös, bis Miss Bugler ankündigte: »Mr. Whitman ist da.«

Arnold Whitman trat ein; nervös fummelte er an den Knöpfen seines tadellos geschneiderten Anzugs herum.

Er war ein untersetzter Mann von zweiundfünfzig Jahren. Äußerlich sah man ihm den Reichtum zwar an, doch verströmte er nichts von dem gelassenen Selbstvertrauen, das Alter und Vermögen hätten bringen müssen. Seine Augen waren die schnell zu erschreckenden Augen eines Kindes, sein Mund beständig auf der Lauer, sich angstvoll zu verzerren.

»Es ist nett, dass Sie mich wieder einmal besuchen, Mr. Whitman«, sagte Dr. Jory barsch. »Ist inzwischen einige Zeit her. Fühlen Sie sich gut?«

»Ich weiß nicht recht. Deshalb wollte ich Sie ja sprechen. Es geht um meinen Magen.«

»Ach? Verdauungsbeschwerden?«

»Möglich«, sagte Whitman und befeuchtete seine Lippen. »Ich weiß nicht, woran es liegt. In der letzten Zeit habe ich schreckliche Schmerzen, hier ...«

Er drückte auf seinen rundlichen Bauch und zuckte in der Erinnerung zusammen.

Dr. Jory war über sich selbst erstaunt. Er reagierte ganz

normal wie bei jedem Patienten, obwohl er wusste, dass die Probleme dieses Mannes trivialer Natur waren, dass seine Beschwerden nicht auf organische Mängel hindeuteten. Es handelte sich um einfache Krämpfe, ausgelöst durch eine harmlose, aber magenreizende Chemikalie, die Beverly ihrem Mann ins Essen tat.

Aber er ging ganz programmgemäß vor: das medizinische Frage-und-Antwort-Ritual, die gewohnten Untersuchungen und schließlich die ernste Diagnose.

»Es muss nichts Schlimmes sein, aber wir sollten kein Risiko eingehen. Ich schlage vor, wir führen eine Röntgenuntersuchung durch.«

»Röntgen?« Whitman riss die Augen auf.

»Ja. Und zwar morgen um zehn Uhr. Geht das?«

»Wenn Sie es für notwendig halten …«

Dr. Jory hielt es für notwendig; sich selbst bestätigte er, dass ihm sein Verhalten schwerfiel, dass es aber dennoch notwendig war. Beverly hatte es notwendig gemacht, und so sehr sich sein Gewissen auflehnte, er wusste, er würde die Sache zu Ende führen.

Sie rief am gleichen Nachmittag an.

»Er ist grün um die Kiemen«, sagte sie verächtlich. »Grün vor Angst! Arnold ist ein alter Hypochonder, stets bereit zu glauben, er leide an einer schrecklichen Krankheit. Schon jetzt ist er so verängstigt, dass er kaum noch ein klares Wort herausbekommt.«

»Na gut«, sagte Dr. Jory.

»Wann sagst du es ihm?«

»Keine Ahnung. Vielleicht am Nachmittag. Vielleicht wenn die Bilder fertig sind.«

Am anderen Ende herrschte Stille. Dann ertönte ein Flüstern.

»Weißt du was, Doktor? Ich liebe dich.«

Whitman kam pünktlich um zehn Uhr; sein Körper war für die Röntgenuntersuchung bereit, sein Geist hatte sich noch nicht damit abgefunden.

Um zwölf Uhr war alles vorbei.

»Wann ist wohl … ich meine, wann können Sie mit einem Ergebnis rechnen?«, fragte Whitman.

»Schwer zu sagen. Ich möchte mir natürlich die Bilder ansehen und meine Feststellungen von einem anderen Internisten überprüfen lassen. Vielleicht kann ich Ihnen heute Nachmittag gegen vier Uhr schon mehr sagen. Wenn Sie dann vorbeikommen möchten?«

»Ja«, sagte Whitman.

Für den Nachmittag hatte sich lediglich ein Patient angemeldet; aber selbst das war Dr. Jory zu viel. Er ließ den Termin durch Miss Bugler verschieben und schickte sie dann nach Hause.

Um vier Uhr kam Whitman.

Der Arzt führte ihn ins Büro und schloss die Tür. Eine Zeitlang sagte er nichts, in dem Bewusstsein, dass ein betontes Schweigen schon sehr vielsagend sein konnte. Er ließ Whitman auf dem Stuhl hin- und herrutschen, sagte aber immer noch nichts.

»Na, was ist?«, fragte der Patient schließlich, einen Anflug von Panik in der Stimme. »Stimmt etwas nicht?«

Dr. Jory betrachtete die Bilder auf dem Tisch. Es waren keine besonders guten Röntgenaufnahmen, denn er hatte am Vormittag nicht gerade konzentriert gearbeitet. Doch sie reichten aus, um zu erkennen, dass Arnold Whitman innerlich völlig in Ordnung war.

»Dr. Jory«, fragte Whitman mit hohler Stimme. »Was stimmt mit mir nicht?«

»Mr. Whitman, es gibt zwei Sorten Ärzte – die eine Gruppe tritt dafür ein, die Patienten vor der Wahrheit zu schützen; die andere ist dafür, stets und immer die Wahrheit zu sagen. Ich gehöre der letzten Gruppe an und will daher nicht um den heißen Brei herumreden. Sie sind ein erwachsener, intelligenter Mann...« Er biss sich auf die Zunge. »Ich habe außerdem das Gefühl, Sie *wollen* die Wahrheit wissen. Ist das richtig?«

Whitmans Mund öffnete sich, doch kein Wort war zu hören.

»Es tut mir leid, Ihnen das sagen zu müssen«, sagte Dr. Jory langsam, »aber Sie sind ein sehr kranker Mann.«

Die Lippen begannen zu zucken, doch noch immer kam kein Ton. Arnold Whitmans Hals bewegte sich, brachte schließlich aber nur eine Art Blöken heraus.

»Die Röntgenaufnahmen lassen leider keinen anderen Schluss zu. Trotzdem fühlte ich mich verpflichtet, einen anderen Arzt hinzuzuziehen. Ich habe die Aufnahmen von Kollegen untersuchen lassen, die ausnahmslos dieselbe Meinung vertraten.«

Endlich brachte Arnold Whitman einige Worte zustande.

»Wie – wie schlimm steht es?«, fragte er. »Was kann man dagegen tun?«

Dr. Jory schüttelte den Kopf.

»Das ist das Schlimmste. Es ist viel zu spät, um dagegen einzuschreiten, Mr. Whitman. Eine Operation kommt nicht mehr in Frage. Wir können nur hoffen, Ihnen das Leben so angenehm wie möglich zu machen, bis ...«

»Angenehm?«, fragte Whitman mit einer Stimme, die sich zu einem klagenden Jaulen emporschwang. »Was soll das heißen? Was bedeutet das?«

»Ich habe Ihnen gesagt, ich werde mich offen äußern, Mr. Whitman. Sie sollten Ihre Angelegenheiten sofort regeln. Sie haben leider nicht mehr viel Zeit ...«

»Zeit? Zeit?«, kreischte Whitman. »Wollen Sie damit sagen, dass ich sterbe? Dass ich bald sterben werde?«

Dr. Jory nickte traurig. »Ich kann nichts tun. In einem Monat, vielleicht schon in zwei Wochen ...«

»*Nein!*«, schrillte der Mann, sprang auf und sah sich verzweifelt im Behandlungszimmer um. »Nein, das kann doch nicht sein! Ich fühle mich gut – ich fühle mich schon besser ...«

Der Arzt schwieg.

Whitman starrte ihn an, wartete darauf, dass sich sein Gesicht veränderte, wartete darauf, dass die kalten Augen Mitgefühl zeigten. Als nichts geschah, ließ er sich langsam wieder auf seinen Stuhl sinken und stemmte den Kopf in die Hände.

Dann begann er zu schluchzen.

Diese Minuten waren eine besondere Qual für Dr. Jory; am liebsten hätte er die Hand ausgestreckt, dem Mann auf die Schulter geklopft und ihm die Wahrheit gesagt. Doch er war schon zu tief verstrickt, er kam nicht mehr frei. Zugleich war er fasziniert, ein Gefangener seiner Macht über den anderen.

Es dauerte fünf Minuten, bis der Kopf wieder gehoben

wurde. Das völlig veränderte Gesicht Arnold Whitmans blickte ihn an – schon weiß wie das Gesicht einer Leiche.

»Wird es weh tun?«, fragte er heiser.

»Das lässt sich leider nicht völlig ausschließen.«

»Ich vertrage keine Schmerzen, Doktor. Das wissen Sie. Ich vertrage keine Schmerzen.«

»Ich werde Ihnen nach besten Kräften helfen. Aber schmerzstillende Mittel sind auch nicht das A und O …«

Der Mann warf sich nach vorn, umfasste die Schultern des Arztes und hob das verstörte Gesicht.

»Sie müssen mir helfen!«, rief er. »Sie müssen mir helfen, Dr. Jory. Bitte …«

»Ich werde tun, was ich kann, Mr. Whitman, das müssen Sie mir glauben. Aber Sie müssen sich auch selbst helfen. Zunächst müssen Sie Mut fassen …«

Am gleichen Abend, allein in seiner Wohnung, fragte sich Dr. Paul Jory, ob ein Mord nicht leichter gewesen wäre. Wenn Whitmans Tod schon die einzige Lösung darstellte, wäre eine saubere Kugel einfacher und weniger nervenaufreibend gewesen als Beverlys Plan.

Plötzlich fiel ihm etwas anderes ein. Was war, wenn sie sich irrte? Wenn sie sich in ihrem Mann getäuscht hatte?

Es drängte ihn, den Hörer abzunehmen und sie anzurufen. Ein Problem war das nicht; er konnte schließlich vorgeben, sich nach seinem Patienten zu erkundigen. Trotzdem starrte er auf das stumme Telefon und tat nichts.

Es war fast elf Uhr, als er es dann doch nicht mehr aushielt.

»Hallo?«

Beverlys Stimme.

»Hier Dr. Jory«, sagte er vorsichtig. »Ich … ich wollte mich nach dem Befinden Ihres Mannes erkundigen, Mrs. Whitman.«

»Du kannst ruhig sprechen«, sagte sie liebevoll. »Er schläft.«

»Hat er es dir gesagt?«

»Ja.«

»Wie nimmt er es denn?«

Ihre Antwort war kühl, gelassen.

»Wie ich dir gesagt hatte.«

Er schluckte. »Ich muss dich sehen, Beverly! Ich drehe durch, wenn ich dich jetzt nicht hier habe!«

»Es geht nicht, Paul. Ich muss bei ihm bleiben. Ich muss die liebevolle Ehefrau spielen, das weißt du.«

»Allein halte ich es nicht mehr aus! Immer wieder sehe ich sein Gesicht vor mir in dem Augenblick, als ich es ihm sagte …«

»Nun bemitleide dich nicht selbst! Ich habe ihn den ganzen Abend am Hals gehabt.«

»Beverly, bitte!«

Sie seufzte.

»Na schön, Paul. Er hat die Schlaftabletten genommen, die du ihm mitgegeben hast: Da kann ich sicher ein Weilchen verschwinden. Aber denk daran, lange geht es nicht.«

Sie traf um Mitternacht ein. Sie war irgendwie verändert – auf eine Weise, die er nicht zu analysieren vermochte. Um die Augen wirkte sie älter, um den Mund ein wenig dünner. Zugleich war sie aber schöner denn je.

Verzweifelt klammerte er sich an ihr fest, bis sie sich von

ihm löste und zum Sofa ging. Dort zündete sie sich eine Zigarette an und betrachtete ihn von oben bis unten.

»Du siehst genauso erschrocken aus wie er. Mach dir keine Sorgen, Paul. Ich kenne den lieben kleinen Arnold, ich weiß, dass alles klappt. Als seine Mutter starb, vor knapp einem Jahr, hat er es mir selbst noch gesagt. Sie hatte im letzten Monat arge Schmerzen, und er schwor, er wollte sich lieber umbringen, als so zu leiden. Und das tut er auch.«

»Aber wer garantiert dir das? Sich umzubringen erfordert einen gewissen Mut. Du klagst aber immer, er sei ein Feigling.«

»Er ist die richtige Sorte Feigling, sei unbesorgt. Du wirst sehen. Entweder nimmt er eine Überdosis von deinen Pillen, oder er macht noch etwas Drastischeres.«

»Was denn?«

Sie blies den Rauch zur Decke.

»Im Schlafzimmer liegt ein Revolver. Ich glaube, dass er den benutzt. Das ist schneller und sicherer.«

Dr. Jory wandte sich ab. »Das ist ja schrecklich, Beverly! Schlimmer als Mord.«

»Nein, Doktor. Besser. Auf diese Weise bleiben wir beide frei und unbehindert und sind ziemlich reich. Mit einem Mord ließe sich das nicht erreichen, oder?« Ihre Stimme wurde weich. »Setz dich zu mir, Paul.«

Er kam der Aufforderung nach, zuckte aber unter ihrer Berührung zusammen.

»Was ist denn?«, fragte sie eisig.

»Nichts.« Dann sank er in ihre Arme und war eine Zeitlang nicht mehr ansprechbar.

»Ich muss gehen«, sagte Beverly eine halbe Stunde später.

»Könnte ja sein, dass er aufwacht und auf dumme Gedanken kommt. Vielleicht will er einen Brief zurücklassen. Den sollte ich mir zunächst anschauen.«

»Wir müssen vorsichtig sein, Beverly.«

Sie küsste ihn.

»Du bist hier der Arzt.«

Das Telefon weckte ihn um vier Uhr früh. Das Klingeln regte ihn nicht weiter auf; solche Anrufe waren in seinem Beruf alltäglich.

Er nahm den Hörer ab, und eine barsche Stimme fragte: »Dr. Paul Jory?«

»Ja.«

»Hier Lieutenant Klaus von der Polizei. Haben Sie einen Patienten namens Arnold Whitman?«

»Ja.«

»Es tut mir leid, Sie um diese nachtschlafende Zeit aus dem Bett zu klingeln, aber ich möchte Sie bitten, sofort zu Mr. Whitmans Wohnung zu kommen.«

»Was ist los? Was ist passiert?«

»Sie sollten lieber kommen, Doktor. Ich erkläre Ihnen alles, wenn Sie hier sind.«

Hastig kleidete er sich an und versuchte, sich einzubilden, es sei ein ganz normaler nächtlicher Notruf. Da er im Dunkeln schlecht fuhr, ließ er ein Taxi kommen.

Die Entfernung zum Duplex-Apartment der Whitmans war nicht weit; als der Wagen am Bordstein hielt, sah er einen Krankenwagen und einen Streifenwagen vor dem Eingang stehen. Er nahm seine große schwarze Tasche vom Sitz und eilte in die Halle.

Ein uniformierter Beamter ließ ihn in die Wohnung der Whitmans.

In den Räumen drängten sich die Menschen. Er kannte die Leute nicht, ebenso wenig die Rollen, die sie hier spielten. Er zählte zwei Ärzte, zwei Polizeibeamte, drei Männer in Zivil. Einer von ihnen, ein stämmiger Mann mit Bulldoggenkinn und hellgrauen Augen, kam auf ihn zu. »Sie sind Dr. Jory?«, fragte er. »Ich bin Klaus.«

»Was ist passiert?«, fragte der Arzt gelassen. »Weshalb wollten Sie mich sprechen?«

»Ihr Patient bat darum. Er sagte, er würde reden, sobald Sie hier wären. Kommen Sie bitte mit.«

Er folgte Klaus ins Schlafzimmer. Hier saß Arnold Whitman auf dem Bett, die dicken, rundlichen Hände in den Schoß gelegt. Er trug einen Schlafanzug und wirkte bemerkenswert gefasst.

»Na schön«, sagte Klaus leichthin. »Hier ist der Arzt, Mr. Whitman. Jetzt sagen Sie uns bitte, warum Sie Ihre Frau umgebracht haben.«

Dr. Jorys Blick zuckte vom Gesicht Arnold Whitmans zu der zugedeckten Gestalt auf dem Boden des Schlafzimmers. Die Knie knickten ihm ein, und Klaus musste ihn zu einem Stuhl führen.

Ein Kichern tönte vom Bett.

»Ich wusste, dass meine Frau mich hasste«, sagte Arnold Whitman mit glasigem Blick. »Wie ein Stück Dreck hat sie mich behandelt. Doch ich hatte nie den Mut, etwas zu unternehmen. Bis heute!«

»Sprechen Sie weiter«, sagte Klaus barsch.

Wieder kicherte der Mann im Schlafanzug.

»Heute hatte ich den Mut, Lieutenant, denn jetzt ist mir alles egal. Sie können mir nichts mehr tun. Niemand kann mir etwas tun. Der Doktor kennt den Grund.«

Klaus wandte sich mit eisigem Blick an Dr. Jory.

»Na, Doktor?«, fragte er leise. »Was ist das für ein Grund?«

Aus dem Amerikanischen von Thomas Schlück

Später Lohn

Der Korridor, der zu Zimmer 408 führte, war zwar sehr lang, aber doch nicht lang genug, um es Mitch zu ermöglichen, das Gespräch noch einzustudieren, das er gleich mit seinem sterbenden Vater zu führen gedachte.

Mitch hatte erwartet, den alten Mann total verkabelt vorzufinden, aber er sah nur einen Monitor, der den Herzschlag registrierte, und einen Sauerstoffschlauch. »He, Junge«, begrüßte ihn der Vater mit wenig überzeugender Fröhlichkeit. »Richtig erwachsen geworden! Was bist du jetzt? Zweiunddreißig?«

»Drei«, antwortete Mitch. Dann stellte er die Frage, die er schon seit zwanzig Jahren hatte stellen wollen: »Was ist eigentlich wirklich mit Mom passiert?«

Mitch hatte keine Ahnung, wie sein Vater darauf reagieren würde. Würde er abblocken? Oder aufbrausen? Oder würde er vielleicht gar in Tränen ausbrechen – wie an jenem Abend, an dem seine Frau von dem Einbrecher erschossen worden war?

Mitch konnte sich noch an diese würgenden Schluchzer erinnern, an den Kummer, der so heftig gewesen war wie die Wutausbrüche, die Mitch allabendlich durch die dünne Wand des Schlafzimmers gehört hatte. Er war erst neun gewesen, aber er wusste, dass die Polizei an der Nase herumgeführt worden war. Da war ein Einbrecher gewesen, natürlich. Ein Fenster war aufgebrochen worden. Ein später Spaziergänger, der mit seinem Hund noch mal Gassi gegangen war, hatte den Schuss gehört, hatte den Einbrecher über die Zufahrt zum Haus kommen und fliehen sehen. Und diese Tränen, dieses Schluchzen! Der arme Mr. Byram, sagten die Nachbarn.

»Ja«, antwortete John Byram, »ich habe mir gedacht, dass dich das beschäftigt. Du hast lange darauf gewartet, die Wahrheit zu erfahren, Mitch.« Er reckte den Hals, um seinen Sohn besser zu sehen. »Du bist was? Finanzmakler?«

»Analyst.«

»Hättest Priester werden sollen. Das hätte es dir leichter gemacht.«

»Es wäre wohl das Beste, wenn du es mir endlich sagtest, Pa.«

Das Lächeln verschwand vom Gesicht des alten Mannes. »Ja, Mitch«, sagte er. »Ich bin's gewesen. Sie hat mich zu arg drangsaliert, und ich bin durchgedreht. Total. Ist es das, was du hören wolltest?«

»Nein«, erwiderte Mitch. »Da ist noch etwas anderes.«

»Sie hat mich drangsaliert«, wiederholte sein Vater. »Sie hörte auf, das mit den anderen Männern zu vertuschen. Das hat mich am meisten verletzt, dass sie nicht mal mehr gelogen hat. Tut mir leid, Junge. Sie war deine Mutter, und du hast sie liebgehabt. Du möchtest das alles gar nicht hören.«

Mitch schloss die Augen. Er dachte an zärtliche Blicke, an die Berührung einer Hand.

»Was willst du jetzt tun? Es der Polizei erzählen? Mich vor Gericht bringen? Zu spät. Ich bin bereits verurteilt.«

»Ich muss wissen, wer, Pa.«

»Wie wer?«

»Der angeheuerte Mann. Wer ist das gewesen?«

»Was macht das für einen Unterschied? Wahrscheinlich erinnert er sich gar nicht mehr an diesen Job.«

»Ich aber.«

»Du glaubst, du kannst erreichen, dass er festgenommen wird? Du glaubst, ich sage gegen ihn aus?«

»Sag mir nur seinen Namen.«

»Vergiss es, Junge. Der fährt mit seiner eigenen Fahrkarte zur Hölle.« Sie sahen sich zum ersten Mal an. John Byram zuckte die Achseln. »Nat war kein Profi«, sagte er. »Einfach nur jemand, der für einen Dollar zu allem bereit war, ein Bursche, bei dem ich mich auszuweinen pflegte. Eines Tages machte er mir dann ein Angebot. Anfangs sagte ich nein. Als sie mich aber dann immer kränker machte, ging ich in die Bar und sagte ja.«

»In die Bar?«

»Er war Barkeeper. Bei wem anders heult man sich sonst aus?«

»Lebt er noch?«

»Er arbeitet immer noch in derselben Bar. Mike & Charley's in der Vender Street.«

Als Mitch abrupt aufstand, war der alte Mann stark beunruhigt. »Mach keine Dummheiten, Mitch!«

»Nein, Pa.«

»Du weißt, dass du ihn wegen dem, was er getan hat, nicht drankriegen kannst.«

»Das weiß ich, ja«, sagte Mitch. Er berührte die Schulter seines Vaters – es war die einzige Geste der Zärtlichkeit, zu der er sich fähig sah.

Mitch war ziemlich schleierhaft, wie Mike und Charley über-lebten. Aber vielleicht war 23 Uhr ja eine schlechte Zeit.

Nat war weißhaarig, aber zehn Jahre jünger als Pa. Als Mitch sich an die Bar setzte, schenkte ihm Nat kaum Be-achtung.

Am folgenden Abend ging Mitch zur gleichen Zeit wie-der hin, setzte sich auf denselben Barhocker und bestellte den gleichen Drink. Nat bemerkte es nicht. Am dritten Abend nickte er freundlich. Ende Woche sagte Nat: »Ich find's immer schön, wenn Sie reinkommen. Dann weiß ich, dass ich in zwei Stunden heimgehen kann.«

»Schön, dass ich irgendjemandem nützlich sein kann.«

»Was ist los, Mann? Einsam?«

Mitch brummte: »Nein, verheiratet.«

»Ah!«, sagte Nat. »Ich hab das auch einmal probiert. War eine einzige Katastrophe.«

»Hat sie Sie betrogen?«

»Mich? Nee, dazu sehe ich zu gut aus.« Nat grinste und schenkte Mitch unaufgefordert einen weiteren Drink ein. »Wissen Sie, Sie kommen mir so ein bisschen bekannt vor.«

»Der Apfel fällt nicht weit vom Stamm«, sagte Mitch. »In mehr als einer Beziehung.« Er streckte dem anderen die Hand hin. »Ich heiße Mitchell Byram.« Keine Reaktion. »Der Name meines Vaters ist John.«

»Sorry, kenne Ihren Vater nicht.«

»Ist er nicht oft hergekommen und hat über seine ver-pfuschte Ehe geredet? Ist schon lange her.«

»Sie glauben gar nicht, wie viele Leute mir von ihren Frauen erzählen. Nach einer Weile hört man einfach nicht mehr hin.«

»Ich hoffe, Sie tun das bei mir nicht auch«, sagte Mitch. »Wissen Sie, ich habe nämlich den gleichen Fehler begangen wie mein Alter. Ich habe mir eine Frau gesucht, die zu jung und zu hübsch ist.«

»Die führt Sie jetzt an der Nase rum?«

»Und ich kann sie nicht raussetzen«, sagte Mitch. »Ich hab da so ein Papier unterschrieben.«

»Was für ein Papier?«

»So einen Ehevertrag. Im Falle einer Trennung kriegt sie die Hälfte meines Geldes.«

»Das ist freilich hart«, sagte Nat.

»Mein Vater hatte auch schon ein Problem dieser Art, aber dem hat jemand geholfen. Ein Einbrecher, der dem Elend ein Ende machte.« Mitch hielt sein Glas hin und sah dabei Nat in die Augen. »Trinken Sie einen mit mir.«

Am 15. Juli – die Klimaanlage im Schlafzimmer lief dröhnend auf vollen Touren – sah Mitch seine ruhelose Frau an. »Nun schlaf jetzt endlich«, sagte er.

»Bist du verrückt? In einer solchen Nacht?«

»Ich muss das Ding runterdrehen«, sagte er und ging zum Fenster. »Es ist zu laut.«

»Wir werden hier drin verschmoren.«

Er drückte auf einen Knopf und ging dann zur Schlafzimmertür. »Mir ist, als hätte ich da was gehört.«

»O Gott!«, sagte sie und zog die Decke bis zum Kinn hoch.

Mitch ging die Treppe hinunter. Er hörte, wie die Schwingtür zur Küche aufging. Er versteckte sich unter der Treppe und lauschte dem schlurfenden Geräusch von Nats Turnschuhen. Dann erschien der Barkeeper, in der herabhängenden rechten Hand eine Pistole, und Mitch hielt den Atem an. Als Nat die Treppe halb hinaufgegangen war, hob Mitch die Flinte und drückte ab.

Die zweite Ladung wäre nicht nötig gewesen, aber Mitch wollte ganz sicher sein, dass der Mann tot war. Das sagte er auch der Polizei, als sie kam, um den »Einbrecher« fortzuschaffen, der endlich für einen alten, längst vergessenen Job seinen vollen Lohn bekommen hatte.

Aus dem Amerikanischen von Jobst-Christian Rojahn

Freundin gesucht!

Es war nicht Friede, den Maude Sheridan mit der Welt geschlossen hatte, als sie fünfunddreißig Jahre alt geworden und immer noch unverheiratet war; es war eher ein Waffenstillstand. Er enthielt nur wenige, dafür allerdings strenge Bedingungen. Sie verlangte einen gewissen Grad finanzieller Geborgenheit, angemessene Gesundheit und ihre Stellung als Sekretärin von Dr. Ernest Cowper, einem der bekannteren Psychoanalytiker an der Ostküste. Von allen Bedingungen war die letzte weitaus am wichtigsten. Vor sieben Jahren hatte sie sich auf ein Stellenangebot hin bei Dr. Cowper beworben und war aus einem Vorzimmer voller hoffnungsvoller und bebrillter Bewerberinnen ausgewählt worden. Sie war älter gewesen, als dieser Posten es eigentlich verlangte, aber die chemische Reaktion zwischen ihr und dem langsam älter werdenden Analytiker mit dem ernsten Gesicht war ausgezeichnet gewesen. Er mochte sie, und sie mochte ihn, und so hatten sie sieben Jahre lang zusammengearbeitet, wobei die Verantwortung, die Maude übernahm, immer größer wurde – entsprechend der Ausweitung von Dr. Cowpers Praxis. Sie war mehr seine Assistentin als seine Sekretärin, und es gab sogar Augenblicke, flüchtige Augenblicke, in denen er sich ihr anvertraute.

Auf diese Weise herrschte Waffenstillstand zwischen

Maude Sheridan und der Welt, und die Folge war, dass sie auch den Kampf mit Haarbürste, Kamm und Lippenstift, mit Freiübungen und Diät vernachlässigte. Bis sie Jimmy French kennenlernte.

Einander vorgestellt wurden sie auf einer Party, die ein wegziehender Wohnungsnachbar veranstaltete; sie nahm seine kleinen Höflichkeiten und seinen spielerischen Spott zwar bereitwillig hin, aber ohne Hoffnung auf irgendetwas anderes. Selbst als er sie am nächsten Tag anrief, verschlug der Ton seiner Stimme ihr nicht den Atem. Maude fühlte sich nicht zu mädchenhafter Freude berechtigt. Aber sie ging mit ihm ins Kino, und als er dort ihre Hand ergriff, ließ sie es zu. Es gab dann vor ihrer Wohnungstür einen Gutenachtkuss, aber die Berührung seiner Lippen störte in jener Nacht ihre ruhigen, gelassenen Träume nicht.

Er rief jedoch wieder an. Und wieder. Zwei Wochen nachdem sie sich kennengelernt hatten, begann sie, ihn genau und verwundert zu betrachten. Er war keineswegs hübsch, aber sein Grinsen war sympathisch, und sein Haar war dicht, schwarz und ließ sich gut streicheln. Er war zwar nicht groß, aber in seinen gutgeschnittenen Anzügen bewegte er sich mit muskulöser Anmut. Er war nicht gebildet, hatte jedoch ein schnelles und natürliches Verständnis für alle Dinge. Er war sogar schlau. Diese Seite von ihm gefiel ihr zwar nicht so sehr, aber sie war nun einmal vorhanden. Er hatte etwas von einem Fuchs an sich.

Dann begann sie, sich selbst zu betrachten, und es folgten lange Szenen vor ihrem Spiegel. Sie war zu dick, fand sie. Keineswegs schlechtaussehend, aber irgendetwas musste sie unternehmen. Sie hatte sich allzu lange vernachlässigt. Deswegen begann sie wieder, Schönheitssalons aufzusuchen, Diät zu halten und Übungen zu machen. Sie tat es für Jimmy French, denn Jimmy mochte sie, mochte sie ehrlich.

»Ich liebe dich«, sagte Jimmy eines Abends.

Sie war so überrascht, dass sie am liebsten laut geschrien hätte.

»Ich liebe dich«, wiederholte Jimmy und nahm sie in seine Arme. »Verstehst du – ich weiß, dass ich nicht viel tauge. Ich meine, du bist unsäglich viel gescheiter als ich, Maude. Ich war nie auf einer höheren Schule. Wahrscheinlich hältst du mich überhaupt für einen Dummkopf.«

»Nein! O nein!«, sagte sie.

»Ich habe mir nie vorstellen können, dass ein Mädchen wie du mich überhaupt zweimal ansieht«, sagte er, seine rauhe Wange an ihr Ohr gelegt.

Wenige Augenblicke später löste ihr Waffenstillstand mit der Welt sich in nichts auf – aber das war ihr völlig egal. Sie saßen nebeneinander und redeten. Er sagte eine Menge Dinge, die teilweise überraschend waren, aber auch das war ihr egal. Erst später musste sie wieder daran denken, und da bat sie ihn, alles noch einmal zu wiederholen.

»Jetzt weißt du wenigstens auch das Schlimmste«, sagte er dann, zündete sich eine Zigarette an und versteckte sein Gesicht hinter dem Zigarettenrauch. »Ich bin ein ziemlich verkommener Kerl, Maude, war ein ziemlich wildes Kind, immer unter Druck, und habe nicht nur Reifen und Autos gestohlen, sondern auch einen bewaffneten Raubüberfall verübt. Ich will dir nichts verheimlichen.«

»Aber damals warst du noch jung«, sagte sie abwehrend. »Du hast es nicht anders gekannt.«

Er grinste sie an. »Stimmt, Frau Doktor«, sagte er. »Wie viel verlangen Sie eigentlich für eine Stunde, Frau Doktor?«

»Kannst du denn nicht ernst bleiben, Jimmy?«

»Das bin ich. Ich will damit nur sagen, dass ich keinen Beruf habe, Maude, nichts, worauf wir unser Leben aufbauen können. In den letzten zwei Jahren habe ich insgesamt vier Jobs gehabt, und keiner hat mir mehr als achtzig Dollar pro Woche eingebracht. Ich bin für dich nicht gut genug.«

Sie nahm seinen Kopf in ihre Arme; wenn er ernsthaft redete, war er wie ein Kind, ein sehr ernstes Kind. »Das zu entscheiden überlasse bitte mir, verstanden?«

»Aber du ahnst nicht, wie ich mir vorkomme. Ein so großartiges Mädchen wie du, dem ein Kerl wie ich am Halse hängt – das wäre nicht anständig. Ich möchte erst noch etwas unternehmen, Maude – verstehst du? Und dann möchte ich, dass wir heiraten.«

Es war das erste Mal, dass er vom Heiraten sprach. Es war ein Wort aus einem Fremdwörterbuch. Sie wiederholte es lautlos und sagte dann:

»Nichts ist wichtig, Jimmy, glaube mir. Wichtig für mich bist allein du …«

Am nächsten Tag war ihr Glück wie ein Hauch, eine Ausstrahlung. Selbst Dr. Cowper, der von seinem zweifachen Problem – der Last des eigenen Alters und den stürmischen Konflikten seiner Patienten – völlig in Anspruch genommen war, merkte etwas.

»Heute scheinen Sie mit sich selbst zufrieden zu sein, Maude.«

»Nicht besonders«, sagte sie. »Ich habe nur das Gefühl, innerlich zu glühen.« Verwirrt errötete sie und beschäftigte sich dann mit ihren Notizen. »Um halb elf kommt Mr. Harrison, Doktor, und ich sollte Sie daran erinnern, dass Sie mit ihm eine andere Zeit ausmachen.«

»Ja – richtig.« Sein Gesicht verdüsterte sich wieder. »Der arme Mr. Harrison...«

»Hat es – ich meine, hat sich irgendein Fortschritt gezeigt?« Sorgfältig wählte sie ihre Worte, weil sie wusste, dass es ein heikles Thema war.

»Kein allzu großer. Manchmal habe ich das Gefühl, dass der Fehler bei mir liegt, dass ich die Lösung schon lange hätte finden müssen. Oder dass ich mit dem Mann etwas anderes hätte tun sollen – irgendetwas, was ihn vor sich selbst schützt...« Er seufzte. »Bringen Sie ihn gleich zu mir, Maude; ich warte auf ihn.«

»Ja, Doktor.«

Harrison verspätete sich; zweifellos war diese Verspätung beabsichtigt und sollte eine Provokation sein. Er war ein kräftiger, schweratmender Mann in den Fünfzigern, und sein Kragen saß so eng um den fleischigen Hals, dass sein Gesicht ständig gerötet war. Nach Ansicht von Maude hatte der enge Kragen irgendetwas zu bedeuten; es war seine Art von Anpassung an...

Aber sie wollte jetzt nicht an Krankheit denken. Sie wollte an Liebe denken, an zwölf Uhr und an ihre Verabredung mit Jimmy zum Mittagessen.

Sie trafen sich in der spärlich beleuchteten Abgeschiedenheit eines Restaurants, das zu teuer war, um täglich hinzugehen. Er bestellte Martini für sie beide. Sie war unsicher, unnatürlich erregt und so glücklich, dass ihr Gesichtsausdruck die Blicke anderer Männer auf sich zog. Glücklich, bis der Kaffee serviert wurde und Jimmy sagte: »Ich möchte dich um etwas bitten, Maude. Obgleich ich annehme, dass du nicht begeistert sein wirst.«

»Um was geht es? Was ist denn los, Jimmy?«

»Es ist nicht so wichtig. Es geht lediglich um mich.«

»Wovon redest du eigentlich?«

»Ich spreche davon, dass wir heiraten wollen, ich, mit meinem fetten Bankkonto über fünfzig Dollar und ohne jede Chance. Ich habe so viel darüber nachgedacht, dass mir ganz übel geworden ist. Kennst du das? Man denkt über irgendetwas nach, und darüber wird einem dann übel. Mein Magen revoltiert, mein Kopf schmerzt…«

Sie strich ihm über die Stirn.

»Du Armer«, sagte sie besänftigend. »Warum hast du denn nichts gesagt? Du…«

»Hier hilft nicht Aspirin, Maude. Hier hilft nur etwas ganz anderes. Eine Geldspritze, Maude, das würde helfen.«

»Ich verstehe dich nicht.«

Er beugte sich näher zu ihr.

»Maude«, sagte er ruhig. »Was ich dir erzählt habe, war gelogen. Ich habe dir erzählt, dass ich ein wildes, ein bösartiges Kind gewesen bin. Das war gelogen. Ich war ein ganz gewöhnliches Kind. Und der Mensch, den ich geschildert habe, der Autos gestohlen und einen bewaffneten Raubüberfall verübt hat – das bin ich jetzt, Maude; das bin ich heute.«

»Aber Jimmy, das ist doch nicht dein Ernst…«

»Sieh mich an! Sehe ich aus, als wäre es mir nicht ernst? Ich erzähle dir die Wahrheit über mich, Maude – Dinge, über die ich noch nie zu einem anderen Menschen gesprochen habe. Ich bin ein Tunichtgut. Ich bin ein gemeiner Lump, und zwar ein ganz billiger …«

»Das darfst du nicht sagen!« Verstört blickte sie sich um, als könnten sie belauscht werden. »Das ist nicht möglich, Jimmy. Das ist nicht wahr!«

Sein Gesicht entspannte sich. Er trank einen Schluck Wasser, und plötzlich klang seine Stimme wieder ganz normal.

»Ich möchte, dass du mir einen Gefallen tust, Maude. Es ist das einzige Mal, dass ich dich um so etwas bitten werde. Denn ich werde mich ändern. Wenn alles vorbei ist, werde ich mich ändern.«

»Wenn was vorbei ist?«

»Noch eine Sache. Nur eine einzige, so wahr mir Gott helfe. Aber diesmal muss es eine lohnende Sache sein, so lohnend, dass wir damit etwas anfangen können. Ich möchte, dass du mir eure Unterlagen aus der Praxis mitbringst. Und zwar so viele, wie du tragen kannst. Nur die laufenden Fälle, also Unterlagen über Patienten, die er gerade behandelt. Nein, sage jetzt noch nichts, sondern lass mich erst zu Ende sprechen. Ich möchte nicht, dass du die Unterlagen stiehlst, Maude; ich möchte nur, dass du sie dir ausleihst. Ich werde sie dann sehr schnell durchsehen – so schnell, dass du sie am nächsten Morgen wieder zurückbringen kannst. Vielleicht finde ich das, was ich suche, sofort; vielleicht wirst du es noch einmal oder zweimal tun müssen. Jedenfalls verspreche ich dir, dass du keinen Ärger bekommst, Maude. Es kann nicht schiefgehen.«

Seine Stimme klang dünn und fern, genauso wie ihre eigene Antwort.

»Was sagst du da, Jimmy? Warum willst du die Unterlagen von Dr. Cowper haben? Was können sie dir schon nützen?«

»In der vergangenen Nacht kam mir eine Idee. Vielleicht eine gute, vielleicht sogar eine großartige Idee. Bei den Notizen, die sich ein Psychoanalytiker macht, handelt es sich doch um ziemlich persönliche Dinge, nicht? Ich meine, der Patient muss dem Arzt doch alles erzählen, nicht wahr?«

»Natürlich.«

»Vor einem Psychoanalytiker darf man keine Geheimnisse haben, stimmt's? Sonst wäre doch alles vergeblich. Deshalb habe ich mir überlegt, was sein könnte, wenn ich mir die Notizen des Doktors einmal ansähe, wenn ich sie durchlesen könnte...« Er trank den Rest des Wassers mit einem Schluck aus. »Dein Chef hat eine Menge reicher Patienten, Maude. Sie können sich ein paar Tausender leisten; sie würden ihnen nicht weh tun. Aber für mich, für uns würden sie sehr viel bedeuten...«

Sie blickte ihn an, schüttelte den Kopf und lehnte sein schreckliches Verlangen stumm ab.

»Wir wollen jetzt nicht mehr darüber sprechen«, sagte Jimmy schnell. »Nicht jetzt, Maude, nicht jetzt.«

In derselben Nacht noch sprachen sie darüber, und wieder sagte sie nein und weinte in seinen Armen und schwor, dass sie kein Geld brauchten, um glücklich zu sein. Er widersprach ihr nicht, aber sein Gesicht war entschlossen. Für den Rest dieser Woche war ihr Unglück fast mit Händen zu greifen, geradezu physisch; zwei Tage ging sie nicht ins Büro. Die folgende Woche war noch schlimmer; sie hatten vereinbart, sich eine Weile nicht zu sehen, und Maude entdeckte, dass diese Vereinbarung eine Qual war. Sie rief ihn an und bat ihn demütig zu kommen. Er besuchte sie auch, und zum ersten Mal stritten sie sich laut, und er drohte, noch viel schlimmere Verbrechen zu begehen als das verhältnismäßig saubere Verbrechen der Erpressung.

Und in der dritten Woche war Maude Sheridan einverstanden, die Unterlagen von Dr. Cowper mitzubringen.

Es war der schlimmste Tag ihres Lebens. Als normaler Arbeitstag war er nicht ungewöhnlich. Dr. Cowper war guter Laune; ein Patient hatte ›bestanden‹, und für seinen schwierigsten Fall, den zerquälten Mr. Harrison, war an diesem Tag kein Termin abgemacht. Scherzhaft erkundigte er sich bei ihr nach Jimmy, und sie versuchte lächelnd zu antworten. Um vier Uhr beschloss er, nach Hause zu gehen, und schlug vor, dass auch sie zeitig Schluss machen solle. Sie sagte nein, denn sie hätte noch Verschiedenes zu schreiben und Unterlagen abzulegen. Er klopfte ihr flüchtig auf die Schulter und ging.

Als er weg war, machte sie sich das Gesicht sorgfältig zurecht, denn das blasse Spiegelbild, das sie in ihrer Puderdose sah, irritierte sie. Dann ging sie zum Aktenschrank in der Praxis und zog die Schublade auf, in der sich die laufenden Fälle befanden.

Nur die Hälfte der Aktenordner holte sie heraus und achtete sorgfältig darauf, dass sie nicht durcheinandergerieten. Dann nahm sie ein großes Geschäftskuvert, schob die Akten hinein und klebte den Umschlag sorgfältig zu. Um ganz sicherzugehen, schrieb sie auf den Umschlag: »Der

Finder wird gebeten, diesen Umschlag an folgende Adresse zu schicken: *Miss Maude Sheridan, c/o Dr. Ernest Cowper, 1601 Park Avenue.*« Dann schloss sie die Tür, drehte das Licht aus und ging. Die ganze Geschichte hatte keine fünf Minuten gedauert.

Sie ging direkt zu Jimmys Wohnung in der 12. Straße, einer kahlen und unfreundlichen Wohnung in einem verkommenen Sandsteingebäude. Er schien den Versuch zu machen, keine allzu große Freude zu zeigen, als er den dicken Umschlag in ihrer Hand entdeckte; aber ganz konnte er seine Freude doch nicht verbergen. »Bitte«, sagte sie. »Aber bringe die Akten nicht durcheinander; es sind zwar größtenteils nur Notizen, und mit einigen wirst du nichts anfangen können. Aber bitte, Jimmy, bringe sie nicht durcheinander; das ist schrecklich wichtig.«

»Als wüsste ich es nicht selbst«, sagte er grinsend. »Er soll doch nichts merken, oder?«

»Das wollte ich damit nicht sagen. Aber sie gehören Dr. Cowper; und er braucht sie dringend für seine Arbeit.«

»Verzeihung«, erwiderte er zerknirscht. »Ich werde schon aufpassen, Liebling – glaube mir.«

Sie ging los und kaufte Lebensmittel in einem Geschäft an der Ecke: tiefgefrorene Steaks und fertige Pommes frites. Sie kochte ihm das Abendessen und genoss das Gefühl der Häuslichkeit, das sie dabei überkam. Aber Jimmy war zu beschäftigt, um es zu würdigen. Als sie die winzige Küche aufräumte, lag er mit den häufig fast nicht zu entziffernden Notizen Dr. Cowpers auf dem Sofa und studierte sie eifrig bis gegen Mitternacht. Erst dann brach er sein Schweigen mit einem freudigen Aufschrei.

»Hier ist es – das ist das Richtige!«, rief er. »Der Fall mit den Buchstaben M. J. H. Wer ist das?«

»Er heißt Harrison. Martin Harrison. Und er ist Versicherungsstatistiker oder so ähnlich. Ich – ich nehme an, dass er ziemlich wohlhabend ist. Aber außerdem ist er ein ausgesprochen unglücklicher Mensch, Jimmy. Mach es nicht noch schlimmer…«

Er lächelte. »Meiner Ansicht nach klingt das alles gar nicht so unglücklich. Ich finde, er lässt es sich ziemlich gutgehen – mit dieser Freundin, die er hat. Siebzehn Jahre alt! Und wie alt ist er? Vierundfünfzig?« Er zog die Stirn kraus, als er ihren Gesichtsausdruck sah. »Was ist denn los, Schatz? Hast du das nicht gewusst?«

»Nein. Dr. Cowper hat mir zwar von Mr. Harrison erzählt, aber davon hat er nie etwas gesagt. Er hat nur gesagt, dass dieser Mann ein ernsthaftes Problem hätte…«

»Das Problem ist er selbst«, sagte Jimmy lachend. »Am meisten für seine Frau. Nur dass sie nichts davon weiß, verstehst du? Das steht hier in den Notizen. Ich habe genug gelesen, um mir ein Bild machen zu können. Er hat sich eine Freundin zugelegt und sorgt sich jetzt krank, dass seine Frau es merken könnte. Aber sitzenlassen kann er sie auch nicht, denn dazu bedeutet sie ihm zu viel. Stell dir bloß vor: ein alter Sack wie der…«

»Hör auf, Jimmy!«

»Ich weiß, dass es nicht gerade hübsch ist, Maude. Aber ein Kerl wie der – tut er dir denn wirklich leid?«

»Ja.«

Bewundernd schüttelte er den Kopf. »Du bist zauberhaft, Maude, weißt du das eigentlich? Wahrscheinlich ist das auch der Grund, dass ich dich so liebe. Selbst über einen verrückten Hund würdest du dir noch Gedanken machen!« Er begann, die Unterlagen wieder in den Aktenordner zu legen. »Aber das ist der richtige Mann, Schatz. Das ist der, den ich brauche. Martin J. Harrison.«

Er holte sich das Telefonbuch und sah unter dem Buchstaben H nach. Dann fand er, was er suchte, und notierte sich die Adresse auf einem Stück Papier, das er aus der Brieftasche geholt hatte. Schließlich legte er die Akten von Dr. Cowper wieder ordentlich zusammen und schob sie in das Geschäftskuvert. »Morgen kannst du sie wieder zurückbringen«, sagte er, »wenn du rechtzeitig da bist, wird der Doktor gar nicht merken, dass sie weg waren. Siehst du? Habe ich mein Versprechen gehalten? Hast du gemerkt, wie einfach alles war?«

»Ja«, erwiderte Maude unglücklich. »So einfach...«

Am Wochenende sah sie Jimmy nicht; ihr einziger Kontakt bestand am Samstagnachmittag in einem Telefongespräch.

»Ich habe diesen Mr. H. angerufen«, sagte er mit verhaltener Stimme. »Es klappt alles, Schatz.«

»Jimmy, bitte, überlege es dir noch einmal...«

»Ich habe lange genug darüber nachgedacht, Maude. Wenn dieses Wochenende vorüber ist, ist alles erledigt, und dann werde ich das sein, was du von mir erwartest.«

»Dieses Wochenende?«

Er senkte seine Stimme.

»Es hat keinen Sinn, es aufzuschieben. Da er morgen weggehen kann, ohne dass seine Frau etwas merkt, werde ich mich mit ihm treffen. Er will mir einen Vorschlag machen.

Ich habe den Preis ziemlich hoch angesetzt; also kann er meinetwegen noch handeln. Ich rechne sogar damit. Ich weiß, wie man zu einem Kompromiss kommt. Es kann nichts schiefgehen, Maude.«

Sie konnte kein Wort herausbringen.

»Maude? Bist du noch da?«

»Ich bin noch da, Jimmy.«

»Ich liebe dich, Maude.«

Dann legte er den Hörer auf.

Als sie am Montagmorgen im Büro eintraf, war Dr. Cowper noch nicht da. Für die beiden Patienten, die pünktlich zur Behandlung erschienen, wusste sie keine Erklärung, und deswegen musste sie sie mit der erfundenen Ausrede wegschicken, dass es dem Doktor nicht gutgehe; bei ihrem Anruf in der Wohnung des Doktors stellte sie lediglich fest, dass sein Telefon läutete. Um zwölf ging sie zum Essen, und zwar in das Restaurant, das sie jeden Mittag aufsuchte; aber die vertraute Umgebung wirkte fremd und unwirklich. Als die Kellnerin sich nach ihren Wünschen erkundigte, blickte sie auf die Speisekarte, und plötzlich war ihr übel. Allein die Vorstellung, etwas essen zu müssen, war unerträglich; sie murmelte eine Entschuldigung und kehrte in das Büro zurück.

Kurz nach zwei erschien Dr. Cowper, der ernster und noch älter aussah als sonst.

»Ist alles in Ordnung, Doktor?«, fragte sie. »Fühlen Sie sich vielleicht nicht gut?«

Er blieb vor ihrem Tisch stehen und öffnete den Mund, als wollte er etwas sagen. Dann änderte er jedoch seine Absicht und setzte sich auf den Stuhl neben ihr, wobei er die Hand über die Augen legte.

»Was ist, Doktor? Was ist los?«

»Ich habe einen Patienten verloren, Maude«, sagte er. »Und zwar auf unerwartete Art und Weise...«

»Einen Patienten? Welchen?«

»Meinen problematischen Fall. Ich hätte es mir sagen müssen. Ich hätte erkennen müssen, dass er mehr Hilfe benötigte, als ich ihm geben konnte. Dann wäre es vielleicht nicht passiert...«

»Mr. Harrison?« Wie eine eiskalte Klinge fuhr der Name in ihre Brust.

»Ja, Mr. Harrison. Ich wusste, dass in ihm eine dunkle Kraft steckte, Maude, und dass sie jeden Tag näher an die Oberfläche kam. Aber damit hatte ich allerdings nicht gerechnet.« Er nahm die Hand von den Augen und blickte sie an. »Er hat gestern einen Menschen umgebracht, Maude. Die Polizei setzte sich heute früh mit mir in Verbindung, und ich habe ihn besucht. Er hat einen Mann erschossen, der versuchte, Geld von ihm zu erpressen.«

»Geld?«, sagte sie, und ihre Stimme drückte höfliches Interesse aus, während ihr Gesicht nicht das Geringste verriet.

»Ja, einen Erpresser, wie Harrison sagte, einen Mann, der damit drohte, seiner Frau die Geschichte mit dem jungen Mädchen zu erzählen, in das Harrison verliebt sei. Aber Harrison wollte nicht zahlen; er verabredete sich mit dem Mann und nahm seinen Revolver mit. Dann erschoss er ihn, und jetzt hat die Polizei ihn festgenommen. Ein Erpresser! Gott allein weiß, woher dieser Mann es erfahren hat. Wie konnte er nur einem derartigen Irrtum zum Opfer fallen...«

»Was meinen Sie damit?«, fragte Maude Sheridan, und

ihre Stimme klang fast schrill. »Was meinen Sie mit Irrtum?«

»Ich meine damit, dass für Erpressung gar kein Grund vorhanden war – es waren nur die düsteren Phantastereien eines Mannes. Ein junges Mädchen existierte überhaupt nicht, Maude; dieses Mädchen war eine reine Erfindung Harrisons. Er fühlte sich schuldig in einer Angelegenheit, die es überhaupt nicht gab. Und als ein Erpresser ihn bedrohte, schützte er sein Phantasiegebilde mit einem Mord. Die *ultima ratio* …«

Er seufzte und stand auf. Dann verschwand er in seinem Büro und schloss die Tür, ohne zu bemerken, wie seine Worte auf die Frau wirkten, die mit aufgerissenen Augen und kalkweißem Gesicht im Vorzimmer saß.

Aus dem Amerikanischen von Günter Eichel

Wieder daheim

Er war nicht auf die Erscheinung des Hauses vorbereitet. Die Backsteine sahen weit mehr nach Backsteinen aus, als er erwartet hatte. Die Fassade war nicht alabasterweiß, sondern von verblichenem Korallenrot. Die Säulen der Veranda hatten nicht die Höhe, die seine Phantasie ihnen gegeben hatte. Bern Secombe fragte sich, ob die alte Dame wohl auch anders aussehen würde.

Der Mann, der ihm öffnete, war in Hemdsärmeln und schob gerade den Hosenträger auf seine rechte Schulter. Er war mindestens siebzig, hinkte und hatte graues Haar. Trotz der Trägheit und des griesgrämigen Gesichts wusste Bern, dass er einen Diener vor sich hatte. Als er nach Mrs. Markey fragte, musterte der Alte den tristen Anzug, die wenig eindrucksvolle Körpergröße und das nichtssagende Gesicht des Besuchers und verlangte zu wissen, ob er erwartet werde.

»Ja und nein«, antwortete Bern wahrheitsgemäß.

Die Antwort schien den alten Mann nicht aus der Ruhe zu bringen. Er hatte bereits für sich entschieden, dass dem Besucher keinerlei Bedeutung zukam. Er schlurfte durch die Diele, vorbei an einer ins Obergeschoss führenden Treppe, zu der geschlossenen Flügeltür des Wohnzimmers, die er mit einer schnellen, triumphierenden Bewegung aufstieß, als wollte er sagen: »Da! Was sagen Sie dazu, Sie Niemand?«

Vor Bern tat sich eine Pracht auf, die frühere Generationen wohl mit ehrfürchtigem Staunen erfüllt hätte. Jetzt aber erinnerten die gewölbte Zimmerdecke, der Kronleuchter mit seinen tausend Prismen, die schwere Flockdrucktapete und die mit rotem Plüsch bezogenen Sitzmöbel eher an die Lobby eines guten Hotels im Mittleren Westen. Bern setzte seinen Fuß auf den dicken Flor des Aubusson-Teppichs und hielt nach Mrs. Beverly Markey Ausschau.

Sie war klein. Als Bern eintrat, erhob sie sich, aber ihr bodenlanges Kleid ließ die Umrisse ihres Körpers nicht erkennen. Ihr Haar war graublau, wohingegen die Farbe ihrer Augen hinter den sehr dicken Brillengläsern nicht zu erkennen war. Ihr Teint war für eine Sechzigjährige noch erstaunlich frisch, wohl deshalb, wie Bern vermutete, weil ihre Haut nur selten Wind und Wetter ausgesetzt wurde. Mrs. Markey war, wie jedermann wusste, eine Einsiedlerin. Sie hatte ihr Haus seit der Beerdigung ihres jüngsten Sohnes David Paul nicht mehr verlassen. Ihre Dienstmädchen, die Zwillinge Lily und Millie, erledigten die Einkäufe für sie, und ihr Diener Leon kümmerte sich um alles andere, was mit der Außenwelt zu tun hatte. Mrs. Markey war zwar eine Gewächshauspflanze, und doch war in ihrer Haltung etwas Eisernes, in ihrem Blick etwas Steinernes, das man hinter der Maske ihrer Brille nur erahnen konnte.

Leon sah so aus, als wollte er bei der Unterhaltung dabeibleiben. Er hatte sich schon vor langer Zeit zum Wächter über Mrs. Markeys Angelegenheiten ernannt, und sie musste ihn zweimal auffordern, das Zimmer zu verlassen. Bern sah nun wirklich recht harmlos aus, und so zuckte Leon schließlich die Achseln und humpelte hinaus, um sich mit allergrößter Wahrscheinlichkeit draußen vor der geschlossenen Tür zu postieren.

Mrs. Markey begrüßte Bern nicht und fragte ihn auch nicht, was er wünsche. Stattdessen nahm sie einen gefalteten Bogen zur Hand, der auf einem kleinen Tischchen lag, und las ihm seinen eigenen Brief vor:

»Sehr verehrte Mrs. Markey, mein Name ist Bernard Secombe. Ich arbeite für eine auf Kurverwaltungen spezialisierte Computerfirma, deren Hauptsitz sich in Florida befindet. Ich habe jedoch demnächst in der Gegend von Detroit zu tun und würde Ihnen gern einen Besuch am Pontoon Lake abstatten. Warum ich diesen Wunsch habe, kann ich Ihnen nur persönlich erklären. Im Augenblick muss es genügen, wenn ich Ihnen sage, dass es etwas mit Ihrem verstorbenen Sohn David Paul Markey zu tun hat.«

Sie ließ den Brief sinken und sah Bern an, ihre Augen zeigten in der Mitte der Brillengläser einen kalten, metallischen Glanz. »Mein Sohn ist schon seit mehr als dreißig Jahren tot, Mr. Secombe. Sie haben sich lange Zeit gelassen, um… um mit Ihren Reminiszenzen hierherzukommen.«

»Ganz so ist es nicht«, sagte Bern und räusperte sich.

»Offen gesagt, weiß ich nicht, wie Sie David gekannt haben können. Er war nicht sehr häufig von zu Hause fort. Einmal war er in einem Sommerlager, das sich Mohawk nannte, aber es gefiel ihm dort überhaupt nicht, und er blieb nur drei Wochen. Und auf der Schule in Burleigh war er nur ein Semester, bevor er ertrank. Bevor er ertränkt wurde.«

Bern hob den Kopf, als sie diesen letzten Satz auf diese Weise ergänzte. Sie hatte das hinzugefügte Wort nicht betont.

»Was ich sagen will, Mr. Secombe, ist, dass mir nichts von irgendwelchen Jugendfreundschaften Davids bekannt ist. Deshalb sehen Sie es mir nach, wenn ich hinsichtlich dieses Besuches ein wenig skeptisch bin.«

»Ich habe nicht gesagt, dass ich Davids Freund war. Das war ich auch nicht.« Bern, dem die Beine schwach wurden, wünschte sich, er wäre zum Sitzen aufgefordert worden. »Es ist vielmehr so, dass David starb, bevor ich geboren wurde.«

»Sie sind wie alt?«

»Dreißig.«

»Sie sehen älter aus«, sagte sie mit der Direktheit, die ein Vorrecht des Alters ist.

»Ich wurde am 28. Januar 1961 geboren.«

Jetzt waren es die Beine der alten Dame, die schwach wurden. Sie setzte sich in einen riesigen Ohrensessel, der ihre kleine Gestalt noch kleiner erscheinen ließ. Bern kam zu dem Schluss, dass dies als Erlaubnis zu verstehen sei, sich ihr gegenüber auf das Ledersofa zu setzen.

»Es wird nicht leicht werden, das alles zu erklären«, sagte er. »Ich habe dem Tag meiner Geburt nie große Bedeutung beigemessen. Natürlich sind an jenem Tag noch unendlich viele andere Kinder zur Welt gekommen. Der Grund dafür, dass ich ihn jetzt doch für bedeutungsvoll halte, ist auch der Anlass meines Besuches und des Wunsches, mit Ihnen zu sprechen. Ich werde es Ihnen nicht verdenken, wenn Sie sich nach Ablauf von fünf Minuten weigern, sich meine Geschichte noch weiter anzuhören… wenn Sie mich hinauswerfen oder mir androhen, die Polizei zu rufen. Ich weiß haargenau, was Ihr erster Gedanke sein wird, nämlich dass ich bloß hergekommen bin, um Sie irgendwie auszunutzen.

Sie sind ganz offensichtlich eine sehr wohlhabende Frau, und Ihnen ist nur zu gut bekannt, dass die Welt voller Betrüger ist, von denen einige sogar am 28. Januar 1961 geboren sind. An ebendem Tag, an dem Ihr Sohn gestorben ist.«

Mrs. Markey hatte beide Hände flach auf ihre Wangen gelegt. Im Unterschied zu ihrem Gesicht waren diese Hände faltig und mit Altersflecken bedeckt. Aber trotz dieser Gebärde blieb ihre Stimme fest. »Ich höre«, sagte sie.

»Ich kam in Providence, Rhode Island, als Einzelkind zur Welt«, sagte er. »Meine Eltern starben bei einem Theaterbrand, als ich sechs Jahre alt war, weshalb ich bei meinen Großeltern aufwuchs, die beide eines natürlichen Todes starben, als ich auf dem College war. Ich wollte Ingenieur werden, aber meine mathematischen Fähigkeiten reichten nicht aus, und so gab ich das Studium im zweiten Jahr auf und fing als stellvertretender Manager in einem Hotel an. Ich habe seitdem noch ein paar andere Dinge getrieben. Im Augenblick arbeite ich für eine Firma, die in verschiedenen Kurorten Rechnerkapazitäten an die Verwaltungen verkauft. Keine Sorge, das ist alles an langweiliger Biographie, was ich Ihnen zumuten will.«

»Dann kommen Sie doch bitte zur Sache«, sagte Mrs. Markey.

»Glauben Sie mir, das würde ich gern. Das Problem ist nur, dass ich selbst nicht sicher bin, worum es eigentlich geht. Ich bin nicht sicher, ob ich Ihnen den Fluch, der mein Leben lang auf mir gelastet hat, erklären kann. Oder erklären kann, warum das alles passiert ist oder was Sie, wenn überhaupt, dagegen tun können.«

»Ich?«, fragte die alte Dame.

Bern holte tief Luft – so tief, dass er den Duft ihrer Fliederseife, den Geruch der Zitrone auf der Untertasse des Teegeschirrs neben ihr und die herbe Süße verwelkender Rosen in einer Vase auf dem Couchtisch in sich einsog. »Als ich noch ganz klein war«, sagte er, »setzten diese Träume ein. Ich träumte von einem Haus, einem Haus an einem Seeufer, gebaut aus rotem Backstein und mit einer weißverputzten Fassade. Die Veranda hatte sechs Säulen, und zu beiden Seiten standen große Buchsbaumbüsche.«

Er hielt inne, und die alte Frau sagte: »Beschreiben Sie etwa dieses Haus hier? Wenn ja, dann ungenau.«

»Ich weiß«, sagte Bern und sah vor sich auf den Teppich. »Die Fassade ist eher rosa. Es sind acht Säulen und nicht sechs. Und es gibt keine Buchsbaumbüsche.«

»Fahren Sie fort«, sagte Mrs. Markey leichthin. »Ich habe eine sehr fade Woche hinter mir, da ist das hier wenigstens amüsant. Was haben Sie also noch geträumt?«

»Ich träumte von einer Frau. Sie war dunkelhaarig und schön und hatte wunderbar sanfte Hände. Eine Frau, die immer nur dahinschwebte. Ich habe in meinen Träumen nie ihre Füße gesehen. Mag sein, dass ihre Kleider sehr lang waren, da bin ich mir nicht ganz sicher. Sie war so voller Liebe zu mir, dass es mich immer ganz traurig machte. Ich pflegte weinend aufzuwachen, und sei es nur, weil mir, wenn der Traum zu Ende war, diese Liebe fehlte.«

»Wissen Sie, wer diese Frau war?«

»Es war meine Mutter. Ich meine nicht meine wirkliche Mutter … an sie kann ich mich kaum noch erinnern. Es ist fast so, als wollte mein Unterbewusstsein nicht, dass ich mich an sie erinnere.«

»Wenn es ein Wort gibt, das ich verabscheue«, sagte Mrs. Markey, »dann ist es das Wort ›Unterbewusstsein‹. Meine ganze Generation hat damit ständig die Fehler entschuldigt, die sie gemacht hat.«

»In meinen Träumen, die vor dem Brand im Orpheum einsetzten, war die Frau immer meine Mutter. Ob es auch einen Ersatzvater gegeben hat, weiß ich nicht, ich war mir seiner nicht bewusst. Doch des Hauses war ich mir sehr bewusst. Da waren seine vielen Zimmer, und draußen ein Rasen, der so ebenmäßig grün war wie ein neuer Billardtisch. In einigen der Träume kam übrigens tatsächlich ein Billardtisch vor. Ich durfte mit den roten und weißen Kugeln spielen. Jemand hob mich hoch und hielt mich, so dass ich sie mit dem Queue anstoßen konnte. Darf ich fragen, ob Ihnen das irgendetwas sagt?«

»Warum sollte es?«

»Schon gut«, sagte Bern lächelnd. »Mir bleiben noch ein paar wenige Minuten, deshalb will ich so viel erzählen wie möglich, bevor Sie endgültig zu dem Schluss kommen, dass ich verrückt bin. Ich will Ihnen erzählen, was geschah, als ich erwachsen wurde.«

»Ja«, sagte sie. »Bitte tun Sie das.«

»Die Träume hörten nicht auf. Im Gegenteil, sie wurden intensiver, detaillierter. Sie hatten Auswirkungen auf mein waches Dasein. Ich war ein sehr nervöser Mensch, manche würden wohl sagen, neurotisch. In der Schule war ich schlecht, bei der Arbeit vergesslich und gleichgültig. Mein gesellschaftliches Leben sah sogar noch schlimmer aus. Ich konnte, wie es aussah, keine Freundschaften schließen. Eigentlich freute ich mich immer nur, wenn der Tag vorbei war und ich wieder ins Bett gehen konnte, um in meine Träume zurückzukehren. Aber ich kam schließlich dahinter, dass es mehr als nur Träume waren.« Er schwieg eine Weile. Dann sagte er: »Es waren Erinnerungen.«

Während der Stille, die diesen Worten folgte, sah Bern auf das Gemälde über dem Kamin. Es war das Porträt eines grimmig blickenden Mannes, der einen Anzug von so ganz und gar tiefem Schwarz trug, dass der silberne Knauf eines Spazierstocks der einzige helle Punkt war.

Mrs. Markey rührte sich nicht. »Sie meinen, Sie erinnerten sich an Orte, die Sie in Ihrer Kindheit tatsächlich einmal gekannt hatten? Das habe ich auch schon erlebt. Ich habe meinem Vater einmal einen Raum geschildert … einen verräucherten Raum voller Männer mit dröhnenden Stimmen. Er war sehr überrascht. Ich war noch kein Jahr alt gewesen, als er mich einmal in den Union Club mitgenommen hatte, um dort mit seiner Erstgeborenen anzugeben.«

»Bei mir war das anders«, sagte Bern. »Meine Erinnerungen bezogen sich auf Orte, die ich noch nie gesehen, die ich niemals besucht hatte. Auf Menschen, die ich überhaupt nicht kannte, und auf Ereignisse, die gar nichts mit meinem Leben zu tun hatten. Ich behielt das alles natürlich für mich, obwohl ich einmal einem Mädchen davon erzählt habe, einem Mädchen, von dem ich dachte, dass ich es gern heiraten würde. Sie löste dann aber die Verlobung. Sie erzählte ihren Freundinnen, ich sei ihr unheimlich. Dieses Wort drückte genau das aus, was ich selber empfand.«

»Ich bin mir nicht ganz sicher, ob ich Sie verstehe«, sagte Mrs. Markey. »Sie wollen, wie mir scheint, andeuten, dass diese seltsamen Erinnerungen etwas mit mir und diesem Haus zu tun haben. Ist es das, was Sie mir sagen wollen?«

»Gibt es unten im Keller ein Billardzimmer, Mrs. Markey?«

Sie runzelte die Stirn. »Es gab eins, ja, aber das habe ich schon vor Jahren zugesperrt. Als dieses Haus zu Beginn des Jahrhunderts gebaut wurde, schwatzten alle Architekten den wohlhabenden Leuten Billardzimmer auf. So, wie sie ihnen heute Swimmingpools und Tennisplätze aufschwatzen.«

»Darf ich mal Folgendes tun: Ihnen den Raum beschreiben? Die Beschreibung wird wahrscheinlich so ungenau ausfallen wie meine Erinnerung an dieses Haus, aber ich würde es gern versuchen.«

»Wir wollen also Spielchen miteinander spielen«, sagte Mrs. Markey und faltete die Hände im Schoß. »Na schön.«

»Es ist ein großer, ziemlich schmaler Raum mit Holztäfelung. Über dem Tisch befinden sich zwei Hängelampen, beide mit einem grünen Glasschirm. Es gibt nur ein Fenster, ein kleines, direkt unterhalb der Zimmerdecke, von draußen gesehen in Bodenhöhe. Natürlich sind auch Ständer für die Queues vorhanden, aber ich kann mich nicht erinnern, wo sie stehen.«

»Mr. … Bernard, ist das Ihr Name?«

»Ich heiße Secombe. Bernard ist mein Vorname, aber normalerweise werde ich nur Bern gerufen.«

»Der Raum, den Sie mir gerade beschrieben haben, könnte jedes Billardzimmer in jedem Haus sein. Darüber sind Sie sich doch im Klaren.«

»Da gibt es noch eine weitere Einzelheit. Wenn man hineinkommt, steht gleich in der Ecke des Zimmers ein großer Buddha aus Jade.«

Ihr Mund wurde schmaler. »Tut mir leid, aber das beeindruckt mich keineswegs, Mr. Secombe. Es handelt sich dabei um ein Detail, von dessen Vorhandensein jeder Kenntnis haben könnte. Mein Vater war ein prominenter Richter und Politiker. Über ihn sind eine Reihe von Artikeln erschienen, auch Interviews mit ihm. Und dabei wurden nicht selten Einzelheiten publik gemacht, die ihn und dieses Haus betrafen.«

»Sie denken, dies sei ein übler Trick«, sagte Bern. »Das ist kein Wunder. Aber ich weiß nicht, wie ich mich sonst erklären, wie ich Ihnen diese unheimlichen Dinge, die mich mit Ihrer Familie verbinden, sonst nahebringen soll.«

»Dann darf ich also davon ausgehen, dass ich noch nicht Ihre ganze Vorstellung gesehen habe?« Fast kokett neigte sie ihren kleinen Kopf. »Dann fahren Sie fort, und bringen Sie's zu Ende. Ich werde kein Wort mehr sagen, bis Sie sich vor dem Vorhang verbeugen.«

Bern stand auf.

»Eine große Rolle in meinen Träumen spielt die Treppe. In einem Traum trägt mich ein Mann nach oben, der nach Pferden riecht. Meine Mutter geht dicht hinter uns und ist über irgendetwas sehr beunruhigt. Ich glaube, ich habe Schmerzen, weiß es aber nicht genau … Sie wissen ja, wie Träume sind. Dann bin ich in meinem Zimmer, nur dass es nicht wirklich mein Zimmer ist. Ich habe das Gefühl, in einem anderen Raum zu sein, in einem größeren, sonnigeren. Da sind zwei große Fenster, die auf einen Garten hinausgehen. Ein Baum steht so dicht davor, dass bei einer Windbö seine Zweige am Glas entlangkratzen, was mir Angst macht. Ich erinnere mich, dass ich mich zu sehr geschämt habe, um es Ihnen zu erzählen.«

»Es mir zu erzählen«, sagte Mrs. Markey mit einem dünnen Lächeln. »Wir sind jetzt also über die Andeutungen hinaus. Diese Mutter bin ich.«

»Ja.«

»Die kleine, dunkelhaarige, schöne Frau.« Sie lachte.

»Und da war noch jemand«, sagte Bern. »Noch jemand, dem von meinen Ängsten zu erzählen ich mich nicht traute. Mein Bruder.«

Jede Spur von Freundlichkeit, die das Lachen in ihrem Gesicht vielleicht noch hinterlassen hatte, verschwand augenblicklich. Mrs. Markey nahm ihre Teetasse und trank einen Schluck von der kalten Flüssigkeit. Bern wartete kurz und fuhr dann fort: »Er war die andere Person in meinen Träumen, in so gut wie allen. Manchmal hatte ich Angst vor ihm. Meistens aber … wollte ich mit ihm zusammen sein. Ich wollte, dass er mich gern hat. Ich wollte genauso sein wie er. Ich weiß, Sie haben Ihren ältesten Sohn schon seit Jahren nicht mehr gesehen, Mrs. Markey, und vielleicht ist das ja eine Erinnerung, die Sie nicht wachgerufen haben möchten …«

»Wir sprechen hier von Ihren Erinnerungen, Mr. Secombe«, sagte sie scharf. »Nicht von meinen.«

»Dann haben Sie überhaupt nicht verstanden, was ich Ihnen zu sagen versuche. Nämlich dass aus irgendeinem Grund, den ich nicht zu erklären vermag, unsere Erinnerungen an die Vergangenheit dieselben sind – und das, obwohl ich Ihnen nie begegnet bin.«

Einen Moment lang dachte er, sie werde Leon rufen, und

das Gespräch sei beendet. Aber dann warf sie ihm einen listigen Blick zu und setzte sich im Sessel zurecht.

»Jetzt wollen wir das Spiel mal nach meinen Regeln spielen«, sagte sie. »Ich werde Ihnen ein paar Fragen stellen, und Sie antworten. Punkte werden nicht vergeben. Fertig?«

»Ich möchte das eigentlich nicht so gern tun«, sagte Bern.

»Ich hatte für meinen kleinen Jungen einen Kosenamen, der so grauslich süß war, dass ich ihn nicht in der Öffentlichkeit zu benutzen wagte, weil ihn das wahnsinnig wütend gemacht hätte. Sie haben diesen Namen doch sicherlich in Ihren Träumen gehört.«

»Das ist keine gute Idee«, sagte Bern. »Es wird Sie nur aufregen.«

»Wie können Sie es wagen zu bestimmen, was mich aufregen wird? Sie haben ganz offenkundig Ihre Hausaufgaben gemacht, Mr. Secombe. Sie haben ein paar Fakten, die meinen toten Sohn betreffen und leicht in Erfahrung zu bringen sind, zusammengetragen und wollen sie mir jetzt aus irgendeinem Grund als gespenstische Erinnerungen andienen. Ja, Davids Großvater hat ihn hochgehoben, damit er Billard spielen konnte. Und David ist von unserem Stallburschen die Treppe hochgetragen worden, als er vom Pferd gefallen war und sich das Bein gebrochen hatte. Wie Sie angedeutet haben, bekam er das beste Zimmer des Hauses, damit er sich erholen konnte, und es gab dort einen Baum, dessen Äste ans Fenster schlugen. Er steht noch, und ich nehme an, dass er bei heftigerem Wind auch heute noch schaurige Geräusche macht.«

»Der Kosename war ›Babyschuhchen‹.«

Das brachte sie zum Schweigen, aber nicht für lange.

»Ja, Sie haben Ihre Hausaufgaben wirklich gemacht. Jetzt sagen Sie mir bitte klipp und klar, worum es hier geht und was Sie von mir wollen.«

»Ich will gar nichts«, antwortete Bern. »Ich musste nur einfach herkommen. Ich musste in diesem Haus sein, musste Sie sehen.« Er hätte fast »wiedersehen« gesagt, unterdrückte es aber. Die Anstrengung trieb ihm die Tränen in die Augen, und Mrs. Markeys Augen hinter den dicken Brillengläsern waren noch gut genug, um das zu bemerken.

Zum ersten Mal seit seiner Ankunft erschien auf ihrem Gesicht ein Ausdruck, der der Angst nahe kam.

»Ich glaube nicht, dass ich dieses Spiel im Augenblick noch länger ertragen kann«, sagte sie. »Natürlich ist mir klar, worauf Sie hinauswollen. Dass irgendwie und aus einem rätselhaften Grund, den nur Gott kennt, die Seele meines kleinen Jungen in der Stunde Ihrer Geburt in Ihren Körper übergegangen ist. Ich bin sicher, Sie wissen auch die genaue Zeit.« Bern antwortete nicht. »Ach, nun machen Sie schon«, rief sie, »spielen Sie alle Ihre Karten aus, Mr. Secombe, nur keine Schüchternheit!«

»Ich weiß die genaue Zeit nicht. Ich weiß nur, dass es morgens war. Gegen sieben oder acht.«

»Natürlich. Am 28. Januar 1961. Sieben Uhr dreißig. Genau die Zeit, zu der mein David durch das Eis des Pontoon Lake brach und ertrank. Und sein Bruder stand dabei und sah zu. Der große Bruder, den er so sehr verehrte.«

»Ich fürchte, das kam auch in meinen Träumen vor. Ich wollte es nur nicht zur Sprache bringen, nicht heute.«

»Sie werden überhaupt nichts mehr zur Sprache bringen«, sagte Mrs. Markey. »Sie betreten dieses Haus nie wieder, Mr.

Secombe. Träumen Sie Ihre Träume woanders, und bleiben Sie mir bitte vom Leib.«

Sie hatte mit erhobener Stimme gesprochen, um Leon ihre Wünsche zu signalisieren, der jetzt die Flügeltür öffnete und Bern finster anblickte.

Bern nickte beiden traurig zu und ging zur Tür. Bevor er das Zimmer verließ, drehte er sich noch einmal um und sagte: »Ich wohne im *Rutherford Inn*. Ich bin noch zwei Tage dort anzutreffen, nur, falls Sie sich mit mir in Verbindung setzen möchten. Ich nehme es zwar nicht an, aber ich denke, Sie sollten es wenigstens wissen.«

Leon brachte ihn zum Auto. Bern warf einen letzten Blick auf das Haus und stieg ein. Leon war so höflich, hinter ihm die Tür zu schließen, dies allerdings mit Nachdruck. »Wie kommt es eigentlich, dass da acht Säulen sind?«, fragte ihn Bern.

»Das Dach fing an, sich zu senken«, gab Leon widerwillig Auskunft. »Wieso? Sind Sie im Baugewerbe tätig?«

»Mich interessiert eher die Landschaftsgärtnerei. Zum Beispiel so etwas wie Buchsbaumhecken.«

»Die haben wir rausgenommen«, sagte Leon. »Das Zurückschneiden machte zu viel Arbeit. Ich muss jetzt wieder rein.«

Er wartete aber, bis Bern losgefahren war. Dann kehrte er wieder ins Wohnzimmer zurück und fand die alte Dame, so wie er sie verlassen hatte. Ihr Aussehen gefiel ihm gar nicht. Es war zu sehr wie früher, wenn sie manchmal wochenlang kein Wort gesprochen hatte. Aber dann sah sie auf und sagte: »Holen Sie mir Greenfingers an den Apparat.«

Den Gasthof mit Namen *Rutherford Inn* prägte außen zwar noch klassischer Kolonialstil, aber irgendjemand hatte beschlossen, die Bar innen mit Hilfe von Rosenholz und Chrom zu modernisieren. Als Bern eintrat, saßen nur vier Leute da, wenn man den Barkeeper, einen ausgemergelten, skelettartigen Menschen mit eingefallenen Wangen und einem starren, unnatürlich wirkenden Lächeln, mitzählte. Bern bekam seinen bestellten Scotch mit Eis und trug ihn zu einer mit Lederimitat bezogenen Sitzbank, auf der er sich niederließ. Er hatte das Glas schon halb geleert, als er bemerkte, dass der Mann am Ende der Theke, ein Endfünfziger, zu ihm rübersah. Er war ein dicker Mann, fast breit genug für zwei Barhocker. Sein Blick zeigte freundliche Neugier, und Bern wusste, dass er schon bald Gesellschaft bekommen würde.

»Buster Driscoll«, sagte der dicke Mann und entblößte lächelnd seine weit auseinanderstehenden Zähne. »Grad angekommen?«

»Heute Vormittag.«

»Ich weiß, dass Sie nicht von dieser Katalogfirma sind«, sagte Driscoll. »Ich habe mich schon erkundigt. Ich warte schon seit vergangener Woche auf diesen Scherzkeks, aber er ist immer noch nicht aufgetaucht.« Er kicherte, als er Berns verständnislosen Blick sah. »Ich betreibe eine Baumschule ... habe eine große Weihnachtsbaumplantage, die größte in diesem Bundesstaat. Dieser Katalogtyp hatte die verrückte Idee, die Bäume über den Versandhandel zu vertreiben, und wollte mal herkommen, um die Sache zu besprechen.«

Driscoll schwieg, bis sich Bern gezwungen sah, ihm seinen

Namen zu nennen. Daraufhin setzte sich der dicke Mann und wickelte seine riesige Hand um ein Bierglas. Seine Fingernägel waren schmutzig. »Lassen Sie mich raten«, sagte er. »Sie sind Gutachter einer Versicherung.«

»Wie kommen Sie darauf?«

»So wie ich auch erfahren habe, dass Sie nicht der Katalogmann sind. Pete Humboldt, Mrs. Markeys Gärtner, hat mir erzählt, dass Sie draußen waren, um Mrs. Markey zu besuchen. In der vorigen Woche sind ihre alten Stallgebäude abgebrannt, und da dachte ich mir, Sie seien vielleicht gekommen, um den Schaden zu taxieren. Falsch geraten, wie?«

»Ja, ich war wegen etwas anderem bei Mrs. Markey.«

»Das ist interessant. Ich dachte immer, ich wäre hier in der Stadt so ungefähr der einzige Mensch, den die alte Dame zu sich lässt. Sie ist nämlich eine richtige Einsiedlerin, wissen Sie.«

»Das habe ich gehört.« Bern sah dem Mann in sein breites, offenes Gesicht. »Man sagte mir, das habe etwas mit dem Tod ihres Sohnes zu tun, der schon viele Jahre zurückliegt.«

»Dreißig Jahre«, sagte Driscoll prompt. »Ich war dabei, ob Sie's glauben oder nicht. Ich war damals noch ein Anfänger bei der Polizei. Es war die erste Leiche, die ich zu Gesicht bekam. Dachte damals, ich hätte vielleicht den falschen Beruf ergriffen.«

»Sind Sie aus dem Dienst ausgeschieden?«

»O nein, ich hab's durchgestanden«, sagte Driscoll mit einem Lächeln. »Bin nach zwanzig Jahren mit 'ner Pension in den Ruhestand gegangen. Hab noch eine Menge Leichen zu sehen gekriegt, trotzdem konnte ich den Anblick dieses armen kleinen Jungen, wie der da pitschnass tot im Gras lag, nie vergessen. Auch nicht das Theater, das seine Mutter machte, als man ihr sagte, dass ihr Junge nicht mehr lebt. Sie wollte es einfach nicht glauben. Schrie dauernd alle an, sie sollten mit den Wiederbelebungsversuchen weitermachen. Das war natürlich zwecklos. Er hatte gut dreißig Minuten in dem eiskalten Seewasser gelegen.«

»Eine schreckliche Tragödie«, sagte Bern ohne jede Emotion.

»Der Kleine war Mrs. Markeys Ein und Alles. Sie war, na, was … so dreiunddreißig oder vierunddreißig gewesen, als sie ihn bekam. Diese späten Mütter, das sind die schlimmsten.«

»Aber es gab doch noch einen anderen Sohn.«

»Und auch einen anderen Mann. So einen Nichtsnutz, einen von diesen Mitgiftjägertypen. Er nahm einen Teil ihres Geldes, sie behielt den Sohn. Der hieß Roman. Er war schon zehn Jahre alt, als David zur Welt kam, und irgendwie dran gewöhnt, der große Star der Familie zu sein, der kleine Prinz, verstehen Sie? Sie können sich denken, was los war, als die Mama mit dem kleinen Bündel aus dem Krankenhaus heimkam.«

»Man nennt das Geschwisterrivalität.«

»Sie können das von mir aus nennen, wie Sie wollen«, sagte der dicke Mann. »Ich nenne das schlicht und einfach Hass, was Roman für seinen kleinen Bruder empfand. Das konnten alle in der Stadt sehen. Außer dem kleinen David Paul natürlich. Der wuchs in dem Glauben auf, Roman Markey sei der liebe Gott auf Erden, und folgte ihm überallhin wie so'n kleiner Minischatten. Mr. Markey hatte das Zeitliche gesegnet, als David noch ein Baby gewesen war, und deshalb war Roman mehr für ihn als nur der große Bruder. Die Ärzte hatten damals noch versucht, dem Vater die schlimme Lunge rauszuschneiden, aber er starb auf dem Operationstisch. Roman wurde also für David Daddy und großer Bruder in einem, und der mochte das nicht sehr. Darf ich Sie zu was einladen?«

»Das wollte ich gerade Sie fragen.«

Driscoll grinste. »Zu einem Freibier sage ich nie nein.«

Als seine Hände dann das zweite Glas Bier umschlungen hielten, meinte er: »Ich will Ihnen mal was sagen. Ich habe die Geschichte, die danach umlief, nie geglaubt, also das, was sich die Leute darüber erzählten, wie der Junge ertrunken war. Mrs. Markey habe ich das allerdings nie gesagt. Sie hatte sich ihre Meinung gebildet, und niemand konnte sie davon abbringen. Sie ist fest davon überzeugt, dass Roman seinen kleinen Bruder auf das dünne Eis des Sees gestoßen hat... dass Roman dabeigestanden und zugesehen hat, wie David einbrach und versank, ohne einen Finger zu krümmen.«

»Mein Gott«, sagte Bern.

»Es gab keine Zeugen, zumindest war niemand nah genug dran, um genau sehen zu können, was da passierte. Aber die alte Dame – damals war sie natürlich noch nicht alt – hatte zufällig aus dem Fenster im oberen Stockwerk hinausgeschaut und die beiden gesehen. Die Entfernung war zwar groß, und Mrs. Markey trug damals schon eine Brille, aber nachdem David ertrunken war, schwor sie, gesehen zu haben, wie Roman ihn gestoßen habe. Ich meine, nicht vor Gericht, unter Eid oder so was, da hat sie kein Wort von sich gegeben. Aber sie muss es irgendjemandem erzählt haben, denn bald raunte die ganze Stadt davon, und dann schickte sie Roman fort auf irgendein Internat. Er ist nie zurückgekommen, nicht ein einziges Mal. Sie hat ihn vollständig aus ihrem Leben gestrichen, so dass er genauso tot für sie ist wie der kleine Junge. Und jeder weiß, dass er nicht einen Cent von ihrem Geld kriegt, wenn die alte Dame mal stirbt.«

»Das ist eine traurige Geschichte«, sagte Bern. »Aber danke, dass Sie sie mir erzählt haben.«

»Vielleicht haben Sie ja eine erfreulichere Geschichte zu erzählen«, sagte Driscoll und ließ erneut seine weit auseinanderstehenden Zähne sehen. »Die Angelegenheit, die Sie mit Mrs. Markey zu besprechen hatten... ist das was Vertrauliches? Ich möchte nicht neugierig erscheinen, obwohl das wahrscheinlich der Fall ist.«

»Es war etwas Persönliches«, sagte Bern.

»Na ja, nur für den Fall, dass es was mit Landschaftsgärtnerei zu tun hat...« Driscoll lächelte und überreichte ihm seine Geschäftskarte. Seine Baumschule trug den Namen »Greenfingers«.

Als ihn die Einladung in Form einer kurzgehaltenen, an der Rezeption hinterlassenen Nachricht erreicht hatte, rasierte sich Bern und duschte, beeilte sich dabei aber so sehr, dass er sich noch ganz feucht fühlte, als er an der Tür des Markey'schen Hauses klingelte.

Diesmal trug Leon eine dunkle Jacke und einen schlechtgebundenen Schlips, aber als er Bern ins Wohnzimmer führte, war er nicht weniger unwirsch als beim ersten Mal. Alles sah noch genauso aus wie am Vortag – bis hin zu der Tasse mit kaltem Tee und den verblühenden Rosen. Allerdings war das

Kleid, das Mrs. Markey trug, diesmal blassgrün. Und der zweite Unterschied bestand darin, dass sie Bern zum Sitzen aufforderte.

»Sie heißen anscheinend wirklich Bernard Secombe«, bemerkte sie trocken. »So, wie Sie gesagt haben. Und Sie arbeiten tatsächlich für *Rescor Resorts* in Boston. Sie sind unverheiratet, waren an dem Tag, den Sie mir genannt haben, dreißig Jahre alt und haben keine unmittelbaren Verwandten mehr. Sie sind auch nicht vorbestraft.«

Bern lächelte. »Mr. Driscoll?«

»Er ist ein Freund der Familie. Natürlich sind die Fakten, die er geliefert hat, noch keine Garantie dafür, dass Sie kein Schlawiner sind.«

»So haben Sie mich auch genannt.«

»Wie?«

»In meinen Träumen. Sie nannten mich ›kleiner Schlawiner‹.«

Einen Augenblick dachte er, der alten Dame würde übel. Sie hob die Hand vor den Mund und gab einen unterdrückten Laut von sich.

»Es tut mir leid«, sagte Bern. »Ich kann es anscheinend nicht lassen. Irgendetwas in mir möchte Sie davon überzeugen, dass ich nicht lüge.«

»Dann überzeugen Sie mich!«, sagte sie mit zitternder, zwischen Zorn und Bitterkeit schwankender Stimme. »Erzählen Sie mir, wie Sie erfahren haben, dass ich Ihre Traummutter bin! Wir sind ziemlich weit weg von Providence auf Rhode Island. Erklären Sie mir, wie diese wunderbare spirituelle Transformation stattgefunden hat, woher Sie plötzlich gewusst haben, wo Ihr Elternhaus steht.«

»Ich habe es nicht gewusst. Noch bis vor wenigen Wochen hatte ich keine Ahnung. Aber dann erschien in *Newsweek* ein Artikel über Frauen in der Politik. Sie brachten auch ein Foto von Ihnen, das ungefähr 1952 aufgenommen worden war, als Sie Ihre Kandidatur für den Kongress ankündigten. Sie erinnern sich sicher.«

»Ich erinnere mich daran, wie froh mein Vater war, als ich bei den Vorwahlen durchfiel«, erwiderte sie trocken.

»Das Bild traf mich wie ein Schlag in die Magengrube«, fuhr Bern fort. »Es war das Gesicht, das ich mein ganzes Leben lang vor Augen gehabt hatte. Ich wusste, dass nur Sie es sein konnten, von der ich immer geträumt hatte, vor allem auch, als ich dann in dem Artikel den kurzen biographischen Abriss las, in dem unter anderem stand, dass Sie einen Ihrer beiden Söhne verloren hatten.«

»Ich habe meine beiden Söhne verloren«, sagte Mrs. Markey.

»Der Gedanke kam mir in dem Augenblick nicht. Ich muss das sagen, Mrs. Markey. Der Gedanke, der mir kam, war, dass Ihre beiden Söhne noch am Leben sind.«

Er wollte nicht sehen, wie sie darauf reagierte, deshalb stand er auf und ging zum Kamin. »Danach war es nicht mehr schwer, Sie ausfindig zu machen. Ich bekam heraus, wo sich dieses Haus hier befindet und dass Sie noch darin wohnen. Ich brauchte allerdings fast einen Monat, bis ich es fertigbrachte, Ihnen den Brief zu schreiben.«

Auf dem Kaminsims standen zwei Fotografien in Silberrahmen – beide von einem blonden Jungen, einmal im Alter von vier, einmal im Alter von sieben Jahren. Er starrte darauf und sagte: »Ich sehe ganz und gar nicht wie David aus, das weiß ich. Ich sehe niemandem in Ihrer Familie ähnlich. Alle Beziehungen sind nur in meinem Inneren vorhanden, in meinem Kopf. Ich träumte… erinnerte… was immer Sie wollen, dieselbe Kindheit. Alle Krankheiten, alles Glück und alle Traurigkeit. Als ich vier war, bekam ich wie viele andere Kinder auch Keuchhusten. Sie bewirkten, dass ich darüber lachen konnte. Sie erzählten mir, die Kraniche schrien so grässlich, weil sie ihn immer kriegten, woraufhin ich auf einem Bein durchs Haus hüpfte und lachte. Ich erinnere mich auch an Weihnachtsfeste. An einen Spielzeuglaster, der gegen die Fußleisten raste, umkippte und von selber wieder auf die Räder kam. Aus irgendeinem Grund machte mir dieser Lastwagen Angst. Er beunruhigte mich so sehr, dass Sie ihn wieder verschwinden ließen. *Er* fand ihn jedoch, mein großer Bruder, und machte dann oft mitten in der Nacht die Tür zu meinem Zimmer auf und ließ den Lastwagen zu mir hineinfahren.«

»Hat Roman das wirklich getan?«, fragte sie bestürzt.

»Ich habe Ihnen das nie erzählt. Ich wollte mich nie über ihn beschweren. Ich wollte immer, dass er mich mochte… mich liebte.«

»Grundgütiger Gott!«, sagte Mrs. Markey und sah aus, als ob sie friere und um Jahre gealtert sei.

»Sie trugen mich zu viel herum, verhätschelten mich. Großvater sagte, Sie würden noch ein Mädchen aus mir machen. Als ich ihn das sagen hörte, war ich entsetzt. Ich weinte stundenlang… ich wollte kein Mädchen sein! Ich schlug nach Ihnen…«

»Ja«, rief die Frau aus, und Tränen quollen unter ihren dicken Brillengläsern hervor. »Von da an durfte ich Sie nicht mehr auf den Arm nehmen!«

»Und das vermisste ich, vermisste ich so sehr! Aber ich musste ja ein Mann sein wie mein Bruder, damit ich sein Freund werden konnte und er mich dorthin mitnahm, wohin er ging.«

»Und einmal hat er das auch getan. Erzählen Sie mir von dem einen Mal, wo ich euch beide euch selbst überlassen habe. Verdammt noch mal, erzählen Sie mir schon, was passiert ist, als er Sie heimlich aus dem Haus lotste, vielleicht bin ich dann so weit, dass ich an Wunder glaube…«

»Er nahm mich zum Bahnhof mit«, sagte Bern. »In einen Raum oben über der Schalterhalle der verlassenen Station. Dort waren zwei Mädchen. Sie tranken. Rochen süß und sauer zugleich. Später kamen noch zwei andere Jungen dazu. Die Mädchen machten einen großen Wirbel wegen mir, streichelten und küssten mich. Ich fing an, zu schreien und nach ihnen zu treten. Schließlich brachte er mich wieder nach Hause.«

»Das hat er mir nie erzählt«, sagte Mrs. Markey. »Roman verriet nie, wo er gewesen war. Aber ich erinnere mich daran, wie Davids Sachen rochen! Nach Bier… und Zigaretten… und billigem Parfüm!«

»Ich wusste, dass Sie mit ihm schimpfen würden, wenn ich es erzählte, deshalb durfte ich nicht die Wahrheit sagen. Wäre er bestraft worden, hätte er mir die Schuld dafür gegeben, und das ging nicht. Können Sie das verstehen? Ich weiß, das alles ist schon sehr lange her, aber können Sie es verstehen?«

»Ja… natürlich kann ich das!« Dann hielt sie den Atem an, denn ihr wurde klar, dass sie einem Mann vergab, der noch gar nicht auf der Welt gewesen war, als ihr Sohn starb.

Er hatte einige Schwierigkeiten, in den verwahrlosten Straßen der Innenstadt von Detroit das Lokal zu finden. Es hieß *Moniker's*, aber das Schild über der Tür war, als er es schließlich entdeckte, von Alter und Schmutz derart angegraut, dass man es kaum noch lesen konnte. Der lange, enge Raum war dunkel, eine Taktik, die darauf abzielte, den Dreck darin zu verbergen. Aber erstaunlicherweise – es war schließlich erst vier Uhr nachmittags – waren alle Barhocker und drei der fünf Nischen besetzt.

Der Mann, mit dem er verabredet war, winkte ihm aus der hintersten Nische zu. Es amüsierte Bern, dass der andere trotz der Dunkelheit im Raum eine Sonnenbrille aufhatte. Das verlieh ihm ein bedrohliches Aussehen – er wirkte wie ein kleiner Ganove in einem Gangsterfilm. Er schien diese Rolle jedoch gern zu spielen, obwohl er im wirklichen Leben einen ordentlichen Beruf hatte, das heißt, ein kleinerer Angestellter eines großen Konzerns war.

»Und?«, fragte der Mann. Weder begrüßte er Bern, noch bestellte er ihm, als Bern sich gesetzt hatte, etwas zu trinken. Er spähte lediglich über den Rand seiner Sonnenbrille. Natürlich war er, wie Bern nicht anders erwartet hatte, nervös. Bern selber war ganz ruhig.

»Es ist alles in Ordnung«, sagte Bern und war von seiner Untertreibung angetan.

»In Ordnung«, wiederholte der Mann und knirschte mit den Zähnen. »Und was soll dieses ›in Ordnung‹ bedeuten?«

»Sie glaubt mir. Sie glaubt an mich.« Bern winkte dem Kellner und bestellte einen Scotch. Als der Kellner wieder gegangen war, fuhr er fort: »Sie hat in meinen Armen geweint, und da hab ich auch heulen müssen. Ich hätte das alles fast selber geglaubt, jedes Wort, was ich ja auch, wie du gesagt hast, tun sollte. Du hattest recht, vollkommen recht.«

»Ja«, sagte der Mann und atmete langsam aus. »Ja.«

»Wir haben dann über eine Stunde lang geredet. Ich habe keinen Trick ausgelassen. Ich hab ihr noch all die anderen Sachen erzählt, an die ich mich aus meinen Träumen erinnerte, alles, was du mir über David Pauls Jugend erzählt hast. Alle Kosenamen, alle Kinderkrankheiten, von eurer Rivalität. Die Geschichte mit dem Hund kam echt gut bei ihr an. Nur hast du dich im Namen geirrt. Er hieß nicht Tiger, sondern Tigger… irgendwas aus *Pu der Bär*. Das machte jedoch nichts. Inzwischen ist sie schon so entschlossen, alles zu glauben, dass nichts mehr etwas ausmachte.«

»Und was jetzt?«, fragte der Mann. »Hast du ihr gesagt, was du von ihr willst?«

»Ich habe gesagt, ich wolle gar nichts, ich sei nur glücklich darüber, dass ich die Wahrheit kennen würde – und dass sie sie jetzt auch erfahren habe. Ich habe gesagt, ich fühlte mich zum ersten Mal in meinem Leben im Einklang mit mir selbst.« Er verzog reumütig den Mund. »Und weißt du, was? Das stimmte fast!«

Der Kellner brachte ihm seinen Scotch. Plötzlich war Bern klar, dass er ihn gar nicht haben wollte. Er schob das Glas auf der nassen Kunststoffplatte des Tisches hin und her und fuhr fort: »Ich sagte ihr, ich müsse am nächsten Morgen wieder abreisen, müsse zu meinem Job in Boston zurück. Ich schlug vor, dass wir in Verbindung bleiben könnten… hin und wieder eine Postkarte.«

»Abreisen? In Verbindung bleiben? Du verdammter Schwachkopf! Was soll das denn?«

»Psychologie«, antwortete Bern mit einem bitteren Lächeln. »Das Unterbewusstsein.«

»Was?«

»Nichts, nichts. Ich wusste, dass ihr das nicht ausreichen würde. Sie weinte in einem fort und sagte, ich dürfe sie nicht verlassen. Sie sagte, sie würde es nicht überleben, wenn sie ihren David Paul ein zweites Mal verlieren müsse.«

»Und dann?«

»Ich sagte ihr, ich würde wiederkommen, wolle sie gelegentlich besuchen, müsse aber auch vernünftig sein. Ich hätte schließlich einen Job und müsste mir meinen Lebensunterhalt verdienen. Sie meinte daraufhin, das sei doch lächerlich und unnötig, dass Gott unsere erneute Trennung nicht wolle, dass es Gottes Wille gewesen sein müsse, uns wieder vereint, uns wieder zusammen zu sehen. Deshalb habe er mir Davids Seele geschickt und diese Träume. Sie brachte den lieben Gott ziemlich oft ins Spiel. Du hast mir verschwiegen, dass deine Mutter so fromm ist.«

»Sie hat mystische Neigungen«, sagte Roman Markey. »So habe ich sie jedenfalls in Erinnerung. Deshalb dachte ich ja auch, es könnte funktionieren.«

Sie unterhielten sich noch eine ganze Stunde miteinander, nur dass jetzt meistens Roman redete. Er fing wieder an, Erinnerungen auszugraben, wie er das schon vor drei Monaten mit so viel Geschick getan hatte, nachdem ihm die Idee beim Anblick dieser über den Bildschirm seines Computers laufenden Namen gekommen war – es handelte sich um die lange Liste der *Rescor*-Angestellten, für deren Sozialleistungen er als Sachbearbeiter der Personalabteilung seiner Firma zuständig war. Es gab da ein halbes Dutzend

Leute, die am 28. Januar 1961 geboren worden waren, aber nur ein Mann hatte sich in etwa für das geeignet, was ihm vorschwebte – für diese Idee, die ihm manchmal brillant und manchmal verrückt erschien. Als er es dann jedoch geschafft hatte, sich mit Bern Secombe anzufreunden und in ihm einen Mann mit enttäuschten Hoffnungen und einem belastbaren Gewissen kennenlernte, wählte er ein anderes Wort: machbar. Ja, es war machbar.

Er hatte Bern ganz langsam für sich gewonnen. Sie hatten sich zusammen betrunken – nur dass Romans Trinkerei sorgfältig berechnet gewesen war. Er hatte Bern die traurige Geschichte von seiner Vergangenheit, von seiner Enterbung erzählt und unter Tränen seine Unschuld beteuert, hatte geschworen, dass der Tod seines Halbbruders ein Unfall gewesen war, schließlich aber auch eine Unterlassung eingestanden. Er habe, hatte er gebeichtet, nichts unternommen, als das Eis unter ihren Füßen bedrohlich zu knacken angefangen und David Paul dann im eiskalten Wasser des Pontoon Lake rumgestrampelt habe. Er habe jedoch den Zorn nicht verdient, der ihn getroffen hatte, nicht die Verbannung in eine fern gelegene Schule, nicht die kärglichen Überweisungen, die er bis zum Abschluss seiner Ausbildung erhalten hatte und die dann schlagartig eingestellt worden waren. Er sei ein entthronter Prinz und werde nie über sein Königreich herrschen dürfen. Es sei denn …

»Es sei denn?«, hatte Bern schließlich gefragt.

»Es sei denn, mir würde verziehen«, hatte Roman geantwortet. »Es sei denn, die Königin würde ihre Meinung ändern und den Prinzen nach Hause zurückrufen.«

Inzwischen war es halb sieben geworden. Die Bar war noch

genauso voll wie vorher, aber die Kundschaft war jetzt eine andere. Die neue Schicht war lauter, diskussionsfreudiger. Eine Musikbox spielte. Roman Markey war jetzt betrunken – diesmal hatte Bern Secombe das Ausmaß des eigenen Rausches genau kalkuliert. Seine Stimme war klar und fest, als er seinem Komplizen die beste Neuigkeit von allen eröffnete.

»Ich ziehe in das Haus ein«, sagte er. »Sie hat mich gebeten, zu ihr zu ziehen, und ich habe zugesagt.«

»Mein Gott«, rief Roman, »das ist ja phantastisch! Warum hast du mir das nicht gleich gesagt?« Ein düsterer Gedanke ging ihm durch den Kopf. »Denk bloß nicht, du kannst mich austricksen, Bern, mich bescheißen! Versuch bloß nicht, die Lage auszunutzen! Ich könnte dich in null Komma nichts als Betrüger entlarven!«

»Das weiß ich doch. So etwas würde ich nie tun. Es gibt nur eine Methode, die Sache zu deichseln, und das ist deine. Ich ziehe in das Haus ein, und dann werden sich viele Gelegenheiten ergeben, deine Sache zu vertreten, ihr zu sagen, dass sie sich, was die Ereignisse jenes Tages betrifft, irrt, dass du alles getan hast, was in deiner Macht stand, um mein Leben zu retten, dass mir so viel daran liegt, dass mein großer Bruder wieder nach Hause kommt. Sie wird mir keinen Wunsch abschlagen, da bin ich mir ganz sicher.«

»Nein«, sagte Roman frohlockend, »das wird sie nicht! Ich weiß es! Es gibt nichts, was sie nicht tun würde, wenn ihr David sie darum bittet!« Er ergriff Berns Arm, wobei er ihm in seiner Erregung weh tat. »Es kann jederzeit losgehen, Bern, jederzeit. Mich hält hier nichts. Keine Familie, keine Frau, nicht einmal Freunde. Sobald du mir Bescheid gibst, kann ich innerhalb einer Stunde gepackt haben und abreisen.«

»Ich werde mein Bestes tun«, sagte Bern.

»Du sollst es nicht bereuen, ich schwör's dir. Wenn ich reich bin, wirst du es auch sein. Sorge nur dafür, dass ich wieder nach Hause komme, das ist alles, worum ich bitte! Lass mich nach Hause kommen!«

Lily und Millie, die Dienstmädchen-Zwillinge, waren nicht überrascht, als ihnen Mrs. Markey das Wochenende freigab. Kalender waren ihnen so gleichgültig wie Uhren, und sie dachten einfach, dass irgendein öffentlicher Feiertag anstünde. Ihre Mutter wohnte in Lansing, und sie konnten es gar nicht abwarten, hinzukommen und auch ihr Haus zu putzen.

Leon war eher ein Problem. Er betrachtete schon von Natur aus jede Abweichung vom gewohnten Gang der Dinge mit Argwohn. Als der Fremde im vergangenen Monat ins Haus gezogen war, hatte er pausenlos gemurrt, dann aber bald erkannt, dass Mrs. Markey für diesen Mann eine Zuneigung empfand, die möglicherweise stärker war als ihre Treue ihm gegenüber. Leon war alles andere als unvernünftig, und der Gedanke, in seinem Alter aus dem Dienst entlassen zu werden, war erschreckend. Deshalb milderte er sein Murren zu einem leisen Knurren ab, und als Mrs. Markey ihm sagte, er solle mal ein paar Tage Urlaub machen, erhob er keine Einwände. Er hatte eine Nichte, die in Flint eine Pension betrieb, und er spielte gern mit ihren Gästen Karten.

Sie würden unter sich sein, wenn Roman heimkam …

An jenem Morgen war das Haus so still, dass Bern plötzlich Uhren hörte, deren Vorhandensein ihm bisher ganz entgangen war. Sie nahmen draußen auf der Terrasse ein kleines Mittagessen zu sich, das Mrs. Markey selbst zubereitet hatte. Sie trug ein bodenlanges golddurchwirktes Kleid und schien über die Fliesen dahinzugleiten. Bern hatte einen blauen Kaschmirpullover an, den sie ihm in der vergangenen Woche gekauft hatte. Sie hatte ihm sogar drei Pullover gekauft, und er hatte sie der Verschwendung bezichtigt. Sie selbst hatte über ihre Großzügigkeit gelächelt – das Geldausgeben hatte ihr schon lange nicht mehr so viel Freude gemacht.

Bern war überrascht, dass sie keinerlei Nervosität zeigte, und sprach sie darauf an.

»Nein«, sagte Mrs. Markey, »ich fühle mich der Lage absolut gewachsen, David. Ich bin sicher, dass wir das Richtige tun. Es hätte schon längst getan werden sollen.«

»Aber wenn du deine Meinung ändern solltest…« Er sprach den Satz nicht zu Ende.

»Das werde ich nicht«, versicherte sie ihm.

Sie hörten das Auto erst, als die Sonne schon fast hinter dem Horizont versunken war. Es war ein kleiner Wagen, und der Kofferraum hatte offensichtlich nicht ausgereicht, um das ganze Gepäck zu verstauen, denn auch auf dem Rücksitz lagen Koffer gestapelt. Nachdem Roman auf der Zufahrt angehalten hatte, blieb er noch eine ganze Minute im Auto sitzen. Wahrscheinlich betrachtete er das Haus und nahm das Wunder des Augenblicks, das Wunder seiner Heimkehr in sich auf. Als er schließlich ausstieg, warf er in der sinkenden Sonne einen langen Schatten über den Rasen.

»Ich gehe jetzt«, sagte Bern.

Mrs. Markey stieg langsam die Treppe in den ersten Stock hinauf und hob beim Gehen den Saum ihres golddurchwirkten Kleides. Bern ging derweil durch die Diele und zog an der Haustür den Spazierstock mit dem silbernen Knauf aus dem ledernen Ständer. Dann trat er hinaus, und ohne Roman anzusehen, wusste er, dass dieser ihn anlächelte.

Er beschleunigte seinen Schritt, um den Schwung zu erhöhen, als er den Stock hob und den schweren Knauf auf Romans linke Schläfe niedersausen ließ. Er hatte befürchtet, es könnten zwei Schläge erforderlich werden, aber dieser eine reichte schon aus – Romans Beine knickten unter ihm ein, und dann lag er auf der Zufahrt, noch lebend, aber bewegungslos.

Glücklicherweise fiel der billardgrüne Rasen ziemlich steil zum Wasser hin ab, so dass es weniger Mühe machte, den Körper dorthin zu schleifen, als Bern erwartet hatte. Es war weitaus schwieriger, ihn in das Ruderboot hineinzubekommen, aber auch das gelang ihm schließlich.

Als er die Mitte des Sees erreicht hatte, blickte er zu dem erleuchteten Fenster im Obergeschoss des Hauses hinüber, und erst, als er dort die kleine, dunkle Silhouette Mrs. Markeys – seiner Mutter – sah, ließ er David Pauls unbestraften Mörder in die dunklen und schweigenden Tiefen hinabgleiten.

Aus dem Amerikanischen von Jobst-Christian Rojahn

Tschüs, Charlie!

Eigentlich glaubte Charlie ja ein Recht zu haben auf das Geld, das er klaute. Als Vertreter für die Firma Broadman & Söhne, Miederwaren, hatte er sich bisher ganz gut gemacht, als Turtin mit seinem Vorschlag von »einem eigenen kleinen Laden« kam. Im Verkaufen war Turtin Spitze, und so lauschte Charlie verzückt den Prophezeiungen des anderen. Ein großer Verkaufsraum an der Hauptstraße. Dicke Bestellungen aus Dallas, Chicago, St. Louis. Haufenweise Geld auf der Bank. Willige Mannequins, die dem Boss gefallen wollten. »Du bist unser Außenmann«, hatte Turtin mit leiser, einschmeichelnder Stimme gesagt, »während ich hinter den Kulissen arbeite. Was kann da schiefgehen?«

Genau genommen ging auch nichts schief. Im ersten Jahr machte die Firma zumindest keinen Verlust, womit Turtin ganz zufrieden war. Im zweiten Jahr blieben sie auf einer Ladung Samt sitzen und hatten einen Umsatzgewinn von nur drei Prozent. Im dritten Jahr begann Charlie Geld auf die Seite zu schaffen.

Er glaubte durchaus, Anspruch darauf zu haben. Immerhin handelte es sich um einen Vorgriff auf Turtins Versprechungen. Turtin, diesem melancholischen kleinen Bluthund, ging es doch nur um die Qualität der Ware und die Begründung seines guten Rufes in der Branche. Charlie dagegen hatte gewisse Ausgaben, die ihm unter den Nägeln brannten. Zum Beispiel Danielle Sweetfoot. Ein Mädchen wie Danielle, ein echtes Showgirl aus Las Vegas, ließ sich mit Provisionen allein nicht halten. Dann der ausländische Sportwagen. So eine Karre läuft schließlich nicht mit Feuerzeugbenzin, oder? Die Wohnung südlich von Central Park war auch keine Kleinigkeit. Allein die Trinkgelder für das Hauspersonal kosteten Charlie fünfhundert im Jahr. Ein Vertreter musste eben ein gewisses Format an den Tag legen.

Turtin war ein solcher Idiot, dass er fast sechs Monate lang nichts von den Fehlbeträgen merkte. Bis dahin hatte Charlie das Geld längst zurückzahlen wollen, aber leider investierte er in die Aktien einer Elektronikfirma, die der Freund eines Freundes von Nick Davas – ach, wozu in die Einzelheiten gehen? Der Kurs fiel von neunundvierzig auf siebeneinhalb – so war die Börse nun mal.

Turtin war zwar ein sanfter, zurückhaltender Typ, als er aber auf die Wahrheit stieß, fiel seine Reaktion überraschend heftig aus. Er stürmte in Charlies Wohnung und brüllte so laut los, dass Danielle geradewegs von Charlies Schoß rutschte. Im nächsten Augenblick ging er Charlie an die Gurgel. Es war ein unmenschlicher Auftritt. Danielle kreischte aus vollem Halse und alarmierte damit das Hausmädchen, den Fahrstuhlführer und den Streifenpolizisten von der Straße. Sie alle mussten sich energisch bemühen, Turtins Finger von Charlies Hals zu trennen.

»Wollen Sie Anzeige erstatten?«, fragte der Polizist.

»Nein«, antwortete Charlie, rieb sich die Halsschlagader und betrachtete seinen Partner. »War nur eine kleine Auseinandersetzung, nicht wahr, Max?«

»Ja«, sagte Turtin verbittert. »Wir reden morgen im Büro darüber.«

»Aber klar – sehr vernünftig von dir«, stellte Charlie fest.

Am nächsten Tag hatte sich Turtin wieder beruhigt. »Ich lasse nächste Woche eine Buchprüfung durchführen«, verkündete er leise. »Anschließend kann sich der Staatsanwalt mit dir beschäftigen.«

»Das kannst du mir doch nicht antun!«, sagte Charlie.

»Sieht so aus, als fehlten gute fünfundsiebzigtausend. Ist davon noch etwas übrig?«

»Nein«, log Charlie. In Wahrheit hatte er in seiner Wohnung noch fünfunddreißigtausend Dollar in kleinen Noten versteckt.

»Hast du sonst etwas zu sagen, Charlie?«

Charlie überlegte angestrengt. »Nun ja, meine Mutter ist vierundachtzig. An dem Schock würde sie wohl sterben.«

»Tschüs, Charlie«, sagte Turtin. »Wir sehen uns vor Gericht wieder.«

An diesem Abend ging ein besorgter Charlie nach Hause. Er erklärte Danielle die Lage und fragte, was sie an seiner Stelle tun würde. Danielle kaute einen Augenblick lang auf ihren rotbemalten Lippen herum.

»Ich glaube, ich würde mich umbringen«, sagte sie schließlich.

»Danke für den tollen Rat«, meinte Charlie.

Zwanzig Minuten später stürmte er aus dem Badezimmer. »Du hast ja recht!«, rief er begeistert. »Du hast ja recht! Das ist die Lösung, Schätzchen!«

»Lösung?«

»Ich bringe mich um!«

Danielle schnappte sich ihren Nerz und warf ihn über die Schultern. »Leb wohl«, sagte sie. »Ich kann kein Blut sehen.«

»Warte noch! Ich will doch nicht wirklich sterben! Ich täusche den Selbstmord nur vor, damit Turtin niemanden mehr belangen kann. Ich habe ein paar Scheine auf die hohe Kante gelegt. Ich könnte Ferien machen, in Mexiko oder Tanganjika oder so.«

»Schön für dich. Aber was wird aus mir?«

»Mach dir keine Sorgen. Wenn sich die Sache abgekühlt hat, komme ich zurück und mache einen drauf... so richtig einen drauf.«

»Eher *kriegst* du einen drauf – auf die Finger und ab in den Knast. Die Polizei wird wegen Unterschlagung nach dir fahnden.«

»Das habe ich alles bedacht. Komm, hilf mir.«

»Kommt nicht in Frage! Wenn du dir einbildest, ich halte das Rasiermesser, während du dir die Gurgel durchschneidest...«

»Das doch nicht! Ich arbeite mit Psychologie, Baby! Ich bin Verkäufer, vergiss das nicht. Ich werde diesen Selbstmord verkaufen.«

»Was soll ich dabei tun?«

»Pack mir ein Paket.«

»Ein was?«

»Ein Paket! Etwa so groß. Tu ein paar schwere Sachen rein – Bügeleisen, Schuhe, was hier so in der Wohnung rumliegt.«

»Na schön«, seufzte Danielle. »Ich pack dir ein Paket. Soll ich auch einen Empfänger draufschreiben?«

»Spar dir die Mühe«, antwortete Charlie grinsend. »Das Ding wandert geradewegs ins Büro für unzustellbare Sendungen.«

Während Danielle loslegte, zog sich Charlie ins Schlafzimmer zurück, schloss die Tür und wählte Max Turtins Nummer. Danielle sollte das Gespräch nicht mithören, damit sie nicht etwa von einem Teil seines Planes erfuhr, den er noch gar nicht erwähnt hatte. Charlie ging es nämlich um mehr als nur Selbstmord. Er wälzte Mordgedanken.

Der Einfall hatte ihn geradewegs aus dem Badezimmerspiegel angesprungen. Er putzte sich gerade die Zähne, wobei er die Bürste wie ein Stilett hielt und Turtin in Gedanken umbrachte. Im nächsten Augenblick begegnete er dem Blick der eigenen Augen und erkannte, dass sein Problem auf lange Sicht nur durch einen Mord gelöst werden konnte.

Aber wie? Nach der Auseinandersetzung in seiner Wohnung war es kein Geheimnis, dass Charlie Max nicht ausstehen konnte. Wenn Turtin eines geheimnisvollen Todes starb, stünde er sofort ganz oben auf der Liste der Verdächtigen. Charlie ächzte hinter seinem Zahnpastaschaum. Dieser Weg war ihm verbaut. Er konnte genauso gut tot sein.

Aber natürlich!

Es gab eine garantiert sichere Methode, Turtin aus dem Weg zu räumen und zugleich dem Netz der Polizei zu entwischen. *Er brauchte nur nicht mehr da zu sein.* Nicht in Mexiko. Nicht in Tanganjika. Wirklich nicht mehr da. Futsch. Morte. Kaputt. Leb wohl, Charlie. Tot.

Das war der Clou: Er musste den Toten spielen. Später konnte er wieder aufwachen, Turtin ein für alle Mal erledigen und die Polizei nach *lebendigen* Verdächtigen fahnden lassen.

Er lauschte auf das Rufzeichen am anderen Ende. Dann hörte er die verhasste sanfte Stimme.

»Hallo, Max«, sagte er. »Hier Charlie.«

»Lass mich in Ruhe, Charlie«, seufzte Turtin.

»Ich will nichts von dir. Ich wollte nur Lebewohl sagen.«

»Wohin willst du denn verschwinden?«

Charlie lachte bitter. »Mach dir keine Sorgen. Ich laufe dir nicht davon, Max, das brächte ja doch nichts. Ich gehe an einen Ort, wo mir niemand etwas tun kann. Wo das Leben nichts weiter ist als ein leerer Traum.«

»Bist du betrunken?«

»Mach's gut, Max«, sagte Charlie traurig. »Ich bedaure meine Tat und hoffe nur, du kannst mir verzeihen – danach.«

»Wieso – danach?«

»Hör zu, Max. Wenn man meine Leiche findet, tu mir bitte einen Gefallen. Sag niemandem, dass ich ein Dieb war. Es wäre Mamas Tod. Versprichst du mir das, Max?«

»Charlie!«, brüllte der andere.

Aber Charlie hatte bereits aufgelegt.

Als er das Wohnzimmer verließ, schnürte Danielle gerade das Paket zu. Sie schmollte. Er wog das Gebilde in der Hand, das ihm schwer genug zu sein schien.

»Jetzt verschwinde lieber«, sagte er. »Du hörst von mir.«

»Wer garantiert mir das?«

»Verdufte endlich!«

Als er allein war, nahm Charlie einen leeren Koffer aus dem Schrank und tat Dinge hinein. Dinge wie Geld. Er legte ein Extrapaar Schuhe dazu und einen zweiten Mantel.

Es war fast zweiundzwanzig Uhr, als der Pförtner seinen Wagen vorfahren ließ. Die Fahrt zur Great-Point-Brücke dauerte eine halbe Stunde, und Charlie sang die ganze Zeit – so freudig sah er den kommenden Ereignissen entgegen.

Er stellte den Wagen auf einem leeren Parkplatz unter der Brücke ab. Dann stopfte er die Schuhe in die Taschen des zweiten Mantels und nahm das schwere Paket unter den Arm. Zuletzt betrat er den Fußweg und marschierte los.

Es waren nur wenige Fußgänger in Sicht, meistens Stadtstreicher auf der Suche nach einem Plätzchen zum Übernachten, und niemand kümmerte sich um Charlie und seine Last. Damit war er durchaus einverstanden. Noch durfte man ihm keine Beachtung schenken.

Auf der Mitte der Brücke wartete er, bis ein Liebespärchen vorbeigeschlendert war; dann baute er die Bühne auf. Er zog den Mantel aus und drapierte ihn über dem Geländer. Die Extraschuhe stellte er auf dem Beton ab. Dann balancierte er das schwere Paket auf dem Geländer und wartete geduldig, bis er in der Dunkelheit einige Gestalten näher kommen sah.

Im nächsten Augenblick stürzte das Bündel in die Tiefe.

»Hilfe! Hilfe!«, brüllte er. »Er ist gesprungen! Er ist gesprungen!«

Daraufhin erhielt er von beiden Seiten der Brücke Zulauf. Das junge Paar rannte zurück, um sich den Spaß anzusehen, und drei weitere Zeugen trabten herbei, um nur ja nichts zu verpassen. Viel sehen konnten sie nicht, doch hörten sie wenigstens das Aufklatschen. Sie beugten sich über das Geländer, starrten rufend in die Tiefe und begannen Halluzinationen zu haben, ganz wie Charlie es vorausgesehen hatte.

»Ich sehe ihn! Ich sehe ihn!«, rief jemand.

»Er versucht zu schwimmen!«, schrillte eine Frau. Ein whiskystinkender alter Stadtstreicher linste ihr über die Schulter und schnalzte mitleidsvoll mit der Zunge. »Er schafft es nicht, der arme Bursche. Er säuft ab!«

»Da ist er! Er geht unter!«

»Er verschwindet jetzt schon zum dritten Mal...«

»Holt doch Hilfe!«, brüllte Charlie. »Jemand muss die Polizei holen!« Der junge Liebhaber starrte ihn eine Sekunde lang mit aufgerissenen Augen an und setzte sich in Trab. Charlie marschierte in die andere Richtung, während die Übrigen auseinanderliefen, als stünde ein Luftangriff bevor – sie wollten wohl alle Hilfe holen. Niemand dachte daran, die Brückentelefone zu benutzen, was Charlie aber gleichgültig war. In wenigen Minuten würden die Behörden dennoch Bescheid wissen, und die Bullen würden am Ort des Geschehens erscheinen, um Mantel, Schuhe und Informationen einzusammeln.

Er kehrte zum Wagen zurück, nahm den Koffer an sich und hielt ein Taxi an. In einem schäbigen Hotel im Zentrum mietete er sich ein und rauchte drei Zigarren, ehe er endlich einschlief.

Der Selbstmörder wurde in der Morgenzeitung noch nicht erwähnt, dafür erschien in der Nachmittagsausgabe ein anrührender Bericht. Man nannte ihn einen bekannten Geschäftsmann. Es hieß, er habe »geschäftliche Sorgen« gehabt. Der Artikel enthielt sogar ein Foto Danielles, die als seine »erschütterte Verlobte« bezeichnet wurde. Und das Beste: kein Wort von der Unterschlagung. Der arme Max Turtin! Offenbar hatte er die Geschichte von der vierundachtzigjährigen Mutter geschluckt. Dabei hatte Charlie seine Mutter seit fünfzehn Jahren nicht mehr gesehen. Sie war achtundfünfzig und Kellnerin in Houston.

Wie üblich spielte man mit dem Gedanken, den Fluss abzusuchen, wogegen aber die starke Strömung am Great Point sprach. Nach Ansicht der Polizei würde die Leiche ohnehin wieder an Land geschwemmt. Und ob! Charlie lachte leise vor sich hin – diese Leiche würde sich an Land noch bemerkbar machen, aber ziemlich handgreiflich!

Drei Tage später waren seine Bartstoppeln lang genug, um ihn auf den ersten Blick unkenntlich zu machen. Er wollte endlich zur Tat schreiten. Gegen dreiundzwanzig Uhr suchte er die Telefonzelle in einem Drugstore auf und rief bei Turtin an. Turtin wohnte allein in einem kleinen Mietshaus in der 29. Straße.

»Hallo?«, fragte er mit piepsiger Stimme. »Ist Herbie zu Hause?«

»Sie haben sich verwählt«, sagte Turtin und legte auf.

Charlie brauchte eine Viertelstunde mit der U-Bahn. Er betrat das Gebäude, fuhr mit dem Fahrstuhl in die fünfte Etage und klopfte an Turtins Tür. Als Turtin aufmachte, konnte Charlie jeden Zahn in seinem Mund sehen.

»Charlie!« Mehr brachte er nicht heraus.

Er schob sich an dem anderen vorbei in die Wohnung und machte die Tür hinter sich zu.

»Du bist nicht tot!«, stotterte Turtin. »Danielle hatte also recht ...«

Jetzt war Charlie mit dem Staunen an der Reihe.

»Danielle? Soll das heißen, sie hat dir alles erzählt?«

»T-t-t«, machte Turtin. »Du armer Dummkopf! So etwas

Verrücktes hättest du gar nicht anzustellen brauchen. Ich hatte ohnehin nie die Absicht, dich anzuzeigen. Wie hätte ich einem alten Freund so etwas antun können?«

»Du nimmst mich nicht auf den Arm?«, fragte Charlie. »Du wolltest mich nicht anzeigen?«

»Natürlich nicht!« Turtin umfasste seinen Arm und führte ihn mit gewohnter Sanftheit in das Wohnzimmer. »Komm rein, Charlie, komm rein. Trink einen mit mir. Du siehst aus, als könntest du einen Schluck vertragen.«

Charlie war wie vor den Kopf geschlagen. Er nahm Platz und ließ sich von Turtin einen Drink mixen. Als ihm wieder einfiel, was er eigentlich im Schilde führte, wurde ihm heiß vor Schuldbewusstsein. Turtin umbringen! Diesen großartigen Freund!

»Ich komme mir wie ein Schweinehund vor«, sagte Charlie und musste schlucken vor Rührung. »Ich hätte es besser wissen müssen, Max.« Er kostete seinen Drink. »Ich hätte wissen müssen, dass du mir so etwas nicht antust.«

»Natürlich nicht – auf keinen Fall. Soll ich denn meinen eigenen Partner ins Gefängnis bringen? Und die hübsche Firma ganz allein besitzen?«

Charlie lachte schwach, leerte sein Glas und entschlummerte.

Als er wieder zu sich kam, starrte er in Danielles Gesicht. Sie blickte ihn direkt an, redete aber über ihn, als wäre er gar nicht im Zimmer.

»Er ist wach, Max, er ist wach«, sagte sie. »Die Wirkung lässt nach.«

»Wir haben noch viel Zeit«, hörte er Max sagen.

Charlie versuchte die Hände zu bewegen, die aber an den

Stuhl gefesselt waren. Er versuchte zu sprechen, spürte aber einen Klumpen im Mund.

»Was jetzt?«, fragte Danielle. »Rufen wir die Polizei?«

»Hmm«, erwiderte Turtin. »Die würde ihn eine Zeitlang einsperren. Aber vielleicht gibt's da noch eine bessere Möglichkeit.«

»Was könnte besser sein?«

»Soll das heißen, du bist noch gar nicht darauf gekommen?«

»Worauf denn?«

»Er hat doch bereits Selbstmord begangen«, sagte Turtin.

Zehn Tage später wurde Charlies Leiche angespült, womit die Polizei wieder einmal bestätigt war. Zum Ende des Jahres machte die Kleiderfabrik einen Gewinn von vier Prozent des Umsatzes. Das war nicht sensationell viel, aber es brauchte ja nicht mehr geteilt zu werden.

Aus dem Amerikanischen von Thomas Schlück

Wer war's?

Lieutenant Mike Vegas verspürte den unwiderstehlichen Drang, sich mit den Fingern durch das Haar zu fahren und seine Krawatte geradezurücken, ehe er an die Tür mit dem Schild PRIVAT klopfte. Er war Polizeibeamter, und Polizisten wurden nicht fürs Gutaussehen bezahlt – trotzdem kam er sich mit seinem zerknitterten Anzug und dem kratzigen Kinn im Büro des Fernsehstars einigermaßen fehl am Platze vor.

Wally Adams begrüßte ihn persönlich an der Tür. Mike kniff beim Anblick des bekannten Gesichts die Augen zusammen und stammelte seinen Namen. Adams sah genauso aus wie der Adams, den er vom Fernsehschirm kannte – eine Tatsache, die ihm bemerkenswert vorkam.

»Vielen Dank, dass Sie gekommen sind, Lieutenant«, sagte der andere. »Ich belästige die Polizei nur ungern, aber die Sache ist vielleicht wichtig. Ich weiß es nur noch nicht. Treten Sie ein.«

»Vielen Dank«, sagte Mike leise und setzte sich auf einen mit Leder gepolsterten Stuhl neben dem Tisch. »Sie sagten etwas von einem Brief … äh … Mr. Adams. Worum geht es? Werden Sie bedroht?«

»Nein, nichts dergleichen. Genau genommen kann ich Ihnen nicht einmal garantieren, dass der Brief nicht das Werk eines Verrückten ist. Nur habe ich so ein Gefühl, als ob mehr dahintersteckt.«

»Könnte ich den Brief mal sehen?«

Adams griff in die Brusttasche seiner Tweedjacke und zog einen zusammengefalteten Bogen heraus. »Sie kennen unsere Donnerstag-Show, Lieutenant? Falls nicht, ergibt der Text für Sie vielleicht keinen Sinn.«

»Ich habe die Sendung gesehen«, stellte Mike fest. »*Wer war's?*«

»Dann wissen Sie ja, worum es geht. Wir laden Leute zu uns ein, die in letzter Zeit Schlagzeilen gemacht haben – allerdings maskiert. Unser Rateteam muss herausfinden, wer der Mann oder die Frau ist und was der oder die Betreffende getan hat, um bekannt zu werden. Dazu werden einige Hinweise gegeben.

Manchmal suchen wir die Kandidaten aus, doch es gibt Fälle, da man uns anschreibt. Das hat auch dieser Mann getan. Aber lesen Sie den Brief doch selbst.«

Mike überflog den Text. Die Handschrift war klein und präzise, voller verkrampfter Schleifchen und kompliziert geschwungener Anfangsbuchstaben.

Lieber Mr. Adams,

Ihre Fernsehsendung sehe ich seit einiger Zeit regelmäßig. Dabei ist mir der Gedanke gekommen, dass ich vielleicht als Kandidat für Sie geeignet bin. Aus Gründen, die auf der Hand liegen, möchte ich mich selbst nicht zu ausführlich beschreiben, doch bin ich vierzig Jahre alt und arbeite als technischer Zeichner für einen Konzern in Long Island City. Ich wohne in Manhattan, bin ver-

heiratet und kinderlos. Meine Frau ist seit Jahren ein be-
geisterter Fan von Ihnen.

Ich glaube, ich habe etwas Berichtenswertes getan, et-
was, das sich für Ihr Rateteam als interessante Knacknuss
erweisen könnte.

Ich bin ein Mörder.

Ein Mann in Ihrer Position erhält sicher viele tausend
Briefe von Leuten, die man Verrückte nennen muss. Ich
würde jedenfalls verstehen, wenn Sie mich in dieselbe
Kategorie einordneten – und kann Ihnen nur in allem
Ernst versichern, dass ich geistig auf der Höhe bin und
meine Behauptung der Wahrheit entspricht. Ich bin ver-
antwortlich für einen Mord aus Vorbedacht und erkläre
mich bereit, diese Tatsache in Ihrer Sendung zu enthüllen.
Natürlich werde ich Sie vor dem Auftritt über mein Ver-
brechen mit Details und Beweisen unterrichten und bin
auch bereit, mich den Behörden auszuliefern.

Mir ist klar, dass mein Angebot ins Sensationelle zielt
und aus diesem Grund Ihren Finanziers oder Produzen-
ten nicht zusagen mag. Doch spielt hier zugleich ein Aspekt
der Bürgerpflicht mit hinein, denn ich habe die Absicht,
mein Verbrechen der Polizei nur in der eben beschriebenen
Weise zur Kenntnis zu geben. Sie haben nun Gelegen-
heit, der Gerechtigkeit zum Sieg zu verhelfen; ich möchte
doch annehmen, dass dieser Gesichtspunkt Sie reizt.

Wenn Sie interessiert sind, können Sie mich über das
Postamt des dritten Bezirks erreichen, unter dem Pseud-
onym John Rice. Versuche, mir durch die Post eine Falle
zu stellen, sind völlig zwecklos; ich würde die hier geäu-
ßerten Tatsachen einfach abstreiten.

Mit den besten Wünschen für Ihren weiteren Erfolg und in der Hoffnung, bald von Ihnen zu hören, verbleibe ich,

John Rice

Lieutenant Vegas spürte Wally Adams' kritischen Blick. Er setzte einen geziemend neutralen Ausdruck auf.

»Ein hübsches Angebot«, stellte er fest. »Was meinen Ihre Produzenten dazu, Mr. Adams?«

Der Moderator lächelte traurig. »Ich möchte Ihnen nichts vormachen, Lieutenant. Mr. Rice nennt seine Idee ›sensationell‹, und das ist durchaus zutreffend. Natürlich gehen wir mit einer gewissen Vorsicht an die Sache heran, aber Sie müssen zugeben – die Publicity ist uns sicher.«

Mike knurrte etwas vor sich hin. »Kein Zweifel.«

»Es gibt bestimmt keine Zeitung im Lande, die sich die Story entgehen ließe. *Wer war's?* würde überall Schlagzeilen machen. Zugleich befürchten wir, dass die Sache nach hinten losgehen könnte; deshalb haben wir beschlossen, die Polizei um Rat zu fragen.«

»Und das war genau das Richtige.« Mike stand auf und ging auf dem weichen Teppich hin und her. Nachdem das Problem nun aus dem Sack war, entkrampfte er sich etwas. »Wir können uns keinen Fehler leisten. Dieser Rice spricht womöglich in vollem Ernst. Vielleicht hat er wirklich jemanden umgebracht, vielleicht ist dies wirklich der einzige Weg, an ihn heranzukommen.«

»Sie meinen, ich soll ihn in die Sendung lassen?«

»Ich würde sagen, es ist die einzige Möglichkeit, aber ich habe in dieser Angelegenheit nicht das Sagen, Mr. Adams.

Ich muss mich mit der Staatsanwaltschaft in Verbindung setzen und das weitere Vorgehen abstimmen.«

Adams zuckte die Achseln. »Jedenfalls seid ihr vom Gesetz am Zug, Lieutenant. Sie können davon ausgehen, dass wir euch auf jede mögliche Weise unterstützen werden.«

»Das wissen wir zu schätzen, Mr. Adams. Ich möchte den Brief gern mitnehmen. Wir lassen ihn im Labor untersuchen; vielleicht führt uns die Analyse ja weiter. Dann spreche ich mit der Staatsanwaltschaft. Mal sehen, wie man dort vorgehen will.«

»Einverstanden«, sagte Wally Adams. Er stand auf und streckte dem Besucher die Hand hin.

Es dauerte fast eine Woche, bis Mike Vegas seinen Besuch wiederholen konnte. Diesmal war Adams nicht allein; kaum war er eingetreten, wurde er einem ganzen Zimmer voll berühmter Gesichter vorgestellt. Er wusste gar nicht, was er sagen sollte.

»Diesen Burschen haben Sie ja wohl schon mal gesehen«, meinte Adams und legte die Hand auf die Schulter Jake Jenkins', eines berühmten Komikers. Jenkins zog ein mürrisches Gesicht, klappte den Jackenkragen hoch und mimte gekonnt den gejagten Verbrecher. »Und das hier ist Bennett Ives, unser Schlauberger. Sally Burack und Lila Conway – die vier bilden unser Rateteam.«

Mike nickte den Anwesenden zu und versuchte, sich gelassen zu geben, während er gleichzeitig den Impuls unterdrückte, um Autogramme zu bitten. Man begrüßte ihn fröhlich und ließ ihn nach kurzer Zeit mit Adams allein, nicht ohne diesen mit allerlei witzigen Bemerkungen zu bedenken. Als sie fort waren, lachte der Fernsehstar und warf sich auf eine Ledercouch.

»Wir bereiten schon die morgige Sendung vor«, sagte er. »Ich habe den Leuten von unserem Briefschreiber natürlich noch nichts gesagt, für den Fall, dass er wirklich auftritt. Wie steht die Sache, Lieutenant? Was hat die Staatsanwaltschaft gesagt?«

Mike räusperte sich. »Nun, die Behörde ist bis zu einem gewissen Grade bereit mitzumachen, und zwar mit folgender Maßgabe: Man möchte, dass Sie Rice antworten und Ihr Interesse bekunden. Sie sollen ihn zu einem Gespräch in Ihr Büro einladen. Natürlich unter Wahrung seines Geheimnisses. Allerdings wird das nicht ganz stimmen – aber schließlich geht es hier um etwas Wichtigeres als die Wahrheit.«

»Verstanden«, sagte Adams. »Leider wird er die Falle wittern. Ich habe den Eindruck, dass sich der Mann nicht so leicht täuschen lässt.«

»Das habe ich auch gesagt.« Über Mikes gutmütiges Gesicht huschte ein düsterer Ausdruck, doch zuletzt gewann seine Loyalität die Oberhand. »Aber das ist nun mal die Entscheidung, Mr. Adams, die Leute haben in den meisten Fällen recht. Wenn er so sehr daran interessiert ist, in Ihrer Sendung aufzutreten, erklärt er sich vielleicht auch mit dem Einführungsgespräch einverstanden. Diese Chance werden wir dazu benutzen, den Mann komplett zu durchleuchten.«

Adams' Gesicht ließ erkennen, dass ihn die Antwort enttäuschte.

»Na schön, Lieutenant. Wenn Sie meinen, dass wir so vorgehen sollen, werden wir das tun. Heute sitzen Sie mal am Drücker der Show.«

»Vielen Dank, Mr. Adams. Der Brief hat übrigens nicht viel ergeben. Außer Ihren und meinen keine Fingerabdrücke; unser Freund ist sehr vorsichtig. Der Einzige, der uns etwas sagen konnte, war der Polizeipsychiater. Er hält Rice für einen psychotischen Mann mit starkem Geständnisdrang. Hängt mit Schuldgefühlen zusammen. Er meint, Rice wollte Ihre Sendung für das größte öffentliche Geständnis aller Zeiten benutzen. Sie haben doch ein ziemlich großes Publikum, nicht wahr?«

»Angeblich fast vierzig Millionen.«

Mike pfiff leise durch die Zähne. »Der muss wirklich verrückt sein. Das Problem ist nur – unser Psychiater meint auch, dass der Mann ernst zu nehmen ist. Er kann durchaus ein Mörder sein.«

»Was für ein Gag!«, sagte Wally Adams leise, und seine Augen funkelten.

Vier Tage später erhielt Adams Antwort, und Mike Vegas stellte befriedigt fest, dass seine Ansicht richtig gewesen war. John Rice war tatsächlich zu schlau, um der Polizei ins Netz zu gehen.

Lieber Mr. Adams,
ich muss gestehen, dass mich Ihre Antwort enttäuscht. Ich gedenke mich weder Ihnen noch sonst jemandem zu erkennen zu geben, solange die in meinem ersten Brief genannten Bedingungen nicht erfüllt sind. Obwohl der Polizei das bloße Wissen um meine Identität nichts nützt, habe ich keine Lust, zum Ziel einer Ermittlung zu werden. Aus diesem Grund muss ich mit allem Respekt meinen

Standpunkt wiederholen. Ich stelle Ihnen alle nötigen Tatsachen und Beweise hinsichtlich meiner Tat zur Verfügung und lege ein umfassendes Geständnis ab – doch nur, wenn ich in Ihrer Fernsehsendung auftreten darf. Für Gespräche vor der Ausstrahlung stehe ich nicht zur Verfügung. Außerdem werde ich erst kurz vor dem Sendetermin im Studio eintreffen. Wenn diese Bedingungen akzeptiert werden, können Sie mit meiner vollen Unterstützung rechnen. Andernfalls werde ich mein Geheimnis hüten, solange es die Umstände erlauben. Wenn Ihnen die Bedingungen zusagen, nennen Sie mir bitte Ort und Zeit meines Auftritts.

Ihr John Rice

Mike Vegas seufzte und klopfte sich mit dem zusammengefalteten Briefbogen gegen das Kinn.

»Was meinen Ihre Produzenten? Wären Sie bereit, auf das Spiel einzugehen?«

»Wenn die Polizei einverstanden ist, haben wir nichts dagegen«, sagte Adams. »Wir helfen Ihnen gern.«

»Die Sache muss so gemacht werden«, stellte Mike grimmig fest. »Ich rufe heute Nachmittag den Staatsanwalt an, doch es sieht so aus, als ließe uns John Rice keine Wahl.« Er hob fragend den Kopf. »Was meinen Sie, Mr. Adams? Ein Mörder in Ihrer Sendung, unmittelbar neben Ihnen – vielleicht ein gefährlicher Irrer? So mancher würde sich davon nervös machen lassen.«

»Wer ist hier nervös?« Adams grinste und drückte seine Zigarette auf der Schreibunterlage aus.

Im Regieraum beobachtete Lieutenant Mike Vegas ein halbes Dutzend Wally Adams auf einem halben Dutzend Fernsehmonitoren; der Moderator war damit beschäftigt, sich auf die Sendung einzustimmen. Das Publikum ging schon ganz gut mit und lachte dankbar über Adams' Witzchen, doch Mike hatte keine Mühe, die sechs todernsten Gesichter in der Menge auszumachen. Es handelte sich um Zivilbeamte, die an strategisch wichtigen Punkten in der Nähe der Ausgänge saßen, für den Fall, dass der angekündigte Gast des Abends Schwierigkeiten machte. Hinter den Kulissen waren noch zwei Beamte postiert und warteten gespannt auf die Ankunft von John Rice.

Die Gefahren des Abends schienen Adams nichts auszumachen. Sein Lächeln war so breit wie immer, als er hinter dem Tisch Platz nahm, der dem Rateteam gegenüberstand.

Dann wurden die Angehörigen der Ratemannschaft vorgestellt und nahmen unter Applaus ihre Plätze ein. Bennett Ives, hinter seiner Hornbrille freundlich blinzelnd, rückte Sally Burack den Stuhl zurecht, während Jake Jenkins den ernsten Komiker spielte und Lila Conways Platz abstaubte. Der Inspizient, der mit Mikrophondraht behängt war, winkte die Beteiligten auf ihre Plätze, sah sich ein letztes Mal auf der Szene um – und dann begann die Sendung.

Ein großer Mann mit einer schwarzen Maske vor dem Gesicht trat auf eine Kreidemarke beim Bühnenvorhang. Er blickte den Regisseur an und erstarrte, als aus dem Nichts die Stimme des Ansagers ertönte.

»In der letzten Woche beging dieser Mann in Chicago eine Heldentat, die im ganzen Land Schlagzeilen machte. Kennen Sie ihn? *Wer war's?*«

Die Einleitungsmusik erklang, und der Ansager sprach weiter, während die Titel über den Schirm glitten. Er pries das Produkt der Firma, die die Sendung finanzierte, eine Toilettenseife, und versprach den Zuschauern schließlich »Amerikas spannendste Rateshow... unter Leitung von Wally Adams!«.

Von begeistertem Applaus begrüßt, trat Adams von der Seite auf und setzte sich hinter das Doppelmikrophon an seinen Platz. »Vielen Dank und guten Abend, meine Damen und Herren. Ich begrüße Sie zu einer neuen Ausgabe von *Wer war's?*, dem Spiel, das Ihnen Persönlichkeiten aus den Nachrichten vorstellt.« Er machte nacheinander die Mitglieder des Rateteams bekannt und ließ dann den ersten maskierten Gast auftreten.

Es handelte sich um eine nicht mehr ganz junge Frau mit weißem Haar und Großmutterstimme. Als Wally Adams den Zuschauern im Studio die Schlagzeilen zeigte, die sich auf die Kandidatin bezogen, setzte lautes Gelächter ein. Sie hatte letzte Woche in Louisiana einen Schweinegrunz-Wettbewerb gewonnen. Jake Jenkins war als Erster an der Reihe, doch ehe Mike die erste Frage mitbekam, trat ein Kriminalbeamter in den Regieraum.

»Was gibt's?«, fragte Mike. »Ist unser Freund gekommen?«

»Ja. Hat eine eigene Maske mitgebracht. Er will mit niemandem reden. Im Augenblick ist der Regisseur bei ihm und gibt ihm die nötigen Anweisungen. Er soll als Vorletzter auftreten.«

»Und er hat kein Wort gesagt?«

»Wollte nur wissen, ob die Polizei hier sei, was der Regisseur bejaht hat. Aber das ist schon alles.«

»Wir wollen ihn lieber nicht nervös machen«, entschied Mike. »Am besten halten wir uns an die Regeln, die er aufgestellt hat. Ich komme erst hinter die Bühne, wenn er dran ist.«

»In Ordnung«, sagte der Beamte.

Mike wandte sich wieder dem Geschehen zu und hörte Sally Burack fragen: »Mal sehen. Es geht also um etwas, das Sie kürzlich gemacht haben. Und andere Leute waren darin verwickelt. War einer von denen mit Ihnen verwandt?«

»Nein«, antwortete die maskierte Frau, und ihre Stimme ließ erkennen, dass sie lächelte.

»Waren diese Leute Männer?«

»Ja, die meisten waren Männer.«

Ein Summer ertönte und beendete Sally Buracks Fragezeit. Bennett Ives runzelte die Stirn und fragte: »Geht es um etwas, auf das *Sie* stolz sind, Madam?«

»O ja!«

»Handelt es sich um eine Art Leistung oder einen Preis oder etwas Ähnliches?«

»Ja!«

»Haben Sie einen Preis gewonnen, zum Beispiel bei einem Kochwettbewerb?«

»Einen Kochwettbewerb würde ich es nicht nennen«, erwiderte die alte Frau vorsichtig. Das Publikum kicherte, der Summer ertönte, und Lila Conway setzte die Befragung fort. Beim nächsten Durchgang fand das Rateteam die Antwort, was Wally Adams die Möglichkeit gab, eine Werbepause einzulegen. Die nächsten Kandidaten waren drei Rennfahrer, die einzigen Überlebenden eines Rennens, das mit sieben Wagen begonnen hatte. Diesem Geheimnis kam Lila Conway bereits in der ersten Runde auf die Spur. Anschließend wurde eine maskierte Hollywood-Berühmtheit auf die Bühne gebracht, die sich bei einer schwierigen Filmszene das Bein gebrochen hatte. Es dauerte nicht lange, auch diesen Kandidaten zu demaskieren.

Mike erstarrte, als Wally Adams an das Mikrophon zurückkehrte, um den nächsten Gast anzukündigen.

»Bevor wir die Sendung fortsetzen«, sagte er, »möchte ich das Rateteam und unser Fernsehpublikum fairerweise warnen. Viele Gäste in *Wer war's?* haben interessante Dinge getan, von denen einige, so hoffen wir, auch amüsant sind. Unser nächster Besucher aber fällt aus dem Rahmen, sein Geheimnis kann unter keinen Umständen als amüsant bezeichnet werden, wie immer man es auch auslegen will. Ich selbst kenne den Namen des Mannes nicht, ebenso wenig die Produzenten oder Förderer dieses Programms. Aber wir wissen, dass es sich um den seltsamsten und dramatischsten Kandidaten handelt, den wir Ihnen jemals vorstellen konnten.«

Er blickte zur Seite und nickte. »Gut. Kommen Sie heraus, Mr. X.«

Mike hielt den Atem an. Der Mann, der auf die Bühne trat, war untersetzt und hatte rostfarbenes Haar, das über die schwarze Gesichtsmaske ragte. Er trug einen gepflegten farblosen Anzug, dazu ein gestärktes Hemd mit einer stramm geknoteten Krawatte. Er schien sich hervorragend in der Gewalt zu haben.

»Rateteam«, sagte Wally Adams. »Bei diesem Kandidaten müssen wir auf die üblichen *Wer-war's?*-Hinweise verzichten und werden unserem Studio- und Fernsehpublikum auch nicht das Ereignis offenbaren, um das es geht. Die Befragung beginnt bei Jake Jenkins.«

Jenkins starrte den Mann mit zusammengekniffenen Augen an. »Das alles hört sich ziemlich sensationell an. Sind Sie bestimmt auch nicht der Finanzier dieser Sendung?«

Das Publikum begann zu kichern; Wally Adams' düstere Einleitung hatte verhindert, dass ein offenes Lachen daraus wurde.

»Nein«, sagte Mr. X mit ruhiger Stimme. »Ich bin nicht der Finanzier.«

»Haben Sie Verbindung in die Politik oder Kunst?«

»Nein.«

»Haben Sie etwas Einmaliges vollbracht?«

»Auf diese Weise schon.« Die Lippen des Mannes, die unter der Maske nicht ganz sichtbar waren, krümmten sich nach oben. »Allerdings haben andere schon Ähnliches getan.«

»Haben Sie vielleicht einen Rekord aufgestellt?«

»Nein.«

Der Summer ertönte, und Adams sagte: »Tut mir leid, Jake. Sally Burack macht weiter.«

»Hat Ihr Beruf damit zu tun?«, fragte sie. »Hilft es uns weiter, wenn wir herausfinden, was Sie beruflich tun?«

»Ich glaube nicht.«

»Hat jemand *anders* damit zu tun?«

Mr. X zögerte und neigte sich dann zur Seite, um Wally Adams etwas ins Ohr zu flüstern.

»Äh, in das fragliche Ereignis ist tatsächlich jemand anders verwickelt«, sagte Adams. »Mr. X ist aber nicht der Meinung, dass es Ihnen nützt, die Identität dieser Person zu kennen.«

»Dann geht es also um etwas, das Sie mit jemandem getan oder jemandem angetan haben?«

Im Regieraum hielt Lieutenant Mike Vegas den Atem an.

»Äh… ja«, sagte Mr. X leichthin. »Das könnte man sagen.«

»Und es hilft uns nicht weiter, wenn wir wüssten, wer das ist?«

Der Summer ertönte. »Bennett Ives«, sagte Adams.

»Mr. X«, sagte Bennett Ives und rückte seine Brille zurecht. »Ist die fragliche Person durch Ihre Tat *glücklicher* geworden?«

»Glücklicher? Es gibt bestimmt Leute, die das behaupten würden.«

»Ich glaube, das verneinen wir lieber«, schaltete sich Wally Adams ein, der in diesem Augenblick auch nicht gerade glücklich aussah. »Ich möchte doch bezweifeln, dass die Person sich darüber gefreut hat.«

»Dann haben Sie wohl nicht gerade etwas Nettes getan?«

Mr. X lachte trocken.

»Haben Sie die Person bei der fraglichen Tat irgendwie *berührt*?«

»Nein.«

»Dann haben Sie also nichts Handgreifliches getan.«

»Oh, handgreiflich war es schon.«

»Wenn Ihre Tat handgreiflich war und Sie die Person nicht richtig *berührten*, wurde die Sache dann irgendwie – aus der Ferne gesteuert?«

Der Summer meldete sich. Lila Conway übernahm die letzte Frage, und Mr. X antwortete.

»Ja, ich glaube, das kann man bejahen.«

»Hat Ihre Tat körperliche Schmerzen ausgelöst?«

»Das bezweifle ich sehr.«

Adams schaltete sich ein. »Einen Augenblick, das – könnte irreführend sein. Wir können nicht mit absoluter Sicherheit behaupten, die Tat sei schmerzlos gewesen. Ich würde sogar meinen, dass der Schmerz ein ziemlich wichtiger Aspekt ist.«

Lila Conway schien nicht mehr weiterzuwissen. Sie schob sich einen Bleistift ins Haar und sagte: »Handelt es sich womöglich um einen grausamen Scherz, den Sie sich geleistet haben, Mr. X?«

»Gewissermaßen...«

»Nein«, sagte Adams hastig. »Es war keinesfalls ein Scherz.« Sogar auf dem Monitor vermochte Mike Vegas zu erkennen, dass der Moderator heftig schwitzte. Er stand sichtlich unter Stress, wovon die gelassene, selbstgefällige Art des Kandidaten neben ihm besonders abstach.

»Würde es uns weiterhelfen zu wissen, *wann* Sie die Tat begingen, Mr. X?«

»Vielleicht. Sie fand heute Abend statt.«

Bei diesen Worten fuhr Mike zusammen.

»Soll das heißen, Sie haben es vor der Sendung getan?«

Der Summer ertönte, und Jake Jenkins fragte: »*Haben* Sie's vor der Sendung getan, Mr. X?«

»Nein, während der Sendung. Erst vor wenigen Minuten.«

Mike schlug einem der Studiotechniker auf den Rücken. »Ich gehe runter ins Studio«, sagte er. Unterwegs hörte er die Befragung weitergehen.

»Soll das heißen, wir alle waren *Zeugen*, wie Sie Ihre Tat begingen?«

»Eigentlich nicht.«

»Hat irgendjemand Sie dabei beobachtet?«

»Niemand.«

»Außer natürlich der betroffenen Person.«

»Nein. Nicht einmal sie.«

»Sie?«, fragte Sally Burack. »Dann handelt es sich um eine Frau ...?«

»Sie sind nicht dran, Sally«, sagte Adams in nervöser Hast.

»*War* es eine Frau?«, hakte Jake Jenkins nach.

»Ja, es war eine Frau. Es ist nicht wichtig für die Hauptsache, aber es war eine Frau.«

»Ist diese Frau mit Ihnen verwandt? Etwa Ihre Frau?«

»Ja. Sie war meine Frau.«

Wally Adams schien kurz davor, die Beherrschung zu verlieren. Er blickte auf die Studiouhr. »Ich fürchte, die Zeitgrenze ist erreicht. Wenn Mr. X also seine Maske abnehmen und uns sein Geheimnis verraten würde ...«

»Gern«, sagte der Mann und nahm die Maske ab. Sein Gesicht hatte nichts Ungewöhnliches. Es war ein sanftes, durchschnittliches Gesicht mit funkelnden Augen, deren Intensität aber durch die breiten Lider gemildert wurde. »Ich heiße Harald Flaxer«, sagte er stolz, »und habe vor etwa zehn Minuten meine Frau Beebe Flaxer ermordet.«

Das schockierte Aufseufzen des Publikums hätte aus einem einzigen Hals stammen können. Das Rateteam riss Mund und Augen auf, und Wally Adams beugte sich hastig zum Mikrophon.

»Mr. Flaxer war von Anfang an einverstanden, sich der Polizei zu stellen und ein umfassendes Geständnis abzulegen. Die Anregung dazu kam allein von ihm, und wir haben

in dieser Angelegenheit sofort mit der Polizei zusammengearbeitet. Es sind Vertreter der Polizei im Publikum, Beamte halten sich bereit, Mr. Flaxer zu verhaften ...«

»Einen Moment«, sagte Flaxer und lächelte milde. »Ich
bin noch nicht fertig. Sicher wollen Sie alle wissen, warum
ich Beebe umgebracht habe und – was noch wichtiger ist –
wie. Der Grund ist einfach erklärt. Meine Frau ist intellek-
tuell nie besonders anregend gewesen. In den ersten Jahren
unserer Ehe war das nicht weiter wichtig; sie machte den
Mangel durch einen gewissen jugendlichen Charme wett.
Doch in dem Maße, wie die Zeit ihr die Reize raubte, nahm
sie ihr auch den Verstand. Und dann kam das Fernsehen, das
liebe Fernsehen – und damit fand meine Beebe ihren Lebens-
zweck; sie saß vor dem winzigen Bildschirm, die Augen so
groß und leer wie Untertassen, und verlagerte ihr Leben in
die Schattenwelt der Kathodenröhre ...«

Wally Adams blickte in die Kulissen und schob einen
Finger in den Hemdkragen.

»Natürlich wusste ich, dass sie sich diese Sendung ansehen würde. Sie sieht sich jedes Ihrer Programme an, Mr.
Adams, von Anfang an. Sie ist – man muss wohl sagen: war –
ein begeisterter Fan von Ihnen. Sie pflegte loszulaufen und
an Ihren Sendungen persönlich teilzunehmen, bis ich ihr das
verbot; dann war sie damit zufrieden, Sie auf dem Bildschirm zu sehen. Es tut mir doch irgendwie leid, Sie eines
so loyalen Fans beraubt zu haben.«

Der Lärm im Publikum übertönte fast seine nächsten
Worte.

»Ich wusste also, dass sie heute Abend zusehen würde.
Da habe ich einfach unter ihrem Lieblingssessel eine starke

Bombe angebracht und den Zünder so eingestellt, dass er vor etwa zehn Minuten hochgehen musste. Ich bin sicher, dass die Bombe funktioniert hat; ich war im Krieg Fachmann für Sprengstoff. Einen Trost aber hat das Ganze.« Er blinzelte ins Publikum. »Beebe ist glücklich gestorben, Mr. Adams, während einer Sendung ihres Lieblingsshowmasters.«

Er schob den Stuhl zurück und stand auf.

»Jetzt bin ich bereit«, sagte er.

Mike Vegas nahm den Straftäter hinter der Bühne mit offenen Armen und zornigen Worten in Empfang.

»Als Sie den Brief schrieben, waren Sie noch gar kein Mörder! Sie haben bis heute Abend gewartet …«

»Wie dem auch sei«, sagte Flaxer herablassend. »Jetzt bin ich jedenfalls ein Mörder. Und darauf kommt es an.«

Ein Beamter schaltete sich ein. »Sollen die anderen nach hinten kommen, Mike?«

»Nein, ich begleite unseren Juxfreund persönlich.« Er durchsuchte Flaxer nach Waffen und fand nichts. »Na schön, jetzt sagen Sie uns mal Ihre Anschrift, Kumpel. Wo wohnen Sie?«

»In der Vierunddreißigsten Straße«, erwiderte der Mann und nannte die Hausnummer.

»Das ist der dritte Bezirk. Behalten Sie ihn im Auge«, sagte Mike zu dem Polizisten. »Ich lasse seine Geschichte überprüfen.«

Er eilte zum Telefon und wählte eine Nummer.

»Hallo, diensthabender Sergeant? Hier spricht Lieutenant Vegas von der Mordkommission. Ich möchte feststellen, ob es in Ihrer Gegend eine Explosion gegeben hat, etwa in der Vierunddreißigsten …«

»Und ob, Lieutenant. Ein beachtlicher Knall in der Vierunddreißigsten, am östlichen Ende. Wir sind zwar noch nicht bis in die Wohnung vorgedrungen – doch draußen hat's keine Opfer gegeben.«

»Suchen Sie die Wohnung ab«, sagte Mike gepresst. »Es muss eine Frau darin sein.« Er knallte den Hörer auf die Gabel und rief seinem Kollegen zu: »He, Phil! Ich hab's mir anders überlegt. Bringen Sie ihn aufs Revier. Ich möchte mich in der Wohnung umsehen.«

»In Ordnung, Lieutenant.«

Musik hallte auf, gefolgt von Applaus. Die Sendung im Studio war zu Ende. Wally Adams erschien hinter den Kulissen. Seine Krawatte war gelockert. »Lieutenant Vegas? Warten Sie noch einen Augenblick ...«

»Ich muss los, Mr. Adams. Ich will mich bei ihm zu Hause umsehen. Es hat tatsächlich eine Explosion stattgefunden.«

»Darf ich Sie begleiten?«

Mike zögerte. »Warum nicht? Immerhin stecken Sie mit in der Sache drin.«

»Hier entlang«, sagte Adams, ergriff Mikes Ellbogen und führte ihn zu einem Ausgang.

Sie traten in eine schmale Gasse hinaus, die allerdings nicht leer war. Fünf Frauen warteten hier, von sechzehn bis Anfang sechzig, und das laute Jubelgeschrei, das sie bei Wallys Erscheinen anstimmten, ließ erkennen, was sie im Schilde führten. Adams versuchte, sich an Ihnen vorbeizuschieben, doch eine Frau war besonders aufdringlich – eine kleine, dunkeläugige Frau, die ihm das Autogrammbuch direkt unter die Nase hielt. Adams zuckte die Achseln und ergriff ihren Stift. Die Frau beugte sich vor.

»Ich bin ja so ein Fan von Ihnen, Mr. Adams! Können Sie mir nicht was Persönliches ins Buch schreiben? Etwa: Für Beebe, mit lieben Grüßen?«

»Wie bitte?«, fragte Mike Vegas. »Miss wer?«

Die Frau starrte ihn erschrocken an. »Beebe. Beebe Flaxer. Nicht Miss – Mrs.«

Adams und der Lieutenant sahen sich an.

»Wie lange sind Sie schon hier?«, fragte Mike.

»Seit Beginn der Sendung. Ich habe keine Karte mehr bekommen. Mein Mann ist heute ausgegangen, da wollte ich es mal versuchen, aber ohne Karte hat man mich nicht hineingelassen.«

Adams begann zu lachen. Eigentlich machte er den Eindruck, als wollte er gar nicht lachen – aber er lachte trotzdem immer weiter.

»Ich begreife nicht, was daran so komisch ist«, sagte Beebe. »Mir gefällt Ihre Sendung wirklich, Mr. Adams, Ihr *Wer war's*, meine ich.«

»Liebe Frau«, sagte Adams und legte ihr einen Arm um die Schulter. »Sie irren sich. Heute war's nicht *Wer war's?*, sondern *Das ist Ihr Leben.*«

Aus dem Amerikanischen von Thomas Schlück

Die Sammlung Contessa

Ich habe in meinem ganzen Leben nur einen Menschen gehasst, bis mir Harold Buckhalter begegnete. Von dem Tag an, da er in der Tür des Büros erschien, sein vollendet geformtes Kinn nach vorn werfend wie in versuchsweiser Andeutung eines Speerwurfs und ein Lächeln lächelnd, als habe er achtzehn Reihen strahlend weißer Zähne im Mund, wusste ich, dass ich diesen neuesten Mitarbeiter der Firma *Kipness Edelsteine* nicht mögen würde. Ich sage »mögen«. Denn der Hass kam erst später, wurde erst ganz langsam hochgepäppelt durch alles, was Harold Buckhalter in jenen zwei Monaten, in denen ich seine unerträgliche Gegenwart ertragen musste, sagte und tat – bis endlich der mit Tweedjacke und Bruyère-Pfeife ausgestattete Inspektor Walter Shillitoe in Erscheinung trat und zum Werkzeug meiner Vergeltung wurde. Kümmern Sie sich aber nicht um diesen Walter Shillitoe. Konzentrieren Sie sich ganz auf das, was ich über Harold sage, und hören Sie sich mal die ersten drei Dinge an, die er mir gegenüber äußerte.

1. »Sind Sie der Sekretär von Mr. Kipness?«

»*Nein, ich bin sein Assistent, Assistent der Geschäftsführung. George Wadley.*«

2. »Mein Name ist Harold Buckhalter, George. Ich nehme an, er hat Ihnen von mir berichtet?«

»*Nein, das hat er nicht.*«

3. »Nun, ich kann mir vorstellen, dass er seinem Sekretär nicht alles anvertraut, oder?«

Achtzehn Zahnreihen blitzten wie ein billiges elektrisches Reklameschild, und Harold segelte an meinem Schreibtisch vorbei auf geradem Wege in das Büro von Mr. Kipness. Die vier Schicksalsgöttinnen (so nannte ich die älteren der Mitarbeiterinnen unseres Hauses) glucksten und kicherten bei dieser Vorstellung Harolds, was mich nicht sonderlich überraschte. Was mich aber traf, das war das amüsierte Lächeln auf dem Gesicht von Gretchen Dimes. Ich hatte geglaubt, Gretchen habe etwas mehr Geschmack. Sie brachte kleine, ledergebundene Büchlein mit zur Arbeit. Wir schätzten die gleichen Schriftsteller und Komponisten. Manchmal gingen wir zusammen zum Mittagessen. Sie schien der Altersunterschied zwischen uns nicht zu stören – ihr Vater hatte auch eine Glatze gehabt.

Ich wartete darauf, dass Harold Buckhalter wieder aus dem Büro herauskommen würde wie ein Blatt, das der rasende Sturmwind von Mr. Kipness' Zorn vor sich hertrieb. Aber nichts dergleichen geschah. Stattdessen erschien Mr. Kipness höchstselbst, hatte den Arm um die trefflich geschneiderte Schulter des jungen Mannes gelegt und ein onkelhaftes Lächeln im Gesicht, bei dem sich mir der Magen zusammenkrampfte. Voller Stolz stellte uns Mr. Kipness seinen neuen Verkaufschef vor und führte ihn selbst zu dem Tisch, den der in den Ruhestand gegangene Mr. Demetrius erst vor einer Woche geräumt hatte. Ein Schreibtisch, der jenem von Gretchen unbehaglich nahe stand. Ein Schreibtisch, der sich – was die Sache noch viel unbehaglicher machte –

genau hinter dem meinen befand. Was zur nächsten Äußerung Harold Buckhalters mir gegenüber führte:

4. »Würden Sie bitte mal den Kopf stillhalten, George? Ich möchte schauen, ob mein Schlips noch grade sitzt.«

Den hinteren Teil meines blanken Schädels als imaginären Spiegel benutzend, zog Harold seinen Krawattenknoten zurecht und griente zu Gretchen hinüber, die den Anstand hatte, die Stirn zu runzeln und wegzusehen. Nun, wenn ich ganz ehrlich bin, muss ich gestehen, dass ich Harold Buckhalter so gut wie vom ersten Tage an hasste.

Und wenn ich auch weiterhin der Wahrheit die Ehre geben will, dann darf ich nicht unerwähnt lassen, dass ich inständig hoffte, die Einstellung Harolds werde Mr. Kipness alsbald die Augen öffnen und ihm zeigen, wie sehr er sich da vertan hatte. Vortrefflich sitzende Anzüge und ein strahlendes Lächeln machten noch lange keinen Verkäufer von Rang aus, und wiewohl ganz offenkundig war, dass sich Harold mit Steinen auskannte, so war das doch noch lange keine Erfolgsgarantie in jenem Dschungel härtesten Wettbewerbs, durch den sich Mr. Demetrius hatte hindurchkämpfen müssen. Offen gestanden war ich der Ansicht, dass der Nachfolger von Mr. Demetrius logischerweise eigentlich nur der Assistent der Geschäftsführung sein konnte, hatte dieser doch der Firma *Kipness Edelsteine* schließlich und endlich schon sechs Jahre treu gedient. Ich hatte eines Nachmittags – nach einem Drei-Martini-Lunch – etwas in diesem Sinne zu meinem Arbeitgeber gesagt, aber Mr. Kipness hatte meine Anregung keiner Antwort gewürdigt, und dies wahrscheinlich deshalb, weil ich mich in seinem Büro hatte übergeben müssen. Ich bin halt keinen Alkohol gewohnt. Jedenfalls hatte eine

Woche später Harold Gelegenheit zu seinem unwillkommenen Auftritt.

Traurigerweise kam dieser unseren wichtigsten Kunden höchst gelegen. Viele von ihnen schienen geradezu erleichtert zu sein, dass die Firma *Kipness Edelsteine* nun nicht mehr von Mr. Demetrius repräsentiert wurde. Demetrius hatte sich für eine vorgezogene Senilität entschieden und war schon so kurzsichtig geworden, dass er selbst durch die Juwelierslupe kaum noch etwas hatte sehen können. Es gab da die – leider nicht beglaubigte – Geschichte, dass er einmal einen vierkarätigen gelben Stein in den Mund gesteckt hatte, in der Annahme, es handle sich dabei um eine Rosine. Harold mochte zwar nicht über die Erfahrung von Mr. Demetrius verfügen, aber dafür hatte er gute Augen, ein betörendes Lächeln und eine geschickte Art, mit Kunden umzugehen. Ich zögere, Vermutungen darüber anzustellen, welcher Methoden er sich wohl bediente, um seine Gesprächspartner für sich einzunehmen, aber nach der Höhe seines Spesenkontos zu schließen, ging es dabei anscheinend um mehr als nur ein bisschen Kundenbetreuung – stets waren auch Damen involviert! Mehr sage ich nicht.

Zwei Wochen nach dem Eintritt von Harold in die Firma beging ich den taktischen Fehler, ihn bei einem gemeinsamen Mittagessen mit Gretchen Dimes zum Gesprächsthema zu machen. Sie blieb eigenartig schweigsam, während ich mich immer mehr für mein Thema erwärmte, bis mir klar wurde, dass mich meine Ablehnung Harolds (es war noch immer nur das) zur Kundgabe kleinlicher Eifersüchteleien und gemeiner Spekulationen verführt hatte. Ich war sicher, dass Gretchen mich für einen toleranten, kultivierten Menschen hielt, weshalb diese Attacke gegen Harold meiner nicht würdig war.

Ich hielt unverzüglich inne und fragte sie, ob sie schon die neue Proust-Übersetzung gelesen habe. Sie antwortete nicht, weil ihre Blicke auf dem jungen Mann ruhten, der ihr von der anderen Seite des Saales her mit seinen Zähnen Signale zublinkte wie ein Leuchtturm. Das war natürlich Harold. Mein taktischer Fehler hatte darin bestanden, ein Restaurant gewählt zu haben, das uns alle drei zusammenführte. Mir schwante sogleich, dass der Anblick von Gretchen und mir, in eine vertrauliche Unterhaltung vertieft, Harold nur zu neuem Unheil inspirieren konnte.

Genau dies war auch der Fall. Als Gretchen zwei Tage später mit zwanzigminütiger Verspätung bei der Arbeit erschien (und seltsamerweise Harold ebenfalls), da machten die kichernden, zu meinem Wohle weithin vernehmbar geflüsterten Kommentare der vier Schicksalsgöttinnen allseits bekannt, dass die beiden sich am Vorabend auf gesellschaftlicher Ebene getroffen hatten. In den ganzen sechs Monaten, die Gretchen nun schon für die Firma arbeitete, hatte ich nicht einmal den Mut aufgebracht, sie zu fragen, ob sie mal einen Abend mit mir ausgehen würde. Dieser Harold brauchte dazu nur zwei Wochen!

Nein, Sie irren sich – ich hasste Harold durchaus noch nicht. Ich lehnte ihn ab. Er erregte mein Missfallen. Vielleicht beneidete ich ihn sogar. Aber ich hatte alles sehr wohl noch im Griff. Ja, ich ging gar zum Angriff über. Ich überprüfte Harolds Vorgeschichte in der Hoffnung, in seinem Lebenslauf ein paar falsche Angaben zu finden. Dieser Lebenslauf befand sich bei den Unterlagen, die Mr. Kipness verwahrte und die mir leicht zugänglich waren. Es fand sich darin nur eine Referenz angegeben, ein Mr. Winslow Early, Präsident der im Edelsteingeschäft tätigen Firma Early & Co. in Providence, Rhode Island. Für mich stand außer Frage, dass es Mr. Kipness, wahrscheinlich geblendet von dem Licht, das von Harolds Zähnen ausging, verabsäumt hatte, diese Empfehlung zu überprüfen, und mein Herz schlug heftig vor Hoffnung und Erregung, als ich das Unternehmen in Providence anrief.

Es war schon ziemlich spät, und ich erreichte nur noch den Anrufbeantworter. Ich hinterließ eine Nachricht, und am folgenden Vormittag rief Mr. Early zurück. Das trug mir eine weitere, sehr herbe Enttäuschung ein.

»Harold? Der verdammt beste Verkäufer im ganzen Land.«

»Warum haben Sie ihn dann aber gehenlassen?«, fragte ich deprimiert.

»Nun ja, äh … wir hatten hier ein kleines Problem. Einen Verlust, der von der Versicherung nicht abgedeckt war, und da mussten wir Personal einsparen.«

»Ich verstehe«, sagte ich, ohne wirklich etwas zu verstehen. Selbst heute noch staune ich, dass ich Mr. Early nicht weitere Fragen zu diesem »Verlust« gestellt habe.

Ich unterließ auch noch etwas anderes. Nämlich daran zu denken, dass mein Gespräch mit Providence auf der nächsten Telefonabrechnung der Firma erscheinen und Mr. Kipness, der genauestens darüber informiert war, was eine Kilowattstunde Strom oder eine Schachtel Heftklammern gerade kosteten, im Büro herumrasen würde, bis er herausgefunden hatte, wer dafür verantwortlich war. Ich musste natürlich die Wahrheit sagen und meine Nachforschungen dann aus der eigenen Tasche bezahlen. Und als Harold Wind davon bekam, dass ich ihn überprüfte, schien ihn das zu ganz neuen Höchstleistungen auf dem Gebiet hasserregender Untaten anzuspornen. Es sei hier festgehalten, was er vollbrachte.

Montag. Harold reichte mir meinen Kaffee in einem Plastikbecher, in dessen Boden fein säuberlich ein kleines Löchlein hineingestochen worden war. Und so tröpfelte langsam Kaffee über den wöchentlichen Finanzbericht von Mr. Kipness, der schon auf braunem Papier gedruckt war. Harold stritt natürlich jede Sabotage ab.

Dienstag. Als ich mit Gretchen in dem von uns bevorzugten Biokost-Restaurant zu Mittag speiste, unterbrach er unser Gespräch über die Komponisten des Barock und zog sich einfach einen Stuhl heran. Das kränkte mich so sehr, dass ich mich an einem Stückchen gestiftelter Mohrrüben verschluckte. In Sekundenschnelle packte mich Harold und unterzog mich einer gänzlich unnötigen Behandlung nach der Heimlich-Methode.

Mittwoch. Harold überreichte mir ein Geschenk. Einen Taschenkamm. Nicht nur die vier Schicksalsgöttinnen kicherten, *sondern auch Gretchen.* Gretchen hatte in ihrem ganzen Leben noch nicht gekichert.

Donnerstag. Jemand – zweifelsohne Harold – richtete meinen Aktenschrank übel zu und brachte mein sorgfältig ausgeklügeltes System durcheinander. So war beispielsweise meine »F«-Akte zu »PH« gestellt worden.

Freitag. Mr. Kipness hatte Geburtstag, aus welchem Anlass eine Büroparty stattfand. Es herrschte die übliche Albernheit, aber aus irgendeinem Grunde erschien sie mir noch viel alberner als sonst, und ich brach in ein unbeherrschtes Gelächter aus, als ich bemerkte, dass ich mich nicht mehr daran erinnern konnte, wie man lief. Bis zum nächsten Morgen blieb mir verborgen, was geschehen war – erst da wurde mir klar, dass es Harold gewesen war, welcher mir die Fruchtgetränke gereicht hatte, die bei Festen dieser Art meine flüssige Haupterfrischung darstellen. Und Harold hatte jeweils einen gehörigen Schuss Alkohol hineingemischt. Als sei der Kater nicht schon schlimm genug, fiel mir, als mein Kopf endlich wieder klarer wurde, auch noch ein, dass ich zu Mr. Kipness bemerkt hatte, er sei ein alter … Nun, ich werde das Wort nicht wiederholen, aber es fing nicht mit PH an.

Jetzt hatte es keinen Zweck mehr, noch länger zu bestreiten, dass ich Harold Buckhalter hasste. Ja, ich hasste ihn leidenschaftlich. Und als Walter Shillitoe, ganz Tweed und Bruyère, im *Haus der Gesundheit* mir gegenüber Platz nahm, schien er schon zu spüren, dass ich ihm bei seinem ganz privaten Feldzug gegen Harold Buckhalter, bei dem Versuch, diesen dem Richter zuzuführen, ein bereitwilliger Verbündeter sein würde. Nur war es nicht moralische Sühne, um die es Walter Shillitoe ging, sondern die Gerechtigkeit mit großem G – wie in Gefängnis.

»Bitte missverstehen Sie das nicht, Mr. Wadley«, sagte er mit leiser, warnender Stimme. »Ich bin nicht *sicher*, dass es Harold Buckhalter ist, der für diese Juwelendiebstähle verantwortlich ist. Wenn ich das wäre, dann hätte ich *ihm* meine Dienstmarke unter die Nase gehalten und nicht Ihnen.«

»Juwelendiebstähle«, sagte ich ehrfurchtsvoll, erregt und sehr beglückt. Eine solche Lösung all meiner Probleme hätte ich mir in meinen kühnsten Träumen nicht vorzustellen gewagt.

»Kein Raub«, sagte Shillitoe. »Nichts mit vorgehaltener Pistole. Eher so was wie ein aufgelegter Schwindel. Ein Insiderjob. Für mich ist kein Zufall, dass Harold Buckhalter bei drei Firmen tätig war, die alle beträchtliche Verluste an Steinen zu beklagen hatten. Ich habe zwei dieser Fälle bearbeitet, Mr. Wadley, und ich wittere Unrat.«

Ich fragte ihn, warum er Mr. Kipness nicht warne.

»Nicht gut«, knurrte der Inspektor. »Wenn es etwas gibt, was dieser Buckhalter zuwege bringt, dann, sich bei den Bossen einzuschmeicheln. Sie *lieben* diesen Burschen einfach.«

Plötzlich fiel mir Mr. Early ein. Ich erzählte Shillitoe von meinem Telefongespräch mit Providence, und Shillitoe reagierte mit großer Erregung darauf. »Von dem wusste ich noch gar nichts!«, sagte er. »Hat Early gesagt, warum Buckhalter dort ausgeschieden ist?« Als ich ihm von dem »Verlust« berichtete, schmunzelte er fast vor Vergnügen, und es wurde mir klar, dass es da noch einen anderen Grund gab, der ihn veranlasste, Harolds Arbeitgeber nicht zu warnen. Die Sache war für Shillitoe zu einer Frage der persönlichen Rache geworden. Er *wollte*, dass es zum »Diebstahl« kam!

»Okay«, brummte er. »Es stimmt. Als ich beim letzten Mal Harolds Boss warnte, da kündigte Harold. Aber schon zwei Wochen später arbeitete er für eine andere Juwelenfirma. Und die zeigte nach weiteren sechs Wochen das Verschwinden von Steinen im Wert von sechs Riesen an.«

»Grundgütiger«, sagte ich und ließ meinen Bratling kalt werden. »Und glauben Sie, dass er wieder auf so was aus ist? Bei uns, bei *Kipness Edelsteine*?«

»Ich weiß es nicht. Aber ich will es wissen. Ich möchte den Kerl erwischen, wenn er die Beute sozusagen noch im Maul hat. Ich möchte das so sehr, dass ich es direkt spüren kann. Aber ich sage mir, dass ich das Risiko nicht eingehen kann, Mr. Kipness zu unterrichten. Er sieht in ihm wahrscheinlich schon das Material, aus dem gute Schwiegersöhne sind.«

»Mr. Kipness hat keine Kinder.«

»Dann wird Buckhalter für ihn zu dem Sohn, den er nie gehabt hat. Nein«, sagte Shillitoe und seufzte, »ich musste mit jemandem sprechen, der nicht in Harold Buckhalter vernarrt ist, und da dachte ich mir, dass vielleicht Sie dieser Mensch sein könnten. Nach allem, was ich so gehört habe, mögen die Chefs Buckhalter ja lieben, seine Kollegen tun das für gewöhnlich jedoch nicht.«

»Aber was kann ich tun?«

»Sie können mir helfen. Sie können mir helfen, diesen Burschen auf frischer Tat zu ertappen. Das kann ich nämlich nicht allein schaffen, Mr. Wadley, ich brauche dazu einen Helfer in der Firma.«

»Ich verstehe.«

»Sie sind doch der Assistent von Mr. Kipness. Das ist eine Vertrauensstellung, nicht wahr?«

»So ist es.«

»Wenn Harold sein Ding dreht, werden Sie doch auf die eine oder andere Weise involviert sein. Verstehen Sie, was ich sagen will?«

»Nun«, antwortete ich obenhin, »ich bin jetzt schon sechs Jahre im Hause und möchte es ganz gewiss nicht ausgeraubt sehen. Ich wäre nur zu froh, wenn ich behilflich sein könnte.«

»Das nenne ich einen auf das Allgemeinwohl bedachten Bürger, Mr. Wadley.«

Ich wollte mich mit ihm nicht über meine Motive streiten.

»Sagen Sie mir nur, was ich tun soll.«

Wie sich herausstellen sollte, brauchte ich eigentlich nur abzuwarten. Walter Shillitoe zufolge unternahm Harold nur dann etwas, wenn der Chef nicht im Büro, ja vorzugsweise nicht in der Stadt war. Das war sein M.O., ein Kürzel, mit dem wir Fahnder den *modus operandi* eines Kriminellen bezeichnen. Als Assistent von Mr. Kipness wusste ich natürlich genau, wann das wieder der Fall sein würde – nämlich Anfang April, zu welchem Zeitpunkt sich der Chef auf seine jährliche Einkaufsreise in den Fernen Osten begab.

Ich blickte diesem Termin mit gespannter Erwartung entgegen, entschlossen, eine Schlüsselrolle beim Sturz Harolds des Verhassten zu spielen. Dutzendmal am Tage befingerte ich die Karte, die mir Walter Shillitoe gegeben hatte und auf der die Telefonnummer stand, die ich anrufen sollte, wenn Harold in Aktion trat. Ich war bereit, seinen Anblick und Gretchens erblühende Büroromanze, all seine Erniedrigungen, Beleidigungen und Schuljungenstreiche zu ertragen, wusste ich doch, dass der Tag der Abrechnung nicht mehr fern war.

Am 3. April hatte ich alle Vorbereitungen für die Reise von Mr. Kipness abgeschlossen, was durchaus mehr beinhaltete als nur das Buchen von Flügen und anderen Transportmitteln. Wie immer bestand Mr. Kipness darauf, dass ich mich auch für die Erledigung all der kleinen Details einer solchen Unternehmung bereithielt, wozu gehörte, dass ich seine Wohnung abschloss, mich um sein Gepäck kümmerte, ihn mit Pillen gegen die Reisekrankheit versorgte, kurz alles. Nur ihn huckepack ins Flugzeug tragen, das musste ich nicht. Diese Dinge hatten mir nie großen Spaß gemacht, aber in diesem Jahr gab es da einen Unterschied – Harold!

Den Rest der Woche wartete ich ungeduldig darauf, dass Harold irgendwie aktiv werden würde, und als rein gar nichts geschah, hatte ich einen neuerlichen Grund zu Nervosität – die mich ganz elend machende Befürchtung nämlich, dass Mr. Shillitoes Verdächtigung Harolds gänzlich ungerechtfertigt, Shillitoe schlicht ein Mensch sein könnte, den seine Erfolglosigkeit als Kriminalbeamter frustrierte, der vielleicht sogar, was das Thema Harold Buckhalter anbetraf, ein wenig paranoid war. Das konnte ich nur zu gut nachvollziehen. Und als das Ende der Woche erreicht und Harold seinen Geschäften ganz in der gewohnten Weise nachgegangen war, da wusste ich, dass mir trotz aller Vorhersagen sonnigen Wetters ein trübes Wochenende bevorstand.

Am Freitagmorgen näherte sich Harold jedoch meinem Schreibtisch in einer Art und Weise, die sich nur als »schlendernd« beschreiben lässt, und wedelte mit einem blassgelben Stück Papier. Noch bevor er den Mund aufgetan hatte, wusste ich, dass der kritische Augenblick gekommen war.

»Hab da ein Telegramm von Mr. Kipness gekriegt«, sagte er. »Er möchte, dass ich Mr. Rutherford mal die Sammlung Contessa vorführe. Holen Sie sie mir doch bitte aus dem Tresorraum, Georgie.«

Obwohl ich so gut auf Harolds Vorhaben vorbereitet war,

schockierten mich seine Worte nun doch. Die Sammlung Contessa bestand aus dreizehn blauweißen Diamanten, die ursprünglich Teil einer Kette gewesen waren, welche einst den alabasterweißen Hals einer italienischen Contessa, Mätresse mehr als Person königlichen Geblüts, geschmückt hatte. Mr. Kipness hatte diese Sammlung schon seit fast zwei Jahren in Kommission, da der Eigentümer darauf bestand, dass sie nur als Ganzes verkauft werden sollte.

»Rutherford?«, fragte ich. »Wer ist Rutherford?«

Harold hielt mir das Telegramm unter die Nase. Ich las:

ZEIGEN SIE SAMMLUNG CONTESSA MÖGLICHST UMGEHEND ARNOLD RUTHERFORD IM HOTEL DORSET. SCHICKE NOCH HEUTE VOLLMACHT AN WADLEY.

»Ich habe keine Vollmacht erhalten«, sagte ich.

»Sie haben Ihre Post noch nicht durchgesehen, Georgie«, grinste er.

Und tatsächlich – in meinem Eingangskorb lag ein ähnliches Telegramm. Sein Wortlaut war.

DIES IST EINE VOLLMACHT. HÄNDIGEN SIE BUCKHALTER DIE SAMMLUNG CONTESSA FÜR EIN VERKAUFSGESPRÄCH AUS: KIPNESS.

Das Telegramm war in Singapur aufgegeben worden, aber mein Instinkt sagte mir doch, dass das Gaunerstück angefangen hatte. Irgendwie hatte Harold dafür gesorgt, dass die Telegramme aus Südostasien kamen – vielleicht war das ja so einfach gewesen wie die Anmeldung eines Überseegesprächs beim Telegraphenamt, vielleicht hatte er ja auch einen Komplizen.

Die Schlichtheit und die Kühnheit des Plans machten mich sprachlos. Solange Mr. Kipness persönlich im Geschäft anwesend war, hatte keiner der Verkäufer je Musterstücke mitnehmen dürfen, deren Wert ein paar Tausend Dollar überstieg. Die Sammlung Contessa aber war annähernd eine halbe Million wert, und die einzelnen Steine würden sich auf dem Diamantenmarkt leicht weiterverkaufen lassen. Harold Buckhalter konnte auf einfachste Weise mit einem ganzen Vermögen aus der Firma *Kipness Edelsteine* verschwinden – wenn ich mitspielte. Aber das würde ich natürlich nicht tun.

Ich räusperte mich und sagte: »Oje, das ist eine ganz schön große Verantwortung, Harold. Vielleicht sollte ich lieber Mr. Kipness in Singapur anrufen, um mir seine Anweisungen bestätigen zu lassen.«

»Ihn *anrufen*?«, sagte Harold ungläubig. »Trauen Sie seinem Telegramm etwa nicht?«

»Das habe ich nicht gesagt.«

»Sehen Sie mal, Georgie, wenn Mr. Kipness Ihnen die Informationen per Telefon hätte geben wollen, dann hätte er Sie doch selbst angerufen, oder nicht? Außerdem hält er sich doch stets jeweils nur wenige Tage an diesen Orten da auf, er muss ja das ganze Gebiet in zwei Wochen abgegrast haben. Sie würden ihn kaum erreichen, selbst wenn Sie das noch so sehr versuchten, und er möchte, dass ich diesen potentiellen Kunden *heute* noch aufsuche.«

Ich mühte mich, Gegenargumente zu finden, aber mein Hals wurde schnell immer trockener. Dann wusste ich, was ich als Nächstes zu tun hatte.

»Na gut«, sagte ich steif. »Die Sammlung liegt im Privattresor von Mr. Kipness.« Ich erhob mich, um in das Büro des Chefs hinüberzugehen, und Harold wollte mir folgen. Einigermaßen hoheitsvoll beschied ich ihm, dass ich es vorziehen würde, die Sache allein zu erledigen. Er erhob keinerlei Einwände, sondern ließ sich in meinen Stuhl plumpsen und drehte diesen dann so herum, dass er Gretchens Schreibtisch zugewandt war. Das Letzte, was ich noch sah, bevor ich im Büro von Mr. Kipness verschwand, war Gretchens Erröten.

Im Büro drinnen hastete ich zum Telefon und rief Mr. Shillitoe an. Seine Karte brauchte ich nicht mehr, denn inzwischen war seine Nummer förmlich in mein Gehirn eingraviert.

»Mr. Shillitoe?«, sagte ich. »Es ist genau so, wie Sie's gesagt haben! Buckhalter will ein paar Steine aus dem Privattresor von Mr. Kipness haben! Es sind zwei Telegramme gekommen ...«

Ich stotterte vor Erregung, und Mr. Shillitoe bemühte sich, mich zu beruhigen. Aber ich bin sicher, dass auch er vor Aufregung zitterte. Ich wiederholte meine Geschichte so klar und ruhig wie möglich und erhoffte mir sodann Rat von ihm. Der aber ließ auf sich warten, und da fing ich an, immer heftiger in das stumme Gerät hineinzuatmen.

»Mr. Shillitoe!«, flehte ich. »Bitte sagen Sie mir doch, was ich tun soll! Ich kann ihm ganz unmöglich diese Steine aushändigen. Ich weiß, dass wir sie dann nie wiedersehen würden!«

»Geben Sie sie ihm«, sagte Shillitoe endlich.

Ich stieß, so gut dies angesichts des wenigen Sauerstoffs,

der mir verblieben war, gehen wollte, hervor: »Was soll ich tun?«

»Geben Sie sie ihm«, sagte Shillitoe. »Aber erst … in zwanzig Minuten, von jetzt an gerechnet. Ich werde nur zehn Minuten brauchen, bis ich bei Ihrem Haupteingang bin. Wenn er dann rauskommt, hefte ich mich an seine Fersen.«

»Nein«, sagte ich bestimmt. »Das kann ich nicht machen. Ich kann unmöglich all diese wertvollen Steine aus der Hand geben.«

»Wollen Sie denn nicht, dass dem Recht Genüge getan wird, Mr. Wadley?«

»Natürlich möchte ich das!«

»Wollen Sie nicht, dass dieser Erzgauner dahin kommt, wo er hingehört, nämlich hinter Gitter?« Er sagte nicht »Erzgauner«, aber ich mag nun mal keine Schimpfwörter. »Sie hassen diesen Kerl doch wie die Pest, nicht wahr? Sie wollen doch, dass er aus Ihrem Leben verschwindet, oder nicht?«

Diese Bemerkung zielte darauf ab, mich zu motivieren – und das tat sie auch.

»Also schön«, sagte ich nüchtern, »ich werde ihm die Diamanten geben. *Aber* – ich werde ihn zu diesem ›Kunden‹ begleiten. Ich will mit eigenen Augen sehen, wie er festgenommen wird.«

»Nicht gut«, sagte Mr. Shillitoe knapp. »Das würde ihn bloß abschrecken. Wir wollen ihn doch auf frischer Tat ertappen, nicht wahr?«

»So oder gar nicht – ich werde ihn begleiten«, sagte ich mit Entschiedenheit.

Als ich zehn Minuten später mit der flachen Stahlkassette unter dem Arm aus dem Büro von Mr. Kipness trat, teilte ich Harold mit, was ich zu tun gedächte. Zu meiner großen Befriedigung schaute er verwirrt drein. Dann aber grinste er, ohne auch nur einen einzigen seiner prächtigen Zähne zu zeigen, und sagte: »Okay, George, wie Sie wollen.«

Er war vollkommen unbefangen, als wir am Bordstein standen und ein Taxi herbeiwinkten. Hinten sitzend, versuchte ich, im Rückspiegel einen Blick auf Mr. Shillitoes uns folgenden Wagen zu erhaschen, aber der war nirgends zu sehen. Nichtsdestotrotz war ich mir sicher, dass der Inspektor hinter uns war – mit der Bruyère-Pfeife im grimmig-entschlossenen Mund über das letzte Rencontre mit seinem Erzfeind nachsinnend.

Ich konnte nicht anders, als die kühle Gelassenheit zu bewundern, mit der Harold die Halle des *Dorset* betrat – er schien so zuversichtlich zu sein, dass ich mich einen Augenblick lang fragte, ob die Telegramme nicht vielleicht doch echt gewesen waren und tatsächlich ein Kunde in der Suite des Hotels darauf wartete, sich die Contessa-Diamanten besehen zu können. In der gleichen lässigen Haltung schritt Harold zum Haustelefon und sprach, für mich unhörbar, in die Muschel. Aber als er sich dann mir wieder zuwandte und seine Zähne zu einem Lächeln entblößte, das weniger strahlend war als sonst, da wusste ich, dass ich keinen Fehler gemacht hatte.

»Mr. Rutherford bittet, dass ich allein heraufkomme«, sagte er. »Hoffe, das macht Ihnen nichts aus, Georgie.«

Und damit zog er mir die Stahlkassette unter dem Arm hervor und eilte zu einem Aufzug, dessen Türen sich gerade zu schließen begannen. Er hatte seine Aktion, was den zeitlichen Ablauf anbetraf, perfekt geplant. Ich hatte nicht die geringste Möglichkeit, ihn aufzuhalten. Es war alles so offen und unerwartet vor sich gegangen, dass ich nur in erstarrter Wut auf dem dicken Teppich des *Dorset* stehen und zusehen konnte, wie sich die verzierten Messingtüren hinter seinem zahnreichen, triumphierenden Grinsen schlossen.

Ahnungslos, was ich nun tun sollte, rannte ich zur Rezeption, um dort zu erfragen, ob wirklich ein Mr. Arnold Rutherford Gast des Hauses war. Natürlich gab es keinen dieses Namens.

Dann packte jemand von hinten meinen Ellbogen, und ein atemloser Shillitoe stand da.

»Schnell!«, sagte der. »Folgen Sie mir! Ich glaube, ich weiß, was er machen wird.«

Er schob mich durch die Eingangshalle wie einen Betrunkenen, der widerstrebend aus einer vornehmen Party hinausbugsiert wird. Alle Leute starrten zu uns herüber, als ich zu wissen verlangte, wo er gesteckt habe und wie es möglich sei, dass er dermaßen inkompetent vorgehe. Shillitoe scherte sich jedoch nicht um meine Vorhaltungen. Ein Leuchten des Triumphes erhellte sein Gesicht, als wir ins Freie hinaustraten und er dort Harold entdeckte, der gerade aus der Hintereinfahrt des Hotels kam, die Stahlkassette unter dem Arm.

»Ich habe es doch gewusst!«, sagte Shillitoe. »Er hat sich den nächsten Lift runter in den Servicebereich geschnappt! Wir müssen ihn kriegen, bevor er den Taxistand erreicht!«

Trotz seiner Körperfülle bewegte sich Shillitoe mit erstaunlicher Schnelligkeit. Er warf den Arm um Harolds Taille und riss ihn zur weiteren Verwunderung der Umstehenden von der gelben Taxitür weg. Er raunte ihm etwas ins Ohr, und Harolds Gesicht wurde so weiß wie seine berühmten Zähne.

Im nächsten Augenblick standen wir alle drei im Schutze des Hinterausganges, und Shillitoe legte Harold Buckhalter, dem seine übliche Munterkeit gänzlich abhanden gekommen war, geschickt ein Paar blitzende Handschellen an.

»Sie sind festgenommen, Buckhalter«, sagte Shillitoe mit größter Genugtuung in der Stimme. »Und das war auch mal an der Zeit.« Er kramte in seiner Jackentasche und zog ein Faltblatt heraus. Er klärte Harold über dessen Rechte auf, und der Gefangene ließ den schönen Kopf hängen und hörte ihm zu. Das war genau der Augenblick, in dem ich aufhörte, Harold zu hassen.

Es war nicht erforderlich, Mr. Kipness die ganze Geschichte zu erzählen, als er von seiner Geschäftsreise zurückkehrte. Die Polizei hatte ihn bei seinem Eintreffen in Empfang genommen, und er hatte, dem Himmel sei's gedankt, bereits die obligaten Ausrufe und Entsetzensschreie von sich gegeben, als er erfuhr, wie seine Firma um Steine im Wert von einer halben Million Dollar gebracht worden war. Ich hatte versucht, ihn mit dem Hinweis zu beruhigen, dass die Versicherung schon für den Verlust aufkommen werde, aber Mr. Kipness hatte seit jeher zwar jedes einzelne Dollarstück sehr ernst, seine Versicherungsbeiträge jedoch auf die leichte Schulter genommen.

»Wie konnten Sie nur so *blöde* sein, George?«, fragte er mich mit stöhnender Stimme. »Wie konnten Sie sich nur von diesen Leuten so aufs Kreuz legen lassen?«

»Harold hat *Sie* aufs Kreuz gelegt«, erinnerte ich ihn. »Ich habe Harold Buckhalter nicht eingestellt, Mr. Kipness, das haben Sie getan.«

»Wie konnte ich wissen, dass er kein Verkäufer, sondern ein Betrüger war?«

»Genau«, sagte ich verständig. »Und wie hätte ich wissen sollen, dass Shillitoe sein Komplize und nicht Kriminalinspektor war? Als er Harold festnahm und die Diamanten als Beweismittel beschlagnahmte, da dachte ich, das sei halt das normale polizeiliche Verfahren…«

»Normale Vorgehensweise? Eine halbe Million Dollar zu klauen?«

»Sie haben doch gehört, was die Polizei gesagt hat, Mr. Kipness. Die beiden bedienen sich schon seit Jahren dieser Masche. Das sind clevere Burschen, seien wir doch mal ehrlich.«

»Ja«, sagte er bitter, »die sind schlau, und Sie sind dumm – und deshalb sind *die* jetzt reich und *Sie* gefeuert.«

Ich erhob mich mit Würde.

»Na schön, Mr. Kipness.«

Bevor ich das Büro verließ, blieb ich noch einmal an Gretchens Schreibtisch stehen und gab ihr die Proust-Ausgabe, die ich am selbigen Morgen erstanden hatte. Sie sträubte sich und meinte, dass das ein viel zu teures Geschenk sei, aber ich sagte ihr, sie solle sich darüber keine Gedanken machen. Und wenn sie an diesem Abend mit mir ausgehen wolle, dann würde ich ihr gern zeigen, was große Küche sein könne, wenn man mal nicht so auf den Cent schaue. Sie nahm meine Einladung an, und ich verließ die Firma als ein glücklicher Mensch. Ich dachte an Harold und Shillitoe und wünschte ihnen von Herzen alles Gute.

Wie ich schon erwähnt habe, hasste ich Harold nicht mehr. Ganz im Gegenteil – er tat mir eigentlich eher leid. Ich konnte mir vorstellen, was er empfunden haben musste, als er die Stahlkassette öffnete und nichts als Papierschnitzel darin fand. Die Contessa-Diamanten befanden sich selbstredend wohlbehalten und sicher in meiner kleinen Wohnung. Verspürte ich Reue? Nein, durchaus nicht. Wie ich ja eingangs schon bemerkte, habe ich in meinem ganzen Leben nur einen einzigen Menschen gehasst, und das war Mr. Kipness.

Aus dem Amerikanischen von Jobst-Christian Rojahn

Das Interview

Das Sandsteinhaus war nicht renoviert, und die verblichene Pracht der Wohnungseinrichtung war eingehüllt in ein Duftgemisch aus warmem Tee mit Zitrone, abgekochter Milch und muffigen Haferflocken. Der Reporter, ein Mann mit säuerlichem Gesicht namens Briggs, sog angewidert die Atmosphäre in sich auf und wünschte, er hätte diesen Auftrag schon hinter sich. Beim Angebot einer weiteren Tasse Tee winkte er ab und versuchte, den alten Mann dazu zu bringen, in zusammenhängenden Sätzen zu sprechen.

Dem alten Herrn schmeichelte das Interesse der Zeitung, er schien aber nicht richtig mitbekommen zu haben, worum es eigentlich ging. In großzügiger Weise äußerte er seine Ansichten zu internationalen Fragen, Steuergesetzen, Jugendkriminalität und anderen nachrichtenträchtigen Themen.

Schließlich räusperte sich Briggs und sagte: »Sie haben mich nicht ganz richtig verstanden, Mr. Hopkins. Ehrlich gesagt, sind wir an einer etwas *persönlicheren* Geschichte interessiert.«

»Persönlich?« Der alte Mann blinkerte mit den Augen, und sein angegilbter Schnurrbart zitterte. »Ach, natürlich. Gut also. Reden wir vielleicht von Gretchen.«

»Von wem?«

»Von Gretchen, meiner Frau. Da haben Sie was *Persönliches.*«

»Na schön«, seufzte Briggs und versank düster in dem feuchten, zu weich gepolsterten Sessel, eine Tasse Tee auf den Knien balancierend.

»Ich lernte Gretchen in Boston kennen«, sagte der alte Herr. »Ich stamme aus Boston, wissen Sie, und da haben auch mein Vater und mein Großvater den Grundstein zu dem Hopkins-Vermögen gelegt. Ich war siebenundsiebzig, und Gretchen war achtunddreißig – und eine jung aussehende Achtunddreißigerin obendrein. Sie war Sekretärin in unserer Anwaltskanzlei, eine sehr effiziente und sehr attraktive Frau.

Gut, ich will Sie nicht mit den Einzelheiten meiner Brautwerbung langweilen. Sagte ich *meiner* Werbung? Nein, ich meine eher Gretchens Werbung. Vom Augenblick unseres ersten Zusammentreffens an hatte es Gretchen auf mich abgesehen, und ich wusste das. Sie ging die Sache mit solcher Kühnheit und Zielstrebigkeit an, dass es schon komisch war. O ja, ich wusste, was Gretchen wollte. Mehr noch, ich war bereit und willens, es ihr auch zu geben.

Sie sehen überrascht aus. Müssen Sie nicht sein. Mit siebenundsiebzig machte ich mir kaum noch Illusionen darüber, wie der Rest meines Lebens aussehen würde. Mir konnte doch gar nichts Schöneres passieren, als die Aufmerksamkeit einer gutaussehenden jungen Frau zu erregen, die hinter meinem Vermögen her war. Ich hatte nur wenige Verwandte, die scherten mich einen Dreck, und keine Freunde, denen ich auch dann noch trauen konnte, wenn ich ihnen den Rücken zukehrte. Hätte Gretchen mich nicht gefunden, hätte ich wohl selbst angefangen, mich nach einer Frau wie ihr umzusehen.

Jedenfalls entdeckte Gretchen mich, und ich war einfach entzückt. Wir trafen uns zu herrlichen kleinen Abendessen in Boston, bei denen wir über die Durchsichtigkeit unserer Motive scherzten. Ich sage Ihnen, das war eine ganz bezaubernde Beziehung. Sie liebte das Geld, und ich liebte sie. In meinem ganzen Leben als Geschäftsmann habe ich nie einen solideren Kauf getätigt. Und schließlich wurden Gretchen und ich in aller Stille getraut – gegen den Willen meiner Freunde und meiner Familie, die über diese in ihren Augen grauenhafte Verbindung entsetzt waren.

Unsere Flitterwochen kann man durchaus nicht als aufregend bezeichnen. Wir reisten viel, aber lange Reisen waren mir schon immer lästig. Im zweiten Jahr unserer Ehe besuchten wir Europa, und das feuchte britische Wetter brachte mich fast um. Endlich konnte ich Gretchen dazu überreden, sich mit mir in einem alltäglicheren Dasein einzurichten – in ebendem Haus, in dem wir uns hier befinden.

Alles war herrlich – drei Jahre lang. Gretchen widmete mir einen angemessenen Teil ihrer Zeit, und ich war's zufrieden. Natürlich wusste sie, was sie tat. Sie überwachte höchstpersönlich die Abfassung meines neuen Testaments, wonach ihr mein gesamtes Vermögen von fast acht Millionen Dollar ohne jede Einschränkung zufiel.

Gretchen war eine hübsche Frau, wie ich schon sagte, ein pummeliges, blondes kleines Ding, für Männer immer noch sehr anziehend. Und das«, seufzte der Alte, »war das Problem. Zu Beginn unseres vierten Ehejahres erfuhr ich mehr durch Zufall, dass Gretchen ein Verhältnis mit einem jungen Mann hatte.

Dieses Wissen machte mich traurig, kam aber doch nicht

ganz überraschend. Ich war ja inzwischen über achtzig, und wie sehr ich mich auch bemühte, mich selbst davon zu überzeugen, dass ich für mein Alter noch immer ein ganz beachtliches Exemplar war, wusste ich doch auch, dass ich ein so munteres, robustes – vielleicht sollte ich sagen, erdverbundenes – Wesen wie Gretchen nicht auf ewig an meinen Herd fesseln konnte. Oh, sie vernachlässigte mich keineswegs. Ich war noch immer ihr kleines wolliges Lämmlein und so, aber es war etwas aus unserer Beziehung verschwunden – eine gewisse Ehrlichkeit und Gradlinigkeit.

Eines Tages sagte ich ihr schließlich, dass ich Bescheid wusste. Sie war so kühl wie stets, dieser rundliche kleine Teufel.« Der alte Mann kicherte. »Sie gab alles zu und entschuldigte sich, dass sie nicht offen zu mir gewesen war. Der junge Mann, erzählte sie, hieß Mike und fuhr Bier aus. Sie meinte, es handle sich nicht um Liebe, jedenfalls nicht in einem höheren Sinne; der primitive Bursche zog sie einfach nur physisch an. Sie sagte, sie sei sicher, dass ich sie verstehen würde – und ich glaubte, ich tat's, auch wenn das vielleicht merkwürdig klingt.

Meinem eigenen Vorschlag folgend, begann sie, diesen Mike mitzubringen, aber wirklich glücklich war ich darüber nicht. Ich fand ihn roh und unerzogen. Schließlich stritten wir uns seinetwegen. Es war herrlich, wie Gretchen streiten konnte – sie war eine Meisterin der Polemik. Und ihr stand ein sehr wirkungsvolles Argument zur Verfügung, das mich noch stets zum Schweigen gebracht hatte. Wenn ich Mike nicht mochte, gab es ja eine sehr einfache Lösung, nämlich mich von ihr scheiden zu lassen. Das war für mich ein Gedanke, den ich nur schwer verkraften konnte. Ich war schrecklich abhängig geworden von Gretchens Aufmerksamkeiten, und sie wusste das sehr gut.

Es hätte noch lange so weitergehen können, aber dann kam jener Abend im Oktober. Ich schlief oben in meinem Schlafzimmer, als mich der Geruch von Rauch weckte. Ich fing an zu husten und zu würgen und eilte zur Tür, fand diese aber verschlossen. Ich schaffte es, zum Fenster zu kommen, fand es aber ebenfalls verschlossen. Mit einer marmornen Buchstütze schlug ich die Scheibe ein und rief um Hilfe. Passanten hörten mich und alarmierten die Feuerwehr. Der Brand erwies sich als ziemlich harmlos – ein Papierkorb hatte durch eine brennende Zigarette Feuer gefangen. Dabei sollte ich jedoch erwähnen, dass ich nie geraucht habe.

Der Vorfall trug nicht eben dazu bei, die Beziehung zwischen Gretchen und mir zu verbessern. Nicht ein einziges Mal äußerte ich irgendeinen Verdacht hinsichtlich des Feuers, aber sie behandelte mich, als hätte ich sie ungerechtfertigterweise beschuldigt. Ein paar Wochen später ging ich hinunter in den Hobbyraum im Keller, wo ich schon seit mehreren Jahren meine Modelleisenbahn hatte. Die zweite Stufe von oben war zerbrochen – nein, das ist nicht korrekt, sie war durchgesägt worden. Glücklicherweise war ich agil genug, um mich noch am Geländer festhalten zu können, bevor ich fiel.

Ich erwähnte Gretchen gegenüber die bearbeitete Stufe nie, sondern beauftragte in aller Stille den Hausmeister, den Schaden zu beheben. In der folgenden Woche jedoch, als mich um ein Haar ein Auto überfahren hätte, sah ich doch Anlass zu ernster Besorgnis. Ich bat einen Freund, mir einen Revolver und einen Waffenschein zu besorgen, und diesen

Revolver trug ich dann stets bei mir. Ich war mir nicht sicher, inwieweit mich das Ding vor einem weiteren ›Unfall‹ beschützen konnte, aber es vermittelte mir wenigstens ein Gefühl der Sicherheit.

Ganze vier Tage später hatte ich schon Gelegenheit, von der Waffe Gebrauch zu machen. Gretchen und ich saßen vor dem Kamin – vor diesem Kamin hier –, und meine Frau schlug einen kleinen Abendspaziergang vor. Ich hatte mich den ganzen Tag über nicht richtig wohl gefühlt – kein Wunder angesichts des einsetzenden kalten Wetters und meiner wachsenden Befürchtungen. Aber Gretchen war sehr bestimmt, und da ich noch nie in der Lage gewesen war, ihr zu widerstehen, folgte ich ihr. Doch eine innere Stimme riet mir, den Revolver mitzunehmen.

Wir bummelten die Fifth Avenue entlang. Gretchen plauderte vergnügt und hatte sich bei mir untergehakt. Ich gebe zu, dass ich diesen Augenblick ehelicher Wärme genoss, auch wenn sie nicht echt war. Gretchen wollte unbedingt in den Park, und obgleich ich zu bedenken gab, dass der Park wohl nicht der sicherste Ort für einen Abendbummel sei, bedrängte sie mich immer wieder. Es wurde mir schnell klar, dass ihr Plan jetzt ein direktes Handeln erforderte und folglich alle Feinheiten des Vorgehens über Bord geworfen worden waren. Ich erwartete, dass Mike mich jeden Augenblick von hinten niederschlagen würde. Dann würde Gretchen natürlich schreien, vielleicht sogar mit Mike kämpfen – und ihm ermöglichen, ihr die Handtasche zu entreißen. Und das Resultat wäre lediglich eine erbärmliche Notiz mehr über die Gewalttätigkeit in der Stadt für die Boulevardzeitungen. Das wäre aber auch alles.

Mike machte jedoch einen schweren Fehler. Er sprang direkt *vor* uns aus dem Gebüsch, als Handwerker verkleidet. Seine Verkleidung war erbärmlich, und ich erkannte ihn sofort, aber das war natürlich für den Plan ohne Belang. Gretchen schrie – nicht sehr überzeugend –, und Mike hob etwas Schwarzes, Bleischweres hoch, um mich damit niederzuknüppeln. Ich wich vor ihm zurück und zog dabei den Revolver unter dem Mantel hervor. Ich hatte noch nie in meinem Leben einen Revolver abgefeuert, fand es aber nicht weiter schwierig. Ich schoss ihn mitten in die Stirn, und ich glaube, er war sofort tot.

Eine große Menge Polizisten, von denen vorher keiner auch nur andeutungsweise zu sehen gewesen war, drängte sich schnell um uns. Nachdem sie begriffen hatten, was vorgefallen war, sah ich mich plötzlich in der Rolle des Helden, und selbst Gretchen säuselte Bewunderung. Die Zeitungen brachten die Geschichte groß raus, wobei sie vor allem mein Alter hervorhoben. Ich habe die Ausschnitte noch irgendwo, wenn Sie … nein? Na schön, Mike war jedenfalls erledigt, und damit auch der Plan, mein Leben abzukürzen.

Was Gretchen anbetraf – nun, wir hatten an diesem Abend ein langes Gespräch, Gretchen und ich. Ich beschuldigte sie nicht ein einziges Mal der Komplizenschaft bei diesem Mordversuch, aber wir verstanden uns vollkommen. Es war wieder wie in alten Zeiten – es herrschte keinerlei Unklarheit hinsichtlich unserer jeweiligen Motive und Wünsche. Ich war sicher, dass Gretchen so etwas nie wieder versuchen würde…

Was meinen Sie? Ach, das Testament. Ja, ich ließ das Testament unangetastet. Ich erklärte Gretchen, dass unsere ursprüngliche Vereinbarung weiterhin Bestand haben sollte, dass sie aber warten müsse, bis mir natürlichere Ursachen zu meinem jenseitigen Lohn verholfen hätten.«

Der alte Herr verstummte plötzlich und starrte in seine Teetasse.

Der Reporter sagte: »Gut, gut, das ist ja alles sehr interessant, Mr. Hopkins. Es ist aber leider nicht ganz die Art von Geschichte, an der meine Zeitung im Augenblick interessiert ist. Darf ich Ihnen vielleicht ein paar Fragen stellen?«

»Aber natürlich, junger Mann.«

»Prima. Als erste und wichtigste Frage: Wie alt sind Sie heute genau?«

»Hundertzehn«, seufzte der Alte, »und es ist dies der einsamste Geburtstag meines Lebens. Das ist das Problem, wenn man so lange lebt – die Menschen, die einem lieb sind, können nicht mehr bei einem sein, um mit einem zusammen den glücklichen Tag zu begehen.«

Aus dem Amerikanischen von Barbara Rojahn-Deyk und Jobst-Christian Rojahn

Die Prüfung

Die Jordans sprachen erst über die Prüfung, als ihr Sohn Dickie zwölf Jahre alt geworden war. An seinem Geburtstag schnitt Mrs. Jordan das Thema zum ersten Mal in seiner Gegenwart an, und der besorgte Tonfall veranlasste ihren Mann zu einer scharfen Antwort.

»Lass das!«, sagte er. »Er schafft es schon.«

Sie saßen am Frühstückstisch, und der Junge blickte neugierig von seinem Teller auf. Er war ein aufgewecktes Kind mit glattem blonden Haar und einer nervösen Art. Er begriff nicht, was es mit der plötzlichen Gereiztheit auf sich hatte; er hatte heute Geburtstag, und die familiäre Harmonie ging ihm über alles. Irgendwo in der kleinen Wohnung warteten mit Schleifen versehene Pakete darauf, geöffnet zu werden, und im automatischen Herd der winzigen Wandküche wurde etwas Warmes und Süßes zubereitet. Es sollte ein fröhlicher Tag werden, und die Tränen in den Augen seiner Mutter und das Stirnrunzeln seines Vaters störten die erregte Erwartung, mit der er den Morgen begrüßt hatte.

»Was für eine Prüfung?«, fragte er.

Seine Mutter starrte auf das Tischtuch. »Eine Art Intelligenztest der Regierung, den alle Zwölfjährigen durchmachen müssen. Dein Termin ist nächste Woche. Brauchst dir deswegen keine Sorgen zu machen.«

»Eine Prüfung wie in der Schule?«

»So ungefähr«, sagte sein Vater und stand auf. »Geh und lies deine Comichefte, Dickie.«

Der Junge gehorchte und zog sich in den Teil des Wohnzimmers zurück, der seit seiner Kindheit ihm gehört hatte. Er nahm das oberste Comicheft vom Stapel, schien sich aber für die farbenfrohen und aktionsreichen Bildchen nicht zu interessieren. Vielmehr schlenderte er zum Fenster und starrte düster auf die Nebelschleier, die das Glas verhüllten.

»Warum muss es ausgerechnet *heute* regnen?«, fragte er.

Sein Vater, der sich mit der Regierungszeitung in seinen Sessel zurückgezogen hatte, raschelte gereizt mit den Blättern. »Weil es eben regnet! Vom Regen wächst das Gras.«

»Warum, Paps?«

»Weil es wächst, das ist nun mal so.«

Dickie zog die Brauen zusammen. »Aber wieso ist es grün? Das Gras?«

»Das weiß niemand!«, gab der Vater heftig zurück, bedauerte den scharfen Tonfall aber sofort.

Später kam wieder Feierstimmung auf. Dickies Mutter reichte ihm strahlend die bunt verpackten Pakete, und der Vater brachte sogar ein Lächeln zustande und fuhr seinem Kind durch das Haar. Dickie küsste seine Mutter und gab dem Vater ernst die Hand. Dann wurde der Geburtstagskuchen aufgetragen, und der große Tag war vorbei.

Eine Stunde später saß er am Fenster und sah zu, wie sich die Sonne durch die Wolken kämpfte.

»Paps«, sagte er, »wie weit weg ist die Sonne?«

»Achttausend Kilometer«, antwortete der Vater.

Dickie saß am Frühstückstisch und bemerkte wieder einmal Tränen in den Augen seiner Mutter. Er brachte diese Beobachtung erst mit der Prüfung in Verbindung, als sein Vater plötzlich die Sprache wieder auf dieses Thema brachte.

»Also, Dickie«, sagte er mit mannhaftem Stirnrunzeln, »du hast heute früh einen Termin.«

»Ich weiß, Paps. Ich hoffe nur …«

»Du brauchst dir keine Sorgen zu machen. Viele tausend Kinder machen täglich diese Prüfung durch. Die Regierung will wissen, wie klug du bist, Dickie. Das ist alles.«

»Meine Noten in der Schule sind gut«, sagte er zögernd.

»Hier liegen die Dinge anders. Es handelt sich um eine – ganz spezielle Prüfung. Man gibt dir etwas zu trinken, und dann betrittst du einen Raum, in dem sich eine Art Maschine befindet …«

»Was ist das für ein Getränk?«, fragte Dickie.

»Nichts Besonderes. Es schmeckt nach Pfefferminze. Das Getränk soll dafür sorgen, dass du alle Fragen wahrheitsgemäß beantwortest. Nicht, dass die Regierung glaubt, du würdest ihr nicht die Wahrheit sagen, aber das Zeug schließt jeden Zweifel aus.«

Auf Dickies Gesicht malte sich Verwirrung und ein Hauch von Angst. Er blickte seine Mutter an, und sie setzte ein vages Lächeln auf.

»Es wird alles gutgehen«, sagte sie.

»Natürlich!«, stimmte sein Vater zu. »Du bist ein braver Junge, Dickie, du schaffst es bestimmt. Dann fahren wir nach Hause und feiern. Einverstanden?«

»Jawohl«, sagte Dickie.

Eine Viertelstunde vor der festgesetzten Zeit betraten sie

das Bildungsgebäude der Regierung. Sie überquerten den Marmorboden der säulenbewehrten Vorhalle, passierten einen großen Torbogen und betraten einen automatischen Fahrstuhl, der sie in die vierte Etage brachte.

An einem blitzenden Tisch vor Zimmer 404 saß ein junger Mann in einer insignienlosen Tunika. Er hielt ein Klemmbrett in der Hand, fuhr mit dem Stift an der Reihe der Namen entlang und ließ die Jordans schließlich eintreten.

Der Raum war so kühl und nüchtern wie ein Gerichtssaal; lange Bänke zogen sich an Metalltischen entlang. Mehrere Väter und Söhne waren bereits anwesend, und eine Frau mit dünnen Lippen und kurzgeschnittenem Haar verteilte Papiere.

Mr. Jordan füllte das Formular aus und gab es der Angestellten zurück. Dann sagte er zu Dickie: »Es dauert nicht mehr lange. Wenn dein Name aufgerufen wird, gehst du durch die Tür am Ende des Zimmers.« Er deutete auf das Portal.

Ein verborgener Lautsprecher knisterte und rief den ersten Namen auf. Dickie sah, wie sich ein Junge zögernd von seinem Vater entfernte und langsam zur Tür ging.

Fünf Minuten vor elf wurde Jordan aufgerufen.

»Viel Glück, mein Sohn«, sagte sein Vater, ohne ihn anzusehen. »Ich hole dich nach der Prüfung ab.«

Dickie ging zur Tür und drehte den Knopf. Der dahinterliegende Raum war kaum beleuchtet, und er hatte Mühe, das Gesicht des graugekleideten Mannes zu erkennen, der ihn begrüßte.

»Setz dich«, sagte der Mann leise und deutete auf einen hohen Stuhl neben seinem Tisch. »Du heißt Richard Jordan?«

»Jawohl, Sir.«

»Deine Klassifikationsnummer ist 600-115. Trink dies, Richard.«

Er nahm einen Plastikbecher vom Tisch und reichte ihn dem Jungen. Die Flüssigkeit sah aus wie Buttermilch und schmeckte nur ganz leicht nach der versprochenen Pfefferminze. Dickie leerte das Gefäß und reichte es dem Mann zurück.

Schweigend saß er da. Plötzlich war ihm schläfrig zumute, und er schwieg, während der Mann sich auf einem Stück Papier Notizen machte. Dann warf der Graugekleidete einen Blick auf die Uhr und stand auf. Er befand sich nur wenige Zentimeter vor Dickies Gesicht. Er löste einen bleistiftähnlichen Gegenstand aus der Kitteltasche und leuchtete dem Jungen in die Augen.

»Gut«, sagte er. »Jetzt komm mit, Richard.«

Er führte Dickie an das Ende des Zimmers, wo ein Holzstuhl vor einer mit zahlreichen Instrumenten versehenen Maschine stand. An der linken Armlehne war ein Mikrophon befestigt, und als sich der Junge setzte, stellte er fest, dass es genau auf seinen Mund gerichtet war.

»Jetzt entspann dich, Richard. Man wird dir ein paar Fragen stellen. Überlege sorgfältig, ehe du ins Mikrophon antwortest. Den Rest besorgt die Maschine.«

»Jawohl, Sir.«

»Ich lasse dich jetzt allein. Wenn du so weit bist, brauchst du nur ›Fertig‹ zu sagen.«

»Jawohl, Sir.«

Der Mann drückte ihm die Schultern und ging.

Dickie sagte: »Fertig.«

An der Maschine begannen Lichter zu flackern, ein Apparat surrte. Eine Stimme sagte:

»Vollende die Reihe. Eins, vier, sieben, zehn …«

Mr. und Mrs. Jordan saßen im Wohnzimmer, wortlos. Sie hatten es aufgegeben, über den möglichen Ausgang der Prüfung zu spekulieren.

Es war schon beinahe vier Uhr, als das Telefon klingelte. Die Frau versuchte als Erste abzuheben, doch ihr Mann reagierte schneller.

»Mr. Jordan?«

Die Stimme klang barsch: eine energische, amtliche Stimme.

»Ja, am Apparat.«

»Hier spricht der Bildungsdienst der Regierung. Ihr Sohn Richard M. Jordan, Klassifikationsnummer 600-115, hat die Prüfung der Regierung beendet. Wir müssen Ihnen leider mitteilen, dass sein Intelligenzquotient über dem von der Regierung gemäß Vorschrift 84, Abschnitt 5 des Neuen Kodex zugelassenen Höchstwert liegt.«

Die Frau, die den Gesichtsausdruck ihres Mannes zu lesen verstand, stieß einen spitzen Schrei aus.

»Sie können sich telefonisch entscheiden«, leierte die Stimme, »ob die Leiche durch die Regierung bestattet werden soll oder ob Sie eine private Beerdigung wünschen. Die Gebühr für das Regierungsbegräbnis beträgt zehn Dollar.«

Aus dem Amerikanischen von Jobst-Christian Rojahn

Harleys Schicksal

Es war kein bestimmter Anlass, der George Cleveland zu dem Entschluss gelangen ließ, seine Frau umzubringen. Es war eher so etwas wie eine kumulative Entscheidung, die im Verlauf einer elfjährigen Ehe heranreifte, welche bereits weniger als einen Monat nach den Flitterwochen in die Brüche gegangen war. George konnte sich noch sehr genau an den Augenblick erinnern, in dem seine verschwommenen amourösen Gefühle von bitterstem Unmut davongeschwemmt worden waren. Er hatte gehört, wie Priscilla am Telefon zu ihrer Freundin Rachel gesagt hatte: ›Weißt du, mir war ja nie klar, dass George so kleine Gliedmaßen hat.‹ Es kann wohl behauptet werden, dass sich Georges Schicksal als Gattenmörder in diesem Augenblick entschied.«

Harley Ammons blätterte zur zweiten Seite des getippten Manuskriptes um, las aber nicht weiter. Seine Augen starrten blicklos auf den Kaffeefleck auf dieser Seite, und er versuchte sich zu erinnern, wie der wohl dorthin gekommen sein mochte. Das gelang ihm jedoch nicht. Die Story war schon vor fast einem Jahr über seinen Schreibtisch gegangen, und es hatte seitdem etliche kaffeebefleckte Seiten mehr gegeben, von den Hunderten weiterer frauentötender, männermordender Geschichten auf dem Stapel der eingegangenen, rührseligen Schreibversuche ganz zu schweigen.

Die vor ihm liegende Story hatte Harley angekauft und dem Autor das niedrigste Honorar angewiesen, das das *Murder Mystery Magazine* zahlte. Und das waren drei Cent pro Wort für Neulinge – der Name Josh Wellman hatte ihm nichts gesagt. Mr. Wellman hatte seinen Scheck bekommen, aber die Befriedigung, sich auch gedruckt zu sehen, war ihm versagt geblieben. Bob Ligner, Harleys Chef, hatte ihm noch in der gleichen Woche eine Kurznachricht zugeschickt und gebeten, bei den gattenmordenden Geschichten etwas kürzerzutreten. In den letzten beiden Nummern waren acht davon enthalten gewesen, und Ligner wurde ihrer langsam müde. Deshalb hatte Harley die Geschichte von Wellman in den Ordner gesteckt, auf dem SPÄTER stand.

Jetzt lag der SPÄTER-Ordner auf seinem Tisch, aber nicht etwa deshalb, weil Harley beschlossen hätte, dass es endlich an der Zeit sei, *Verflixte Priscilla* zu veröffentlichen. Nein, es war Will Gatti gewesen, der ihn an die Geschichte erinnert hatte – und zwar dadurch, dass er auf Josh Wellman zu sprechen gekommen war, als sie in dem Zug, der sie um acht Uhr zwanzig von Larchmont in die Stadt gebracht hatte, nebeneinandergesessen hatten. Gatti war Polizeibeamter vom Typ Verwaltungshengst, dem das *Murder Mystery Magazine* zu mehr Nervenkitzel verhalf als sein Job. Im Zug las er jedoch stets seinen Lieblingsteil der *Times,* nämlich die Seiten mit den Todesanzeigen und Nachrufen, unter denen sich an diesem Tage auch einer fand, der es verdiente, erwähnt zu werden.

»Schon mal was von einem Autor namens Josh Wellman gehört?«

Harley schüttelte den Kopf.

»Heißt hier, er habe Detektivgeschichten geschrieben«, sagte Gatti. »Dachte, Sie hätten ihn vielleicht gekannt. Na ja, jetzt ist er sowieso auf dem großen Ablagestapel im Himmel gelandet.«

Harley schenkte der Notiz nur einen flüchtigen Blick. Neunzehn Jahre abgeschriebener Farbbänder hatten seinem Sehvermögen nicht gerade gutgetan. Der Nachruf bestand nur aus sechs Zeilen, da die Geschichte von Josh Wellman nicht sehr ergiebig war und es keine überlebenden Angehörigen gab.

»Nein«, sagte Harley und reichte Gatti die Zeitung zurück, »hab noch nie was von dem Burschen gehört.«

Eine Stunde später, in sein schuhkartongroßes Büro gelangt, fand er Wellmans Story auf seinem Schreibtisch liegen und fragte sich, warum er Will angelogen hatte. Denn in Wirklichkeit hatte er in den zurückliegenden zwölf Monaten ein halbes Dutzend Mal an *Verflixte Priscilla* gedacht. Die Geschichte verfolgte ihn förmlich. Nicht, weil sie irgendwelche besonderen Qualitäten besessen hätte – es war halt eine mehr von diesen Erzählungen, in denen die Ehefrau ermordet und der Betrüger am vorhersehbaren Ende selbst betrogen wird. Aber der Plot hatte doch etwas Besonderes an sich. Priscilla hätte gut und gerne auch Caroline sein können. Caroline war Harleys Frau.

»George hatte keine Ahnung, wie Priscilla zu ihren Hamstergewohnheiten gekommen war. Vielleicht war es eine Auswirkung ihres Umzuges nach Pottersville, der kleinen Stadt, in die der Rasenmäherhersteller, für den George tätig war, seine Firmenzentrale verlegt hatte. Die Clevelands hatten sich ein altes Haus mit sechzehn Räumen gekauft, das zu jenem Typ gehörte, das gemeinhin mit dem Wort ›weitläufig‹ beschrieben wird. George wusste noch andere Adjektive dafür, vor allem im Winter, wenn die Ölheizung frohgemut sein gesamtes Gehalt auffraß. Nachdem Priscilla den geräumigen Keller entdeckt hatte, fand sie noch eine weitere Methode, besagtes Gehalt auszugeben. Sie begann nämlich, Konserven zu kaufen. Sie behauptete, dies sei eine sinnvolle Investition, eine Absicherung gegen die Inflation. Am Ende befanden sich fast tausend Dosen in dem Keller, manche davon älter als Georges neun Jahre alter Buick.«

Harley ließ das Manuskript auf seinen dicken Bauch sinken, lehnte sich zurück und schloss die Augen – gerade so, wie er das auch bei der ersten Lektüre der Geschichte schon getan hatte. Vor seinem inneren Auge sah er Carolines Vorratslager von Konservendosen. Sie mochte im Verlaufe ihrer einundzwanzigjährigen Ehe nicht gerade tausend gehortet haben, aber die Exemplare waren älter als der Buick des fiktiven George. Die zufällige Übereinstimmung hatte ihn damals schon beeindruckt und weiterlesen lassen, wie das auch heute wieder der Fall war.

»Es war ein überschwemmter Keller, der George auf die Idee brachte. Im April hatte es sechs Tage lang sehr heftig geregnet, und Priscillas schlechte Laune verschlechterte sich noch mehr, als schlammbedeckte Straßen sie hinderten, an den Sitzungen der diversen Frauengruppen teilzunehmen, die ihre Tage ausfüllten. Ihre Laune steigerte sich zu einem Wutanfall, als sie bemerkte, dass das Regenwasser in den Keller eingedrungen war und nun die Etiketten ihrer kostbaren Konservendosen bedrohte. Sie hatte …«

»Mr. Ammons?«

Harley blickte auf, fast schuldbewusst, und blinzelte Beryl an. Sie hatte eine Kaffeetasse von der Größe einer kleinen Vogeltränke in der Hand. Harley war nicht daran gewöhnt, eine Sekretärin zu haben, die ihm jeden Morgen Kaffee brachte. Aber schließlich war er ja auch nicht an jemanden wie Beryl gewöhnt, die noch auf der sonnigen Seite der dreißig stand und wirklich, wirklich und wahrhaftig einen Busen hatte. Olivia, die vor drei Monaten in den Ruhestand getreten war, war 62 und flach wie ein Brett gewesen. Und sie war auch nicht von der Arbeit beeindruckt gewesen, die er da leistete. Beryl dagegen war der Ansicht, sie sei *super*.

»Das muss mal eine gute Geschichte sein«, sagte sie strahlend. »Ich kann das immer gleich erkennen.«

»So?«, sagte Harley.

»Ja. Ich meine, ich seh's an Ihrem Gesichtsausdruck. Und Sie lesen auch schon die dritte Seite. Wenn Sie eine Geschichte nicht mögen, dann kommen Sie für gewöhnlich nicht über die Seite zwei hinaus.«

»Das stimmt«, sagte Harley erfreut. »Sie passen wirklich gut auf, Beryl.«

Dieses Kompliment ließ sie ein ganz klein wenig erbeben. Es schickte einen so angenehmen Schauder durch ihren Körper. Harley war sich plötzlich seines Herzschlages bewusst. Er nahm die Kaffeetasse in die Hand und sagte: »Wissen Sie, ich habe noch mal über diese Bitte nachgedacht, die Sie mir neulich vorgetragen haben. Ihre Frage, ob Sie die Manuskripte lesen dürften, bevor sie bei mir landen. Das ist vielleicht gar keine so schlechte Idee.«

»Ist das Ihr Ernst?«, sagte Beryl. Ihr Mund bildete ein vollkommenes O, das kurzzeitig zu einem Q wurde, als sie ihre rosige Zunge vorstreckte. »Oh, Mr. Ammons, das wäre ja wirklich wunderbar!«

»Ich sage damit nicht, dass die Ihnen dafür was extra zahlen«, warnte Harley. »Der Verlag ist zu klein, um noch einen Lektor oder so was anheuern zu können. Aber es wird eine wertvolle Erfahrung für Sie sein, auch mit Blick auf einen neuen Job.«

»Aber ich will gar keinen ›neuen Job‹«, sagte Beryl wie auf Kommando. »Ich mag diesen Job hier. Ich möchte halt nur so viel wie möglich von Ihnen lernen, Mr. Ammons.«

»Na gut, wir müssen uns darüber noch mal etwas ausführlicher unterhalten … Vielleicht beim Lunch«, fügte er wie beiläufig hinzu. »Oder beim Abendessen, wenn Sie einmal Lust verspüren sollten, so lange zu arbeiten. Ich tue das ziemlich oft, wissen Sie.«

»Das wäre absolut« – sie rang nach dem passenden Wort – »*super*«, sagte sie.

Als Beryl wieder hinausging, war Harleys Pulsfrequenz höher und sein Interesse an dem Manuskript größer denn je.

»In dem dreißig Zentimeter hohen schwarzen Wasser herumwatend, murmelte George Cleveland Wörter vor sich hin, von denen er gar nicht gewusst hatte, dass er sie kannte. Die Flut hatte die untersten Bretter von Priscillas Regalen erreicht und beleckte die Etiketten der Dosen mit Karotten der Handelsklasse A, mit eingelegten Pflaumen, kleinen weißen Kartoffeln, Hühnersuppe mit Nudeln. Er war fast versucht, sie ins Wasser zu schmeißen, damit die Etiketten ganz aufweichen, wobei er sich genüsslich vorstellte, wie frustriert

Priscilla sein würde. Dann stellte er sich aber auch ihren Zorn vor und nahm Abstand von seinem Vorhaben. Vielmehr begann er pflichtschuldigst, die untenstehenden Dosen auf höhere Regalbretter umzusetzen.

Als seine im Wasser herumfischenden Finger die eigenartige Wölbung einer Dose mit gemischtem Obstsalat der Firma Montmorency ertasteten, hielt er kurz inne, um sich die Sache im Schein der einzigen, nackten Birne an der Kellerdecke etwas genauer zu betrachten. George hatte noch nie eine Dose von so merkwürdiger Gestalt gesehen. Das verdammte Ding sah ganz so aus, als ob es schwanger wäre.

Schnell watete er zum Regal zurück und zog die danebenstehende Dose heraus. Auch sie enthielt den Obstsalat von Montmorency, und auch sie war in gleicher Weise gewölbt. Er versuchte verzweifelt, sich an das Wort zu erinnern, das sich da den Weg in sein Bewusstsein bahnte. Es war ein Wort, das er irgendwie mit ›Flasche‹ oder noch besser ›Buddel‹ in Verbindung brachte. Hier hatte er es doch aber mit Dosen zu tun – warum dachte er da ausgerechnet an Buddeln?

Da ging ein weiteres Licht an, aber das war in George Clevelands Kopf.

Das Wort, das er suchte, war *Botulismus*.«

Harley legte die Manuskriptseiten zusammen und stopfte sie hastig in den Ordner zurück. Jetzt war alles wieder da – die fiebrigen Ideen, die ihm bei der erstmaligen Lektüre von Josh Wellmans Beitrag in den Kopf gekommen waren. Die Parallelen zwischen Priscilla und Caroline waren zu unübersehbar, sein Verlangen nach Freiheit zu stark, der Abscheu, den er seiner Frau gegenüber empfand, zu überwältigend. Aber natürlich war der Gedanke, Josh Wellmans Mordplan zu kopieren, allzu lächerlich, phantastisch und vor allem zu wenig praktikabel. Er konnte doch wohl nicht gut eine Story veröffentlichen und dann seine Frau auf die darin beschriebene Art und Weise um die Ecke bringen. Selbst als ihm Ligners Notiz den vollkommensten Vorwand geliefert hatte, die Geschichte *nicht* zu bringen und sie gänzlich aus dem Verkehr zu ziehen, ließ sich die Idee nicht in die Tat umsetzen. Schließlich war der Autor noch am Leben.

Der Autor war am Leben.

Harley starrte in seine Kaffeetasse und brüllte dann nach seiner Sekretärin. Als Beryl herbeigeeilt war, übertrug er ihr die verantwortungsvolle Aufgabe, ihm ein Exemplar der Morgenausgabe der *Times* zu beschaffen. Sie entsprach diesem Wunsch mit bewundernswerter Schnelligkeit, und Harley sah sich so in die Lage versetzt, den Nachruf auf Josh Wellman in aller Ruhe durchlesen zu können. Dieser war zwar kurz, aber höchst zufriedenstellend. Oder sollte man besser »belebend« sagen?

Aber wie ein Traum, der während der wachen Stunden des Tages langsam der Vergessenheit anheimfällt, so verging auch Harleys Erregung. Als er den Zug um fünf Uhr vierzig nach Larchmont bestieg, sah er zerknittert und erledigt aus. Er fühlte seinen Schmerbauch und die Stelle an seinem Hinterkopf, wo die Haare dünner wurden. Er besah sich das hängebackige Gesicht, das sich in der Fensterscheibe spiegelte, und versuchte, ein anderes Bild heraufzubeschwören – das Bild eines jungen Mannes in Tweed, dessen scharfsichtige, zugleich aber auch nachdenkliche Augen die Welt mit amüsierter Ironie und durchdringender Intelligenz von der

Rückseite des Schutzumschlages eines Romans mit dem Titel … Aber er hatte ja seinem Roman noch gar keinen Titel gegeben, geschweige denn angefangen, ihn zu schreiben.

Auch das lastete er Caroline an. Sie hatte ihn nie in seinem ehrgeizigen Streben bestärkt. Sie hatte nur immer wieder und mit kalter Logik gefragt, warum er denn, wenn es ihn so sehr nach dem Schreiben verlange, dies nicht tue, statt ständig nur darüber zu reden. Statt über die Autoren zu murren, deren Geschichten er herausbrachte, und dauernd zu erklären, dass er sie alle in die Tasche stecken würde, wenn er nur die Zeit dazu hätte. Harleys vernünftiger Vorschlag, sich für ein Jahr beurlauben zu lassen, hatte nur ein schallendes Gelächter ausgelöst. Caroline, die als Werbetexterin arbeitete, so viel verdiente wie er und zudem über eigenes Vermögen verfügte, hatte durchaus nicht die Absicht, für ihn oder seine Illusionen aufzukommen. Nein, das war nicht das Wort gewesen, das sie benutzt hatte. Sie hatte von Selbsttäuschung gesprochen.

Harley zuckte bei der Erinnerung an diesen Augenblick zusammen. Der junge Mann mit den scharfsichtigen, zugleich aber nachdenklichen Augen war dahin. Jetzt war da nur noch ein Mann mittleren Alters, dessen Augen … ja, was waren? Harley schaute erneut hin. Für gewöhnlich waren sie sanft, braun und unkonzentriert. Jetzt aber waren sie regelrecht hart, schwarz und … ja, todbringend. »Der Mann mit den todbringenden Augen.« Harley zog sein Notizbüchlein hervor und schrieb sich den Titel auf. Er würde sich gut ausnehmen auf dem Umschlag des *Murder Mystery Magazine*. Der unselige Autor konnte einem egal sein, auch wenn er natürlich Einwände gegen die Abänderung seines Titels erheben würde.

Wieder heiterer gestimmt, ließ Harley das Schloss seines Aktenköfferchens aufschnappen und nahm das Manuskript heraus, das er auf der Heimfahrt hatte lesen wollen. Er runzelte die Stirn, als er entdeckte, dass er aus Versehen *Verflixte Priscilla* eingesteckt hatte. Das war schon echt freudsch, dachte er gequält. Oder vielleicht Schicksal.

»George Cleveland hatte sich nie für einen klugen Mann gehalten. Das Rasenmähergeschäft verlangte Fleiß und gesunden Menschenverstand. Er pflegte seinen Kunden mit einem Kichern zu erklären: ›Unser Geschäft ist nicht, Hälse abzuschneiden, sondern Gras.‹ Seine sanften Methoden zahlten sich aus. Alle mochten George, ausgenommen natürlich seine Frau.

Aber die Vorbereitung von Priscillas Ende würde, so viel war sicher, einiges an Klugheit erfordern. Es reichte nicht aus, einfach nur die Dose mit vergiftetem Obstsalat aufzumachen und ihr zum Abendessen zu servieren. Sie lebten zwar recht isoliert (die nächsten Nachbarn wohnten fünf Meilen entfernt), aber deswegen waren sie noch lange nicht gegen Tratscherei gefeit. Jedermann in Pottersville wusste, dass George und seine Frau ›nicht miteinander auskamen‹. Der watschelnde alte Sheriff Yates war alles andere als ein hohlköpfiger Bulle – er las dicke Bücher über Verbrechensbekämpfung und forensische Medizin und hoffte wahrscheinlich gegen jede Hoffnung auf einen ordentlichen, sensationellen Mord in seinem Zuständigkeitsbereich. Der Coroner war ein Arzt mit scharfem diagnostischen Blick. Nein, George konnte sich nicht darauf verlassen, dass die amtlichen Stellen stümperten und bei Priscillas Ableben auf ›Tod durch Unglücksfall‹ und nicht auf ›Tod durch Mord‹ erkennen würden.

Dann aber hatte er die Lösung! Große Lösungen sind oftmals sehr einfach – wie etwa Einsteins Formel zeigte. Und zu der seinen bedurfte es nicht mehr als eines Besuches im Supermarkt von Grand Forks.«

Caroline saß am Steuer ihres Kombis, als Harley aus dem Zug stieg. Sie war schon im Supermarkt einkaufen gewesen. Der umgelegte Rücksitz war mit braunen Papiertüten bedeckt, die prall gefüllt waren mit Flaschen und Dosen und Papiertüchern, mit Dosenöffnern und Korkenziehern in ihren Klarsichtpackungen, mit eingeschweißten Tomaten und Fleischportionen, mit alkoholfreien Getränken und Müslischachteln und Hundefutter, das ausgereicht hätte, um ein ganzes Tierheim zu versorgen. Harley fragte sich oft, was eigentlich aus all den Einkäufen wurde, die Caroline da im Supermarkt tätigte. Sie schienen nie auf ihren Tisch zu gelangen. Häufig genug war Caroline nur zu gern bereit, es Harley zu überlassen, sich sein eigenes Abendessen aus dem zusammenzukochen, was er im Kühlschrank vorfand. Und meistens fand er dort nicht sehr viel. Was auch egal war, denn er war ein hoffnungsloser Koch. Im Unterschied zu George Cleveland.

»Es waren mexikanische Gerichte gewesen, die zu der Romanze zwischen George und Priscilla geführt hatten. Sie hatten sich nämlich in ›The Big Enchilada‹ kennengelernt, in einem Fastfood-Restaurant, das auf die mexikanische Küche spezialisiert war. Sie war sogar noch faszinierter gewesen, als sie erfahren hatte, dass George selbst in der Lage war, mexikanische Spezialitäten zuzubereiten, eine Kunst, die er dem Besuch eines abendlichen Kochkurses verdankte. Nach ihrer Hochzeit hatte es George übernommen, einmal in der Woche etwas Mexikanisches für sie beide zu kochen. Er wählte jeweils auch den Nachtisch aus. Und was war nach scharf gewürzten Tamales erfrischender als ein schöner, kühler Obstsalat?

Am folgenden Samstagnachmittag suchte George die Obstsalat-Abteilung des Supermarktes auf. Es war so voll wie stets, aber die Fülle verschaffte ihm Sicherheit. Bei all dem geschäftigen Treiben in den Gängen bemerkte niemand, dass einer der Kunden einen gleichsam ›verkehrten‹ Diebstahl beging und etwas in ein Regal *hineinstellte*.

Er hatte vorgehabt, eine halbe Stunde zu warten, bis er auf die eigenartige Dose mit Montmorency-Obstsalat aufmerksam machte, aber er fing schnell an, unruhig zu werden. Was, wenn jemand vorher schon die verdammte Dose in die Finger bekäme? Seine Unruhe wurde so groß, dass er nicht länger als zehn Minuten zu warten vermochte. Er schlenderte zum Regal zurück, und da kramte doch tatsächlich ein korpulentes weibliches Wesen in dem Angebot herum und nahm mit seinen Wurstfingern vorsichtig *die* Dose auf.

›Mein Himmel!‹ Sie schnappte empört nach Luft, und Georges Herz tat einen Freudensprung. Zum Glück war die Frau entweder eine kritische Verbraucherin oder paranoid. ›Sehen Sie sich das bloß mal an!‹, sagte sie zu niemand Bestimmtem. ›Wissen Sie, was das ist?‹

Sie umklammerte den Deckel der Dose mit zwei Fingern und hob sie in ihren Einkaufswagen, den sie dann sofort zum Büro des Managers schob. Es war einem fast so, als sähe man ihren Kopf vor Entrüstung rauchen.

George wartete noch, bis er schrilles Protestgeschrei aus dem kleinen Glaskasten dringen hörte. Dann ging er, denn es war höchste Zeit, mit der Zubereitung des Abendessens zu beginnen ...«

Das Leben ahmt die Kunst nach, dachte Harley Ammons, aber doch nicht immer. Er hatte eine ganze Stunde lang Carolines Vorratslager durchforscht und jede einzelne Konservendose auf Anzeichen von Mangelhaftigkeit hin untersucht. Er hatte ein paar eigenartig verbeulte Dosen gefunden, ein paar auch, die unter dem Etikett angerostet waren, ja sogar einige mit verdächtigen Ausbuchtungen, aber es gab keine, die der Bezeichnung »schwanger« auch nur im Entferntesten nahe gekommen wäre, wie sie Josh Wellman in seiner Geschichte benutzt hatte. Was George Cleveland anbetraf, so war das ein geschickter Schachzug, aber sein Autor war ja auch hilfreich genug gewesen und hatte sogar *zwei* vom Botulismus heimgesuchte Dosen Obstsalat in seinen Keller gestellt. Caroline hatte sich bedauerlicherweise nicht zu solchem Entgegenkommen verstanden.

Schließlich gab Harley seine Suche auf. Er war fast schon so weit, die ganze Sache fallenzulassen. Am nächsten Tag nahm er das Manuskript von Josh Wellman wieder mit ins Büro und bereitete die Freigabe zum Druck vor. Wenn sonst schon nichts anderes, so würde er sich wenigstens ein paar Punkte dadurch verdienen, dass er den Monatsetat entlastete. Er dachte sogar daran, eine kurze Einführung mit einer posthumen Würdigung des Autors zu verfassen.

Es war Beryl, die das verhinderte. Sie kam wie gewöhnlich mit der vogeltränkegroßen Kaffeetasse herein, aber auf ihrem Gesicht war eine ungewöhnliche Flüssigkeit zu sehen. Tränen. Harley erkundigte sich sanft nach den Ursachen ihres Kummers und schloss auch die Tür, damit sie ungestört wären. Da gestand ihm Beryl schluchzend, dass sie sich am Vorabend mit ihrem Freund verkracht hätte. Es sei endgültig aus zwischen ihnen – aus und vorbei, auf immer und ewig, sagte Beryl, und dass sie froh darüber sei, denn der Freund wäre, nun ja, doch nicht reif genug für sie gewesen. Sie legte ihren Kopf an Harleys Brust – ein bisschen unbeholfen, denn sie war ein paar Zentimeter größer als der Redakteur.

Beryl war wieder ruhiger, als sie ihn verließ, aber Harley war es nicht. Er war dermaßen durcheinander, dass er seine Publikationspläne hinsichtlich der Geschichte *Verflixte Priscilla* gänzlich vergaß. Nach dem Lunch entdeckte er dann das Manuskript auf seinem Schreibtisch und nahm es erneut zur Hand.

»Der Obstsalat wurde sorgfältig aus der Dose in eine Glasschüssel umgefüllt und säuberlich mit Folie abgedeckt. Die Dose, die nach dem Öffnen nicht mehr ganz so geschwollen aussah, landete in einer Mülltüte aus Plastik, wobei George jedoch dafür Sorge trug, dass diese Tüte den zweimal wöchentlich erscheinenden Männern von der Müllabfuhr nicht in die Hände fallen konnte. Er wusste nur zu gut, dass die Dose ein entscheidendes Beweis... Mitten im schönsten Fluss unterbrach er seine Gedanken – er durfte nicht an die Polizei und den Coroner denken, jedenfalls jetzt noch nicht!

Die erste Warnung wurde mit den frühen Abendnachrichten ausgestrahlt. Priscilla bekam sie nicht mit (sie war bei einer Sitzung des Sozialvereins der Frauen), wohl aber George – und George war glücklich. Es wurde da vor Obstsalat der Marke Montmorency gewarnt, vor den Dosen mit der Seriennummer G-100. Der Ansager verwies auf die niedrige Dringlichkeitsstufe des Alarms, war die genannte Partie doch schon vor fünf Jahren in den Handel gekommen, so dass wohl kaum noch jemand ein Exemplar davon in seinen Beständen finden würde. Gleichwohl riet er seinen Hörern, achtsam zu sein, denn der Obstsalat der erwähnten Serie enthalte schließlich nicht nur Obst, sondern auch die Bakterie *C. botulinum*. Achtsam – wenn auch in anderer Hinsicht – war George sehr wohl gewesen, und er konnte nicht anders, als sich dazu zu gratulieren.

Priscilla kehrte an diesem Abend müde und gereizt nach Hause zurück, und George war voller Mitgefühl. ›Du arbeitest wirklich zu viel, mein Schatz‹, sagte er besorgt. ›Pass mal auf, du wirst dich nach einem kleinen Chili con carne und einem schön erfrischenden Dessert wieder viel besser fühlen.‹«

Das Wunder geschah an diesem Wochenende.

Harley hatte ganz vergessen, dass Carolines Mutter ihren 75. Geburtstag feierte und dass er trotz einer Fahrt von achtzig Meilen und der Gewissheit, sich tödlich zu langweilen, einem Besuch zugestimmt hatte. Ihre Mutter wohnte in einem hohen, schmalen Haus in Duchess County und fürchtete nichts mehr als Sonnenlicht und frische Luft. Harley hatte mal geäußert, sie sei wohl ein Vampir, und da hatte Caroline eine Woche lang nicht mehr mit ihm geredet. Er dachte noch immer gern an diese Woche zurück.

An diesem Nachmittag nun saß Harley in Mutter Gertruds dunklem, luftlosem Wohnzimmer und hörte sich an, wie sich Mutter und Tochter gleichermaßen über die Ungerechtigkeit des Daseins beklagten. Dann schien sich Caroline aber plötzlich daran zu erinnern, dass er auch noch da war. Sie sagte:

»Harley, warum siehst du nicht mal nach dem Licht?«

»Nach was für einem Licht?«

»Sag mal, hast du denn gar nicht zugehört? Mama hat doch gesagt, dass das Licht in ihrem Keller nicht mehr angeht. Sieh doch mal nach!«

Harley war nur zu glücklich, dieser Aufforderung nachzukommen, auch wenn seine Kenntnisse in Dingen der Elektrizität eigentlich auf den Bereich batteriebetriebener Gerätschaften beschränkt waren. Er ging in den Keller und fand sehr schnell heraus, dass die Birne kaputt war und ausgewechselt werden musste. Von seinem Können sehr angetan, fand er nun auch eine Ersatzbirne und sah den Ort bald schon in eine wenig schmeichelhafte Helligkeit getaucht. Mutter Gertrud hatte ganz offensichtlich die Hygiene ihres Kellers schon seit Jahren vernachlässigt. Er wollte ihn schon erleichtert wieder verlassen, als er die Dosen erblickte.

Jetzt wusste er endlich, wo Caroline ihre Methode des Wirtschaftens herhatte – sie hatte sie geerbt! Mutter Gertruds Konservensammlung ließ allerdings die ihrer Tochter geradezu winzig erscheinen. Dann wurde ihm klar, dass dieser Keller tatsächlich als eine Art Luftschutzkeller angelegt worden war – nach den Hunderten von Dosen auf den Regalen zu schließen, musste sie mit einem sehr, sehr langen Krieg gerechnet haben.

Neugierig geworden, fing Harley an, sich die Aufschriften genauer zu betrachten. Da gab es Marken, von denen er noch nie in seinem Leben gehört hatte, und auch etliche Gerichte, die ihm unbekannt waren – einige davon wollte er auch gar nicht kennenlernen. Da sein Magen immer noch damit beschäftigt war, mit Mutter Gertruds Mittagessen fertig zu werden (es war Eintopf mit Hammelfleisch gewesen, wie er hoffte), war der Anblick der verblassten Bilder auf den Etiketten doppelt abstoßend.

Er langte schon nach dem Kettchen, das von dem Schalter in der Deckenlampe herabhing, als sein Blick auf die italienische Tomatensoße fiel.

Die Tomaten auf dem Etikett sahen gar nicht gut aus. Sie wirkten irgendwie gedrungen und missgestaltet, machten einen angeschwollenen und ungesunden Eindruck. Nur dass dies kein Fehler in der künstlerischen Wiedergabe, sondern die Dose selbst war, die dermaßen die Form verloren hatte. Sie litt unter einem höllischen inneren Druck, unter einer verderblichen, gasförmigen Veränderung ihres Inhalts, die sich in der Dunkelheit vollzogen hatte.

Langsam, fast schon ehrfürchtig näherte sich Harley dem Regal und hob die Dose hoch. Sie schien in seiner Hand zum Leben zu erwachen, und dies auf eine Art und Weise, die weder gut noch schlecht, sondern ganz einfach gegeben war.

Am glücklichsten aber machte Harley, dass das von den anderen auch galt.

Da standen nämlich noch drei weitere Dosen mit »Original italienische Tomatensoße« auf dem gleichen Regalbrett, eine so angeschwollen wie die andere – aufgebläht von *C.*

botulinum! Dank Mutter Gertrud (zu denken, wie sehr er sich diesem Besuch widersetzt hatte!) standen ihm doppelt so viele Mittel zur Erreichung einer glücklichen Zukunft zur Verfügung wie dem guten George von Josh Wellman.

»Das Essen war in jeder Beziehung ein voller Erfolg, mit einer Ausnahme: Es war nicht genug davon da. George wusste, dass Priscilla noch weit davon entfernt war, wirklich satt zu sein. Sie kratzte auch noch das letzte Restchen ihres Chili con carne zusammen, jedes kleinste Krümelchen der Tortilla. Ihr mexikanisches Bier trank sie bis zum letzten Tropfen aus und blickte hungrig auf die Reste, die George noch auf seinem Teller liegen hatte, war jedoch entschlossen, nicht um mehr zu bitten. Priscilla erhielt die Illusion aufrecht, sie äße immer nur ganz, ganz wenig – und wartete voller Ungeduld auf den Nachtisch.

Das war für George der Augenblick, den Obstsalat hereinzuholen.

Er war nicht mehr da.

Zuerst dachte er, Priscilla hätte ihn vielleicht an eine andere Stelle gesetzt. Sie räumte die Sachen im Kühlschrank dauernd hin und her.

›Hast du da irgendwas umgeräumt?‹, fragte er, an den Esstisch zurückkehrend.

›Was umgeräumt?‹

›Eine rote Glasschüssel, die mit Folie zugedeckt war. Stand auf dem untersten Gitterrost.‹

›Oh‹, sagte Priscilla. ›Meinst du die Schale mit dem Obst?‹

›Ja‹, sagte George und versuchte, ganz ruhig zu bleiben. ›Was hast du damit gemacht?‹

›Du liebe Güte‹, sagte Priscilla, ›ich hatte gehofft, du würdest das nicht merken.‹

›Was merken?‹, sagte George und fing an, sich ganz krank zu fühlen.

›Na, was ich heute Abend gemacht habe. Weißt du, ich hatte vergessen, frisches Obst zu besorgen, und da dachte ich, es würde dir vielleicht nichts ausmachen, wenn ich ein einziges Mal dieses Dosenzeug nehmen würde. Ich meine, ich wusste ja nicht, dass du das als Nachtisch vorgesehen hattest. Wir essen doch nie Obstsalat zum Dessert.‹

›Ich hatte mir halt gedacht, es wär mal eine nette Abwechslung‹, sagte George und meinte jedes Wort so, wie er es sagte. ›Willst du etwa behaupten, du hättest ihn aufgegessen, Priscilla? Ist es das? So als kleinen Spätnachmittagssnack?‹

›Nein‹, kicherte sie. ›Das war's nicht. Du weißt doch, dass ich nicht so viel esse.‹

›Was aber hast du *dann* damit gemacht, Priscilla?‹, fragte George und beschloss, sich zu setzen. ›Wo ist der Obstsalat geblieben?‹

›Er ist in deiner Sangria‹, sagte Priscilla. Und sie blickten beide auf sein leeres Glas.«

Harley kam zur letzten Seite von Josh Wellmans Manuskript und runzelte die Stirn wie schon bei der ersten Lektüre. Sehr cleveres Ende. Ungemein clever. Nicht übermäßig plausibel, natürlich. Der Autor hätte vorher erwähnen sollen, dass Priscilla an diesen mexikanischen Abenden für die Getränke zuständig war. Natürlich hätte das auch die Pointe verderben können. Und dann gab es da ja noch ein Problem. Wie viele Leser wussten, dass Sangria aus Wein und

Obst hergestellt wurde? Wenn einem das nicht bekannt war, entging einem der ganze Witz der Geschichte. Harley zuckte die Achseln. Was machte das schon aus? Es würde ja doch niemand *Verflixte Priscilla* je lesen. Er nahm die große Schere zur Hand und fing an, das Manuskript zu zerschnippeln.

Innerhalb von fünf Minuten war es nicht mehr da, und Beryl kam herein, um ihm ein schönes Wochenende zu wünschen. Er wusste, dass es das werden würde.

Am Samstagmorgen überraschte Harley Caroline mit dem Angebot, sich um die Erledigung der Einkäufe zu kümmern. Caroline war hocherfreut. Ein Treffen des Lawn-Bowling-Komitees war angesetzt worden, desgleichen eines der Frühlingstanzgruppe und eines der ehrenamtlichen Helferinnen im Krankenhaus – und so konnte sie an allen drei Zusammenkünften teilnehmen. Sie gab ihm an der Haustür einen dankbaren Abschiedskuss und überreichte ihm die Einkaufsliste. Der war zu entnehmen, dass es zum Abendessen Steak geben sollte, und er meinte: »Ich habe eine Idee. Wie wär's mit Spaghetti?« Caroline war als fanatische Anhängerin italienischer Teigwaren nur zu einverstanden mit seinem Vorschlag.

Harley ging an diesem Tag nicht nur in einen Supermarkt, sondern in drei. In allen hinterließ er eine aufgeblähte Dose mit italienischer Tomatensoße. Im letzten erledigte er dann seine Einkäufe, zu denen auch ein Glas mit »Mamma Mias original italienischer Tomatensoße« gehörte.

Nach seiner Rückkehr in das verlassene Haus schüttete er den Inhalt des Glases von Mamma Mia in den Ausguss, öffnete sodann die vierte und letzte der verformten Dosen und füllte die darin enthaltene »Original italienische Tomaten-soße« in das Glas um. So wie der fiktive George in Josh Well-mans Geschichte, so sorgte auch er dafür, dass die leere Dose erhalten blieb.

Harley nahm an diesem Abend vor dem Essen drei Drinks zu sich, einen mehr als sonst, aber Caroline bemerkte das gar nicht. Sie war viel zu sehr damit beschäftigt, ihm von ihrem Tag zu berichten und sich mit glücklichem Gekrächze dieses oder jenes Triumphes über diese oder jene Rangälteste dieses oder jenes Komitees zu rühmen. Er beobachtete, wie sie am Herd herumhantierte, blickte ohne spezielle Boshaf-tigkeit auf ihre füllige Figur. An diesem letzten Tag ihres Lebens brachte Harley seiner Frau fast schon so etwas wie freundschaftliche Gefühle entgegen.

Die Spaghetti waren schnell zubereitet, denn Caroline bevorzugte sie *al dente*. Sie öffnete das Glas von Mamma Mia und besah sich kurz das Etikett, bevor sie die Soße über die dampfenden Nudeln goss.

Als sie die Schüssel auf den Tisch stellte, warf Harley ei-nen schnellen Blick darauf und versuchte sich an Beryls Ge-sicht zu erinnern.

Wie üblich wartete Caroline nicht ab, dass auch er zu essen begann. Sie nahm ein Heft von *Town & Garden* zur Hand und fing zu lesen an. Es war ein typischer häuslicher Abend.

Eine halbe Stunde später stand Caroline vom Tisch auf, um ihre Freundinnen anzurufen und ihnen von ihren Komi-tee-Erfolgen zu berichten. Sie hatte überhaupt nicht bemerkt, dass Harley auf sein Abendessen verzichtet hatte.

Fünf Stunden später klagte sie über Übelkeit, Sehstörungen und eine Kehle, die so trocken war, dass sie kaum noch zu sprechen vermochte. Schließlich war sie wie zugeschnürt. Caroline fing an, würgende Laute von sich zu geben, die so schwer zu verstehen waren, dass Harley ihnen kaum die Bitte entnehmen konnte, doch einen Arzt herbeizuholen. Das jedenfalls sagte er Dr. Kornfeld, der zu spät kam, als dass eine Tracheotomie noch hätte helfen können. Sie starb um halb drei Uhr morgens. Die erste Warnung vor dem Genuss von »Original italienischer Tomatensoße« wurde am gleichen Morgen um acht Uhr im Rahmen der Lokalnachrichten gebracht.

Harley ließ sich Zeit damit, sich zu beglückwünschen. Er hatte den größten Teil seines Lebens damit zugebracht, Geschichten zu lesen, in denen teuflisch durchtriebene Killer vorkamen, die am Ende immer nur eine winzige Kleinigkeit vergessen hatten. Er war sich der unzähligen Schicksalswendungen nur zu bewusst, die aus einem perfekten Mord sehr schnell einen gar nicht mehr perfekten machen konnten. Er war von etlichen hundert Autoren geprägt worden, die sich alle der Aufgabe verschrieben hatten nachzuweisen, dass letztlich der Betrüger der Betrogene war, dass sich der Mörder in seinen eigenen Netzen fing, dass sich das Verbrechen nicht auszahlte.

Aber zwei Wochen nach Carolines Beerdigung, bei der er die Rolle des trauernden Witwers in vollendeter Form gespielt hatte, begannen sich Harleys Zweifel zu legen. *Natürlich* wurde jeder Mord aufgeklärt – in der Dichtung! *Natürlich* zahlte sich das Verbrechen nicht aus – für die Autoren! Dies aber war das wirkliche Leben, und das wirkliche Leben verlief nie so fein säuberlich nach Plan wie die Geschichten, die er im *Murder Mystery Magazine* veröffentlichte.

Harley fing an, sich zu entspannen. Er lächelte wieder – das matte, zaghafte Lächeln des jüngst erst eines lieben Menschen Beraubten. Dieses Lächeln ging allen zu Herzen, die ihn kannten. Sie waren sich darin einig, dass er sehr tapfer war. Auch Beryl dachte das. Sie war der Meinung, dass er wirklich wunderbar sei. Sie lud ihn zu einem selbstbereiteten Essen in ihre Wohnung ein. Harley überkam kurz ein Zittern, als er sah, dass sie Spaghetti auftrug. Sollte dies zur krönenden Ironie werden? Aber das wurde es nicht. Die Spaghetti waren sehr gut, die Soße schmackhaft und pikant. Und das war auch Beryl.

Harley kehrte drei Wochen nach Carolines Tod an seinen Arbeitsplatz zurück, nun voll und ganz davon überzeugt, dass die Wirklichkeit nicht nur eigenartiger war als die Dichtung, sondern auch befriedigender.

Er empfand keinerlei Gewissensbisse oder Besorgnis, als an diesem ersten Morgen im Büro ein Bulle bei ihm erschien – zumal es sich bei diesem um seinen Bekannten Will Gatti handelte.

Nachdem der Polizeibeamte seinem Mitgefühl ein wenig unbeholfen Ausdruck verliehen hatte, fragte Harley ihn, ob er nicht ein Freiexemplar des *Murder Mystery Magazine* haben wolle. Er schob ihm die neueste Ausgabe zu, und Gatti blätterte mit seinem dicken Daumen das Heft durch, bis er das Inhaltsverzeichnis gefunden hatte.

»Mord ist ein Kinderspiel«, sagte er ernst. Harley blinzelte ihn an. »Titel der ersten Geschichte«, sagte Gatti. »Bei gut der Hälfte von euren Storys kommen ›Mord‹ oder ›Tod‹ im Titel vor. Ist das Absicht?«

»So heißt nun mal das Spiel«, sagte Harley lächelnd.

»Ein paar von denen sind ja ganz schön raffiniert. Haben Sie schon mal die Befürchtung gehabt, Harley, Sie könnten Leute damit auf Ideen bringen?«

Der Redakteur schob seinen Stuhl zwanzig Zentimeter zurück. »Wir fabrizieren keine Gebrauchsanweisungen, Will. Wir erzählen einfach nur Geschichten.«

»Und doch wären ein paar von den Methoden durchaus auch im wirklichen Leben anwendbar. Nehmen Sie zum Beispiel mal die hier.«

Gatti öffnete seinen Aktenkoffer und entnahm ihm ein Heftchen im Taschenbuchformat, dessen Umschlag Eselsohren zierten. Harley erkannte es sofort. Es war ein Exemplar von *Zesty Detective*, einem ehemaligen Konkurrenzprodukt, dessen Verleger glücklicherweise schon vor acht Jahren beschlossen hatte, sein Erscheinen einzustellen. Er nahm Gatti das Heftchen aus der Hand und besah sich die halbnackte Blondine, die anzüglich mit einer 32er schmuste. Die Titelgeschichte hieß »Der Tod ist die beste Diät« und stammte von einem Autor namens Hugo Grimm.

»Haben Sie diese Story schon mal gelesen, Harley? Sie müssten sie eigentlich interessant finden.«

»So ein Schundzeug lese ich nie, Will«, sagte Ammons. Aber da war etwas im Blick des Polizisten, das ihn doch dazu veranlasste, die erste Seite aufzuschlagen.

»Es war durchaus kein bestimmter Anlass, der Harry Johnson zu dem Entschluss gelangen ließ, seine Frau umzubringen. Es war eher so etwas wie eine kumulative Entscheidung, die im Verlauf einer elfjährigen Ehe heranreifte, welche bereits weniger als einen Monat nach den Flitterwochen in die Brüche gegangen war. Harry konnte sich noch sehr genau an den Augenblick erinnern…«

Harley blickte auf und Captain Gatti in die Augen, wo er etwas sah, was er noch nie dort gesehen hatte – noch nie in irgendwelchen Augen gesehen hatte.

»Ich dachte, die Geschichte wäre mir nicht so ganz unbekannt«, sagte Gatti. »Suchte eine Woche auf meinem Dachboden rum, bis ich sie wiedergefunden hatte. Lesen Sie sie mal durch, dann werden Sie verstehen, was ich gemeint habe, als ich sagte, dass so etwas die Leute auf Ideen bringen kann… Aber natürlich nur, wenn Sie die Geschichte nicht schon kennen.«

»Ich habe in meinem ganzen Leben noch nie *Zesty Detective* gelesen!«

Gatti warf ihm einen ausdruckslosen Blick zu, lehnte sich zurück und fing an, die Geschichte laut vorzulesen – und da wurde Harley plötzlich alles klar. Josh Wellman und er – sie hatten sich beide des Plagiats schuldig gemacht!

Aus dem Amerikanischen von Jobst-Christian Rojahn

Ray Bradbury
im Diogenes Verlag

Ray Bradbury, geboren 1920 in Waukegan, Illinois, war einer der bekanntesten und schöpferischsten Schriftsteller Amerikas. *Die Mars-Chroniken, Der illustrierte Mann* und *Fahrenheit 451* machten ihn weltberühmt. Ray Bradbury, der in seinem langen Leben sozusagen jede Auszeichnung erhalten hat, die man in Amerika erringen kann (darunter auch einen Stern auf dem Hollywood Walk of Fame), lebte in Los Angeles, wo er 2012 verstarb.

»Der berühmteste Erzähler der Welt.«
The New York Times

»Einer der größten Visionäre.«   *Aldous Huxley*

Der illustrierte Mann
Erzählungen. Aus dem Amerikanischen von Peter Naujack

Das Böse kommt auf leisen Sohlen
Roman. Deutsch von Norbert Wölfl

Fahrenheit 451
Roman. Deutsch von Peter Torberg
Auch als Diogenes Hörbuch erschienen, gelesen von Rufus Beck

Die Mars-Chroniken
Roman in Erzählungen. Deutsch von Thomas Schlück
Auch als Diogenes Hörbuch erschienen, gelesen von Rufus Beck

Der Tod ist ein einsames Geschäft
Roman. Deutsch von Jürgen Bauer

Halloween
Roman. Deutsch von Dirk van Gunsteren

Schneller als das Auge
Erzählungen. Deutsch von Hans-Christian Oeser

Ausgewählte Erzählungen
Herausgegeben von Daniel Keel und Daniel Kampa

Das Weihnachtsgeschenk
und andere Weihnachtsgeschichten. Ausgewählt von Daniel Keel und Daniel Kampa

Patricia Highsmith
im Diogenes Verlag

Im Frühling 2002 hat der Diogenes Verlag eine Werk-
ausgabe von Patricia Highsmith mit weltweit un-
veröffentlichten Stories aus dem Nachlass und mit
Neuübersetzungen ihres zu Lebzeiten erschienenen
Werks gestartet (u.a. von Nikolaus Stingl, Melanie
Walz, Irene Rumler, Christa E. Seibicke, Dirk van
Gunsteren, Werner Richter und Matthias Jendis). Alle
Bände in neuer Ausstattung, kritisch durchgesehen
nach den Originaltexten und mit einem Nachwort zu
Lebens- und Werkgeschichte. Die Edition macht sich
erstmals die Aufzeichnungen der Autorin zur Entste-
hungsgeschichte einzelner Werke, zu Plänen und In-
spirationsquellen zunutze und informiert über den
schöpferischen Prozess und über die Lebenszusam-
menhänge, wie sie sich aus den Notiz- und Tage-
büchern der Autorin rekonstruieren lassen.

»Der Diogenes Verlag, lang möge er leben, hat eine
Patricia-Highsmith-Werkausgabe gestartet, alle Bände
mit hervorragenden Nachworten von Paul Ingendaay.
Ein beklemmender Sog, ein Genuss, ein Fest.«
Alex Rühle / Süddeutsche Zeitung, München

»Die Werkausgabe von Patricia Highsmith ist eine
verlegerische Großtat.«
Heinrich Detering / Frankfurter Allgemeine Zeitung

»Mit der erstmals vollständig und höchst nuanciert
neu übersetzten Werkausgabe kommen auf High-
smith-Leser glänzende Tage zu. Der wahre Genuss.
Wir warten schon.«
Tobias Gohlis / Die Zeit, Hamburg

»Obwohl heute eine der weltweit meistgelesenen
Schriftstellerinnen der Gegenwart, bleibt das Werk
von Patricia Highsmith noch zu entdecken.«
Le Monde, Paris

Werkausgabe in 32 Bänden. Herausgegeben von Paul Ingendaay und Anna von Planta in Zusammenarbeit mit Ina Lannert, Barbara Rohrer und Kate Kingsley Skattebol. Jeder Band mit einem Nachwort von Paul Ingendaay.

Raymond Chandler
im Diogenes Verlag

In Neuübersetzung bisher erschienen:
Der große Schlaf
Roman. Aus dem Amerikanischen von Frank Heibert. Mit einem Nachwort von Donna Leon

Die kleine Schwester
Roman. Deutsch von Robin Detje. Mit einem Nachwort von Michael Connelly

Außerdem lieferbar:
Lebwohl, mein Liebling
Roman. Deutsch von Wulf Teichmann

Das hohe Fenster
Roman. Deutsch von Urs Widmer

Die Tote im See
Roman. Deutsch von Hellmuth Karasek

Der lange Abschied
Roman. Deutsch von Hans Wollschläger
Auch als Diogenes Hörbuch erschienen, gelesen von Gert Heidenreich

Playback
Roman. Deutsch von Wulf Teichmann

Außerdem liegen vor:
Mord im Regen
Frühe Stories. Mit einem Vorwort von Philip Durham. Deutsch von Hans Wollschläger

Erpresser schießen nicht
und andere Detektivstories. Mit einem Vorwort des Verfassers. Deutsch von Hans Wollschläger
Daraus die Story *Nevada-Gas* auch als Diogenes Hörbuch erschienen, gelesen von Günter Lamprecht

Der König in Gelb
und andere Detektivstories. Deutsch von Hans Wollschläger
Daraus die Story *Spanisches Blut* auch als Diogenes Hörbuch erschienen, gelesen von Günter Lamprecht

Gefahr ist mein Geschäft
und andere Detektivstories. Deutsch von Hans Wollschläger
Daraus die Story *Gefahr ist mein Geschäft* auch als Diogenes Hörbuch erschienen, gelesen von Günter Lamprecht

Notizbücher
Drei Geschichten und Parodien, Aufsätze, Skizzen und Notizen aus dem Nachlass. Mit Zeichnungen von Edward Gorey, einer Erinnerung von John Houseman und einem Vorwort von Patricia Highsmith. Deutsch von Wulf Teichmann und Hans Wollschläger (vormals: *Englischer Sommer*)

Die simple Kunst des Mordes
Briefe, Essays, Notizen, eine Geschichte und ein Romanfragment. Herausgegeben von Dorothy Gardiner und Kathrine Sorley Walker. Deutsch von Hans Wollschläger

Meistererzählungen
Deutsch von Hans Wollschläger

Frank MacShane
Raymond Chandler
Eine Biographie. Deutsch von Christa Hotz, Alfred Probst und Wulf Teichmann

Zierfische
Eine Detektivstory
Diogenes E-Hörbuch, gelesen von Günter Lamprecht

Dashiell Hammett
im Diogenes Verlag

»Hammett brachte Menschen aufs Papier, wie sie
waren, und ließ sie in der Sprache reden und denken,
für die ihnen unter solchen Umständen der Schnabel
gewachsen war.
Er brachte immer und immer wieder fertig, was überhaupt nur die allerbesten Schriftsteller schaffen. Er
schrieb Szenen, bei denen man das Gefühl hat, sie
seien noch niemals je beschrieben worden.«
Raymond Chandler

Der Malteser Falke
Roman. Aus dem Amerikanischen
von Peter Naujack
Auch als Diogenes Hörbuch
erschienen, gelesen von
Wiglaf Droste

Rote Ernte
Roman. Deutsch von Gunar Ortlepp

Der Fluch des Hauses Dain
Roman. Deutsch von Wulf Teichmann

Der gläserne Schlüssel
Roman. Deutsch von Hans Wollschläger

Der dünne Mann
Roman. Deutsch von Tom Knoth

Das Dingsbums Küken
und andere Detektivstories
Deutsch von Wulf Teichmann
Mit einem Nachwort von Steven Marcus

Jason Starr
im Diogenes Verlag

Jason Starr, geboren 1968, wuchs im New Yorker Stadtteil Brooklyn auf und begann in seinen College-Jahren zu schreiben, zunächst Kurzgeschichten, später auch Theaterstücke, Texte für Comics und Romane. Seine Bücher sind in sieben Sprachen übersetzt. Jason Starr lebt mit seiner Familie in New York.

»Jason Starr ist ein phantasievoller Autor und schreibt so rabenschwarz wie im Hollywood der vierziger Jahre. Als ein gescheiter Krimi noch ein richtiger Lesegenuss war.«
Martina I. Kischke / Frankfurter Rundschau

»Mit Phantasie und Sarkasmus erzeugt Jason Starr Tempo und Hochspannung vom Feinsten.«
Der Standard, Wien

Top Job
Roman. Aus dem Amerikanischen von Bernhard Robben

Ein wirklich netter Typ
Roman. Deutsch von Hans M. Herzog

Hard Feelings
Roman. Deutsch von Bernhard Robben

Twisted City
Roman. Deutsch von Bernhard Robben

Panik
Roman. Deutsch von Ulla Kösters

Brooklyn Brothers
Roman. Deutsch von Ulla Kösters

Dumm gelaufen
Roman. Deutsch von Hans M. Herzog

Phantasien
Roman. Deutsch von Hans M. Herzog

Seitensprung
Thriller. Deutsch von Thomas Stegers